W0302004

Aussortiert

201/03
Mai

Andre Mairock

Die Wachtelhoferin

Andre Mairock

Die Wachtelhoferin

Roman

rosenheimer

© 2003 Rosenheimer Verlagshaus
GmbH & Co. KG, Rosenheim

Bearbeitung, Lektorat und Satz:
Pro libris Verlagsdienstleistungen, Villingen-Schwenningen
Titelfoto: Michael Wolf, München
Druck und Bindung: Oldenbourg Taschenbuch GmbH,
Hürderstraße 4, D-85551 Kirchheim

ISBN 3-475-53458-4

1

Grün und fruchtbar war das Stückchen Land in dem einsamen Grund, der von tiefen, dunklen Wäldern wie von der ganzen Welt abgeschnitten war. Nur zwei Häuser gab es hier. Beide waren im einfachen bäuerlichen Stil gehalten. Das eine, größere und ältere, war der Wachtelhof, das kleinere, später dazugebaute diente als so genannter Austrag, als Pfründhaus für die Alten, die nach der Übergabe des Hofes an die nächste Bauerngeneration in den Feierabend des Lebens gingen.

An den Werktagen war von früh morgens bis zum späten Abend das Brummen eines Motors zu hören, das den unermüdlichen Fleiß der Maschinen verriet, an denen die Bewohner des Hofes Flachs spannen. Denn sie lebten nicht von der Landwirtschaft alleine, sondern hatten sich damit einen zweiten Erwerb geschaffen.

Aber von draußen kam kaum ein Geräusch herein in diese stille Waldinsel, höchstens einmal das Ticken einer Axt aus einem Holzschlag.

Und heute war alles ruhig am Hof, auch die Maschine stand still. Der alte Wachtelhof zeigte dieser Tage ein neues Gesicht. Die Wände waren frisch getüncht und die Türen und Fensterläden in neuer, glänzender Farbe gestrichen, so wie es sein musste, wenn eine junge Frau in das Haus einzog.

Kein Mensch war auf dem Hof zu sehen, in feiertäglicher Stille lagen die beiden Häuser da, und sie wirkten verlassen und menschenleer.

Nur auf der Hausbank saß der alte Arbeiter Anselm und schien vor sich hinzudösen. Auch er trug sein Feiertagsgewand. Er hatte die Aufgabe, das Haus während der Abwesenheit der anderen zu hüten, und horchte auf das festliche Geläute, das bisweilen von weit über den Wäldern herüberklang. Martin Kohler, der junge Wachtelhofer, feierte heute seine Hochzeit.

Jedes Mal, wenn der alte Mann die Glocken von drüben hörte, schlug er seine Augen auf und runzelte die Stirn.

Er war schon im Haus gewesen, als der alte Kohler den Hof übernommen und in einem Alter von schon nahezu vierzig Jahren seine Hochzeit gehalten hatte. Mein Gott, was hatte sich alles getan in diesem Haus in den langen dreißig Jahren! Drei Buben waren hintereinander zur Welt gekommen, eine wilde, aufsässige und starrköpfige Rasselbande von Wachtelhofern.

Ein besonderer Menschenschlag waren sie immer gewesen, die Wachtelhofer, und sie waren es bis heute geblieben. Er dachte an die Auftritte, die es zwischen dem rechtschaffenen Vater und seinen Söhnen gegeben hatte. Sie hatten alle drei nicht so geraten wollen, wie er es gerne gehabt hätte. Vielleicht war das die Schuld der Mutter, deren Boshaftigkeit sich oft erwiesen hatte, was dem Wachtelhofer bis heute manchen Kummer machte, oder es war die Tiefe und Einsamkeit des Waldes rings um die Heimstatt, mit seinem Wild und der Verlockung verborgener Geheimnisse, die in ihnen eine Leidenschaft des Herumstreunens und gesetzwidrigen Treibens geweckt hatte.

Besonders der älteste Sohn, Karl, hatte sich zu einem missratenen, schlechten Menschen entwickelt, zu einem Taugenichts, der die Arbeit scheute wie die Pest, dafür aber Tag und Nacht aus dem Haus war und in den Wäldern herumstreifte. Man hatte früher von ihm behauptet, dass er ein ganz gefährlicher Wilddieb sei, ohne dass es aber einmal gelungen wäre, ihm das gesetzwidrige Treiben nachweisen zu können.

Der Wachtelhofer bedurfte eines solchen Nachweises jedoch nicht. Er wusste aus jahrelanger Erfahrung von der Verlogenheit seines Ältesten, und so hatte er es schließlich für richtig und notwendig gehalten, den ungeratenen Sohn zu enterben und aus dem Haus zu jagen, ungeachtet der heftigen Proteste der Mutter, deren Lieblingssohn Karl war.

Seine beiden anderen Söhne zogen daraus ihre Lehre und hielten sich fortan besser an die Ordnung des Hauses. Vor allem war es der Martin, der nächstälteste Sohn und nunmehrige Hoferbe, der sich sehr gebessert hatte. Ob in der Flachsspinnerei oder draußen auf den Feldern, er tat seine Arbeit und schien ohne Karls schlechten Einfluss ein würdiger Wachtelhofer zu werden.

Heute nun stand Martin am Traualtar mit der Tochter des Wirtes zum »Feldschloss«, der überaus schönen Lena, die als das bezauberndste Mädchen des Tales galt.

Anselm, der alte Arbeiter, konnte sich nicht erklären, wie es dazu gekommen war, dass die Liebe des Mädchens gerade auf den jungen Wachtelhofer gefallen war. Martin war ein düsterer, mürrischer, verschlossener Mann. Manchmal wirkte er geradezu unheimlich, wenn ihm dieser lauernde Ausdruck in die unsteten Augen trat. Damit konnte man einem Mädchen nicht gerade gefallen.

Gewiss, die Wachtelhofer lebten in einem gewissen Wohlstand. Das Geschäft der Flachsspinnerei ging gut, und die Gründe um das Haus waren ertragreich. Ein besonderer Reichtum war freilich nicht da, für den ein Mädchen all die üble Nachrede gern in Kauf hätte nehmen können, die vom Wachtelhof und seinen Bewohnern umging. Stattdessen gab es viel Arbeit und große Einsamkeit, weil der Hof so abgelegen war, dass man wenig in Kontakt mit der Außenwelt kam. Vielleicht aber hatte ja die gute Freundschaft zwischen dem alten Wachtelhofer und dem Wirt vom Feldschloss die Verbindung ihrer Kinder eingeleitet?

Doch Anselm schüttelte sofort den Kopf. Diese Gedanke war abwegig. Nein, Lena war nicht die Frau, die etwas tat, wozu sie sich nicht selbst entschlossen hatte. Und sie wusste so gut wie alle anderen Leute vom Dorf, dass der Wachtelhof nicht allein wegen der Gerüchte über die Wilderei der Söhne verrufen und gefürchtet war, sondern dies schon lange vor ihnen durch die Frau des Hauses gewesen war, der Wachtlin, ein sprichwörtlich böses Weib, von dem niemand im Dorf etwas anderes als das Schlechteste dachte.

Und trotzdem zog die Lena nun als Braut auf den Wachtelhof ein.

Martins Freudentag machte den Arbeiter ein bisschen traurig, denn durch die gleichzeitige Übergabe des Hauses an Martin wurde auch er einer neuen Herrschaft unterstellt. Er war alt geworden und konnte oft nicht mehr so, wie er wollte. Ob man mit ihm noch zufrieden war, oder würde er seinen Abschied nehmen müssen?

Aber noch lebte ja der alte, gute Wachtelhofer. Er konnte und würde nicht vergessen, was er, der Anselm, in langen Jahrzehnten für ihn und das Haus getan hatte. Und die Leute sagten ja auch, dass die Lena nicht nur ein schöner, sondern auch ein guter Mensch sei.

Heiß fiel Anselm die Sonne ins Gesicht und auf die Knie. Aus dem Wald stiegen die Dämpfe des nächtlichen Regens auf.

Still und verlassen lagen die beiden Häuser, nicht einmal die Kühe im Stall wollten sich heute regen. Die Schwüle machte alles träge und schläfrig. Und mitten in seinen Gedanken nickte nun auch der Arbeiter ein.

Abermals weckten ihn dann die Glocken der fernen Dorfkirche. Sie klangen diesmal besonders festlich und laut.

Daran erkannte er, dass die Trauung vollzogen war und dass das Brautpaar sich mit den Gästen auf dem Weg zum Festmahl befand.

Da stand er auf, fuhr mit seiner schweren, schwieligen Hand durch das graue, spärliche Haar und ging hinüber zum Stall.

Das kleine Wirtshaus »Feldschloss« lag ein gutes Stück ab vom Dorf, direkt an der Straße, die mitten durch blühende Wiesen und Felder führte. Es diente nicht nur den umliegenden Bauern zur feierabendlichen Einkehr, sondern bot auch Reisenden eine willkommene und erholsame Wegesrast, denn es lag angenehm schattig am Rande des großen Daxenegger Forstes, der in seinen Ausläufern bis an die Umfriedung des Hauses reichte.

Hier war Lena zusammen mit ihrem Bruder Franz aufgewachsen. Und sie hatte es gewollt, dass in diesem Haus im kleinen Kreis der nächsten Angehörigen die Hochzeit gefeiert wurde, ohne den üblichen großen Rummel mit Lärm und Tanz, woran das ganze Dorf teilnahm. Sie wollte die vielen Gaffer nicht. Sie wollte allein sein mit ihren Leuten und ohne die vielen – ehrlichen oder geheuchelten – guten Wünsche in das neue Leben gehen. Denn auch drüben im Wachtelhof würde sie dann allein sein.

Da war also nur ihr Vater, der in seiner gewohnt heiteren Art ein bisschen Frohsinn in die kleine Gesellschaft brachte. Neben ihm saß der alte Wachtelhofer, still und versonnen. Er sah angegriffen und kränklich aus, als ob der lange und feierliche Kirchgang heute seine ganze Kraft gekostet hätte. Unzerstörbare Gesundheit zeigte dagegen das Gesicht der Wachtlin. Sie war heute von einer ungewohnten Friedsamkeit. Ihre sonst so laute und schnarrende Stimme klang weicher als sonst, und ihre Augen waren voll geheuchelter Unschuld. Dabei wusste jeder Mensch, dass sie sich mit aller

Macht gegen diese Heirat gestemmt hatte. Der Hof gebühre nicht Martin, sondern seinem älteren, vom Vater enterbten Bruder Karl, so war immer noch ihre Meinung. Durch die Heirat Martins sah sie ihr Ziel, dem Liebslingssohn das wieder zu verschaffen, was ihm gebührte, nun in weite Ferne gerückt. Und wenn gar erst einmal ein neuer Hoferbe in der Wiege lag, dann würde all ihren Intrigen wohl ein Ende gesetzt sein.

Franz, dem großen, blonden Bruder der Braut, fiel das Heucheln nicht so leicht, und er machte, für jeden erkennbar, ein bekümmertes Gesicht. Es tat ihm weh, dass seine um ein Jahr jüngere Schwester nun das Haus verließ. Die beiden waren schon immer ein Herz und eine Seele gewesen und hatten von klein auf fast nie Streit miteinander gehabt, wie man es bei Geschwistern selten findet.

Seit dem frühen Tod der Mutter hatte Lena das Regiment über Haus und Küche geführt, und so war ihre Heirat auch für das »Feldschloss« ein herber Verlust. Da der Vater wegen seiner Handelsgeschäfte viel fort war und von Natur aus zu größerem Optimismus neigte, war der Verlust für den Bruder schwerer zu verkraften.

Nach dem Essen, als der Wein kam, dem sie alle wacker zusprachen, wurde die Stimmung ein wenig besser. Jetzt hörte man auch diejenigen sprechen und lachen, die bis jetzt geschwiegen hatten. Der Michael, der jüngste der Wachtelhofbuben, der mit seinen roten, struppigen Haaren bis jetzt meist stumm und verlegen dagesessen hatte, wurde heiter und lebhaft.

In der Küche hantierte die neue junge Köchin und Haushälterin, die Lena schon bei den Vorbereitungen zur Hochzeit unterstützt hatte und die Wirtschaft anstelle der Tochter weiterführen sollte. Sie war eine heitere, tüchtige Person, die Hanna, mit allen guten Eigenschaften, die eine Wirtin brauchte, sodass man um die Zukunft des Wirtshauses unbesorgt sein konnte.

»Du bist so still und traurig heute, Franz!«, sagte die Lena zu ihrem Bruder. »Du sollst aber nicht traurig sein! Heute ist doch ein Freudentag für mich!«

Sie lächelte ihm aufmunternd zu, und er gab sich Mühe, zurückzulächeln.

»Ach, ich denke halt daran, wie es sein wird bei uns, wenn du nicht mehr da bist! Ich kann mir noch gar nicht vorstellen, wie das werden wird«, jammerte ihr Bruder.

»Der Vater macht sich darüber weniger Sorgen!«, lachte Lena.

»Der Vater ist fast jeden Tag fort. Ich werde mich furchtbar einsam fühlen!«

Das klang so kläglich, dass Lena Mitleid mit ihrem Bruder bekam. Bisher waren sie ja wirklich immer beisammen gewesen, hatten ihre Geheimnisse miteinander geteilt und sich gegenseitig in allem nach Kräften unterstützt.

»Du musst dir eine Frau nehmen, Franz. In das ›Feldschloss‹ gehört eine richtige Wirtin!«, schlug sie vor.

»Natürlich. Aber bis heute hat mich nichts dazu gedrängt.«

Lena lächelte leise in sich hinein. Vielleicht war es ja genau das Richtige gewesen, dass sie aus dem Haus ging, damit der Bruder endlich anfing, sich nach einer Braut umzuschauen?

Später ging sie hinaus in die Küche. Hanna zankte sie aus, dass sie heute an ihrem Hochzeitstag doch nicht das Geschirr spülen könne! Aber Lena wollte noch ein letztes Mal, wie zum Abschied von daheim, die gewohnte Arbeit verrichten, die sie so viele lange Jahre an diesem vertrauten Ort getan hatte.

Dann ging sie noch einmal durch die Räume, in denen sie zu Hause gewesen war. Auch in ihr Zimmer ging sie, das nun freilich leer war und fremd wirkte, seit all ihr Besitz herausgeräumt und zum Wachtelhof hinübergeschafft worden war.

Sie stellte sich an das Fenster und schaute hinaus auf die Landstraße, auf der böige Windstöße den Staub aufwirbelten.

Sicher würde heute noch ein Gewitter kommen. Es war schon in den Morgenstunden drückend und schwül gewesen.

Jetzt, wo niemand um sie war und sie sich von den Menschen unbeobachtet fühlte, nahm ihr Gesicht einen etwas wehmütigen Zug an. Die Hochzeit war schon seit Monaten geplant gewesen, und sie war glücklich und ihrer Sache vollkommen sicher gewesen – und doch beschlich sie nun, da es geschehen war, plötzlich ein banges Gefühl.

Warum nur? Sie kannte den Wachtelhof und seine Bewohner, im Guten wie im Schlechten, und sie kannte vor allem Martin besser als alle anderen

Leute aus dem Dorf. Und sie liebte ihn auch. Sie sah hinter sein düster wirkendes Wesen, das er angenommen hatte, weil im Dorf so schlecht über ihn und die Seinen geredet wurde. Er war ein guter Mensch, man musste ihn nur zu nehmen wissen.

Von seiner Mutter hielt er sich fern, denn der Zank um die Rechte des vom Hof gejagten älteren Bruders hatte sie ihm gegenüber feindselig gemacht. Doch Karl war fort, und er würde wohl nie mehr heimkommen. Ob er überhaupt noch lebte?

Sie hatte also überhaupt keinen Grund zu glauben, dass sie mit Martin unglücklich werden könnte. Der Vater glaubte es auch nicht. Nur der Franz hatte sich nie dazu geäußert.

So tief in Gedanken versunken, hatte sie gar nicht gehört, dass die Tür aufgegangen war, und sie fuhr vor Schreck zusammen, als ihr Bruder plötzlich neben ihr stand.

»Was ist denn?«, fragte sie.

»Ich habe dich gesucht.«

»Wozu?«

Darauf gab er keine Antwort. Er schaute nun auch nachdenklich auf die Straße hinab.

»Du willst mir etwas sagen, Franz«, stellte sie fest. »Was ist es denn?«

Er rührte sich nicht gleich. Dann griff er plötzlich nach ihrer Hand.

»Ich habe Angst um dich, Lena!«, sagte er dann sehr leise.

»Angst? Warum denn?«, frage sie zurück und bemühte sich um einen leichten, unbefangenen Ton. Dass sie gerade eben selbst ein banges Gefühl der Beklemmung verspürt hatte, davon wollte sie zu ihm nichts sagen.

Franz seufzte auf und gestand: »Ich weiß es nicht. Ich habe mich wirklich bemüht, aber ich kann mich einfach nicht mit dir freuen, wie ich es sollte. Und ich kann mir einfach nicht vorstellen, dass du seit heute Wachtelhoferin bist!«

»Daran wirst du dich gewöhnen müssen, Franz!«, sagte Lena, aber nur ein milder Vorwurf schwang in ihrer Stimme mit.

»Aber es ist so einsam da drüben, und die Leute dort ... Und – ich weiß nicht, wie ich es dir sagen soll – ich habe einfach ein ungutes Gefühl!«

»Aber warum denn? Was soll mir denn geschehen?«, rief die Schwester aus, und insgeheim hoffte sie, Franz könne ihre eigenen, schwer fassbaren Ängste so in Worte fassen, dass sie ihren Schrecken verlieren würden.

Doch der Bruder wusste nicht, wie ansetzen, und nach einigem Zögern fragte er nur: »Du liebst den Martin?«

»Ja«, sagte Lena aus voller Überzeugung.

Franz schwieg eine Weile und schaute dem Treiben des Windes draußen zu.

»Es wird ein Gewitter geben«, sagte sie. »Das Wetter drückt auch auf das Gemüt, Franz. Vielleicht bist du nur deswegen heute so bekümmert?«

Doch er schüttelte langsam den Kopf. »Ich denke an die Wachtelhofer und an alles, was man so über sie spricht. Der Karl war ein Lump!«

Er zögerte abermals, und dann stieß er endlich hervor: »Und der Martin ist sein Bruder. Die Buben vom Wachtelhof haben immer zusammengehalten. Auch in der Lumperei!«

»Franz!«, sagte Lena betroffen und runzelte die Stirn.

Ihr Bruder griff nach ihrer Hand, sah ihr offen ins Gesicht und sagte in eindringlichem Ton: »Ich weiß, dass ich das nicht sagen sollte. Aber ich kann mir nicht helfen, Lena: Wenn man den Martin und neben ihm den Michael betrachtet, sie haben beide etwas in ihrem Gesicht, was einem nicht gefällt.«

»Mich wundert, dass du erst heute davon sprichst, Franz!«, sagte Lena.

»Ich habe es nie gewagt«, gestand ihr Bruder. »Du weißt, der Thomas war mein Freund, und ich habe befürchtet, von dir falsch verstanden zu werden. Du hättest vielleicht geglaubt, dass ich dir seinetwegen den Wachtelhof ausreden möchte.«

Als er diesen Namen nannte, trat ein abweisender Zug in ihr Gesicht. An Thomas wollte sie jetzt nicht denken. Das war schon lange vorbei – vorbei und vergessen. Sie wollte nicht daran erinnert werden, und schon gar nicht an ihrem Hochzeitstag.

»Ich weiß genau, was ich will, Franz. Ich bitte dich also, mir den Mut nicht zu nehmen.«

»Das will ich nicht, Lena! Ich wollte dir nur sagen, dass du auf dich aufpassen sollst. Und wenn je etwas sein sollte, ich stehe zu dir! Der Weg herüber zum ›Feldschloss‹ ist ja nicht gar so weit!«

Sie wusste immer noch nicht recht, was sie von der Sache halten sollte. Aber sie sah, dass er es gut meinte mit ihr, und deshalb nickte sie ihm versöhnlich zu.

Auf einmal war die Sonne weg, daran merkten sie, dass das Gewitter nun fast schon herangekommen war. In der Stube wurde es so düster, dass man das Licht einschalten musste.

Man schickte den Michael heim, damit der Anselm nicht so lange allein war, wenn etwas sein sollte drüben mit den verlassenen Häusern des Wachtelhofes. Aber der alte Arbeiter hatte sich schon um alles gekümmert und die Türen und Fenster fest geschlossen, als der Wind böig wurde und die schwarzen Wolken am Himmel immer dichter und drohender heranrückten.

Als Michael heimkam, fiel bereits Regen. Er setzte sich zu dem alten Arbeiter in die Stube und horchte mit ihm hinaus auf den rollenden Donner. Anselm wollte von ihm wissen, wie es gewesen war auf dem Fest in der Kirche und beim Essen. Michael erzählte ihm ausführlich davon und unterbrach nur dann, wenn der Blitz irgendwo in den großen Forst schlug und ein lauter Donnerschlag die Scheiben in den Fenstern erklirren ließ. Es war ein schwereres Gewitter als beide es seit langem erlebt hatten.

Anselm hockte in der dämmerigen Ecke auf seinem angestammten Platz und schaute unbeirrt hinaus aus dem Fenster, vor dem der Michael breit und unbeweglich saß.

Als der Bursche am Ende seines Berichtes war, sagte der Alte langsam, nachdenklich und nachdrücklich: »Die Lena ist gut. Der Wachtelhof wird sein Gesicht verändern, und er wird vielleicht auch wieder zu Ehren kommen.«

Der Michael hob den Kopf. »Zu Ehren?«

»Du weißt ja, was die Leute sagen!«

»Die Leute!«, warf Michael verächtlich hin.

»Haben sie nicht Recht?«

»Vielleicht, was den Karl betrifft ...«

»Ob es allein der Karl war ...?«, zweifelte Anselm.

Es war dunkel geworden in der Stube. Bei jedem Blitzstrahl leuchteten die Fenster auf wie unter einem Flammenschein.

Michael schaute in die schwarze Ecke, wo der Arbeiter saß. Er wartete, ob dieser noch etwas dazu sagen würde. Aber Anselm blieb stumm. Man hörte nur den Sturm und den klatschenden Regen an den Fenstern.

»Du willst damit sagen, dass auch ich mit dabei war damals bei der Geschichte im Wald?«, begann endlich der Michael.

Anselm antwortete nicht gleich. Er ließ erst den Donner verhallen. »Ja – du und der Martin!«, sagte er dann fest und entschlossen.

»Damit behauptest du aber, dass die Mutter gelogen hat!«

»Ja, das hat sie!«

Michael schwieg. Er fuhr mit den Fingern durch sein rotes Haar und schaute zum Fenster hinaus auf die Bäume, die sich im Sturm bogen und schüttelten.

Sie sprachen nun beide nicht mehr und warteten schweigend, bis das Gewitter endlich langsam abzog. Dann erst ließ der Michael sich wieder hören: »Die Buben vom Wachtelhof sind älter geworden und gesetzter. Sie bleiben nun zu Hause. Ist es nicht so, Anselm? Es wäre schlimm, wenn man der Lena mit diesem alten Zeug kommen wollte. Du wirst ihr nichts darüber sagen, Anselm, nicht wahr?«

»Nein.«

Wieder fielen die beiden in ein langes Schweigen. Sie dachten jetzt wohl beide an den schlimmsten Tag zurück, den der Hof je erlebt hatte, an den Tag, an dem man den schwer verwundeten Förster von Daxenegg im Wald gefunden hatte. Er war in der Nacht von Wilderern angeschossen worden, die in der Zeit davor schon wochenlang Jagdfrevel getrieben hatten. Der Förster hatte all seine Anstrengungen darauf gerichtet, sie zu stellen. Das hätte ihn beinahe das Leben gekostet.

Der Verdacht hatte sich sogleich auf den Wachtelhof gerichtet, dessen drei Söhne so eigentümliche und zweifelhafte Naturen waren. Man konnte ihnen eine solche Tat zutrauen. Und wie oft waren sie nachts oder auch an den Feiertagen im Wald angetroffen worden, ohne dass sie einen rechten Grund für ihr Streunen hätten sagen können? Die Lage ihrer einsamen, waldumschlossenen Heimstatt und die tägliche, geradezu aufdringliche Versuchung zu verbotenem Treiben hatte in ihnen vielleicht eine unstillbare Leidenschaft geweckt, einen Hang nach dem Gefährlichen.

So hatte man im Dorf schon lange von ihnen gesprochen, und also wurde auch in der Sache mit dem Förster über sie getuschelt.

Eines Tages hatte dann die Polizei am Wachtelhof angeklopft. Der Karl war zu der Zeit schon nicht mehr daheim gewesen, und niemand vermochte Angaben über seinen Aufenthalt zu machen. Der Vater gab an, er habe seinen ältesten Sohn aus dem Hause gejagt, weil dem seine Liederlichkeit, Bosheit und Heimtücke auch durch viele und strenge Ermahnungen nicht auszutreiben gewesen seien. Ob er mit dem Schuss auf den Förster etwas zu tun gehabt habe, wisse er freilich nicht zu sagen.

Den beiden jüngeren Brüder hatte die Mutter ein lückenloses Alibi gegeben. Sie behauptete, beide hätten das Haus wegen einer schweren Durchfallerkrankung nicht verlassen können. Sie habe außerdem einen leichten Schlaf und hätte in der fraglichen Nacht mehrere Male gehört, wie die Kammertüren der beiden auf- und zugegangen seien, wenn sie eine gewisse Örtlichkeit hätten aufsuchen müssen.

Somit fand die Tat keine Aufklärung. Der arme Förster von Daxenegg hatte sich zwar wieder erholt, doch ein Hinken war zurückgeblieben, was ihm die Arbeit mühsam machte. Er sehnte sich nach dem verdienten Ruhestand.

Anselm schaute nach der großen Holzuhr an der Wand und stand schnell auf. Es war Zeit geworden für die abendliche Stallarbeit.

»Komm!«, sagte er zu Michael. Und Michael folgte ihm hinüber in den Stall.

Der Regen dauerte noch bis in die Nacht hinein, danach klarte es wieder auf, und es erschienen die Sterne am Himmel. Aber die Wege durch den Wald waren jetzt schon aufgeweicht und schlammig.

Franz, der Bruder der Braut, fuhr die Bewohner des Wachtelhofes nach Hause. Auf der Fahrt wurde wenig gesprochen. Nur da, wo der Sturm einen besonderen Schaden angerichtet hatte, fielen vereinzelte Äußerungen.

Still und schwarz lagen die beiden Häuser in der grünen Waldinsel. Das einsame Licht aus dem Stubenfenster des Wachtelhofes gab ihnen Ziel und Richtung an.

»Kommst du noch mit hinein?«, fragte Lena ihren Bruder, als sie im Hofe anhielten. Der schüttelte den Kopf.

»Es ist schon zu spät heute. Aber an einem der nächsten Tage werde ich euch besuchen«, sagte er. Dennoch hielt er ihre Hand fest, als wolle er sie gar nicht aussteigen lassen. Sie fühlte, dass er ihr vieles sagen wollte und dass die Trennung ihm ungemein schwer fiel.

Martin stand schweigend daneben und wartete geduldig darauf, dass Franz sie freigab, und schließlich tat dieser es auch. Allen anderen wünschte der Franz ebenfalls mit einem kurzen Händedruck eine gute Nacht, dann endlich wendete er den Wagen und fuhr davon.

Der alte Wachtelhofer griff nach der Hand der jungen Frau.

»Nun geh mit Gott in dein neues Heim, Lena! Ich wünsche euch beiden Glück und Gottes Segen. Es werden nicht nur gute Tage in eurem Leben sein, sondern auch viele, die Mut und Kraft erfordern. Es gibt eben gute und böse Zeiten, und niemand kann sicher sein, ob und wann sie ihn selbst treffen werden. Aber du, Lena, du wirst es schaffen! Das spüre ich ganz deutlich. Ich danke dem Himmel dafür, dass er meinem Sohn eine solche Frau und mir eine solche Tochter geschenkt hat!«

Auch die Wachtlin bot ihr die Hand und sagte etwas, das wohl ähnlich liebenswürdig sein sollte. Aber ihre Worte hatten nicht dieselbe Wirkung wie die des alten Wachtelhofers, bei denen man gespürt hatte, dass sie von Herzen gekommen waren.

Die beiden Alten gingen nun dem Pfründhaus zu, und Lena folgte ihrem Mann hinein in den Wachtelhof. In der Stube saßen Michael und Anselm, und beide standen auf, als das Hochzeitspaar eintrat.

Lena schaute in die weiträumige Stube, in der die Winkel dunkel waren, weil das Licht über dem Tisch zu schwach war, um sie auszuleuchten. So gut sie diesen Raum kannte, so ungewohnt war die Vorstellung, dass sie von nun an hier daheim war. Und was mochten die beiden anderen denken? Ob sie sich Sorgen machten, dass die neue Bäuerin nun alles umkrempeln würde, was ihnen immer vertraut und angenehm gewesen war?

»Michael, für dich wird sich wohl nichts ändern«, sagte sie freundlich zu dem rothaarigen Burschen. »Du bist nach wie vor hier daheim. Überhaupt möchte ich, dass alles so bleibt, wie es war!«

Das hörte Michael gerne. Bewundernd und fast treuherzig schaute er seine Schwägerin an. Sie war wirklich eine schöne, eine besondere Frau, die Lena! Nur wenige Worte wusste er zu sagen, denn ihr gegenüber fühlte er sich immer wie ein dummer, ungehobelter Klotz und war deshalb verlegen. Doch sie ließ es ihn niemals spüren.

Mit einem freudigen und aufrichtigen »Gut Nacht!«, verließ Michael dann schließlich die Stube, um zu Bett zu gehen.

Auch für den Arbeiter hatte die neue Bäuerin ein paar freundliche Worte, doch erst als dann auch er mit seinem müden Schritt über die Stiege zu seiner Kammer ging, fiel ihr plötzlich ein, dass der Anselm den ganzen Tag alleine gewesen war und sicher nichts Richtiges zum Essen gehabt hatte. Sie nahm Martin das Päckchen ab, das er noch in der Hand hielt, und eilte damit dem Arbeiter nach. Sie holte ihn ein, als er gerade die Kammer betrat.

Lena packte den übrig gebliebenen Kuchen und den Wein aus und stellte diese Dinge auf seinen Tisch neben dem Bett.

»Du hast ja heute das Haus hüten müssen, Anselm, und sollst doch auch etwas haben von der Hochzeit!«, sagte sie dabei lachend.

Der alte Mann riss verwundert die Augen auf. Offenbar hatte er nicht damit gerechnet, dass irgendjemand auch an ihn denken würde, der an diesem Festtag nicht hatte teilnehmen können.

Lena dachte daran, dass dieser Alte fast sein ganzes Leben lang in diesem Haus verbracht hatte und dass er alles, was darin geschah, an Gutem und an Bösem, mitempfunden und mitertragen hatte. Sie sah die Falten des Kummers und des Alters in seinem guten, bescheidenen, fast väterlichen Gesicht und hatte das Bedürfnis, ihm noch etwas Freundliches zu sagen.

»Wir beide wollen fest zusammenhalten, Anselm«, sagte sie, ohne sich lange besinnen zu müssen.

Anselms Augen wurden feucht. »Ich bin schon alt!«, sagte er, und es klang, als wolle er damit sagen: ›Für mich habt ihr hier nicht mehr lange Verwendung.‹

»Aber noch rüstig und gesund, Anselm!«, widersprach Lena. »Wir werden und wollen schon noch eine schöne Weile zusammenbleiben! Also?«

Sie streckte lächelnd die Hand aus, und der alte Arbeiter schlug ein. Der kräftige Druck seiner Hand verriet, dass noch viel Kraft in ihm war.

Als die junge Bäuerin in die Stube zurückkam, war Martin gerade auf dem Sprung nachzusehen, wo sie so lange blieb. Er hatte sein steifes Hochzeitsgewand abgelegt, in dem er sich doch etwas unbehaglich gefühlt hatte, und auch Lena zog sich nun um und schlüpfte in bequemere, häusliche Kleidung. Dann öffnete sie das Fenster und horchte hinaus in die Stille und hinüber zum schwarzen, schweigenden Wald. Eine Weile war drüben im Pfründhaus noch Licht. Dann erlosch es. Nun waren sie also die einzigen Menschen, die noch auf waren.

Martin stand dicht hinter ihr. Sie spürte seinen warmen Atem in ihrem Nacken und erschauerte leise, als er plötzlich seinen Arm um sie legte und sie fest an sich zog. »Ich bin so glücklich, Lena!«, hauchte er leise in ihr Ohr.

Sie wusste, dass das die reine Wahrheit war, auch wenn er nie viele Worte gebraucht hatte, um über seine Liebe zu ihr zu reden. Er konnte das eben nicht so wie andere Leute, weil das Schweigen nun einmal seine Art war. Dennoch waren seine Gefühle tief und echt.

Es waren doch diese Gefühle, seine Liebe, die sie aus ganzem Herzen erwiderte, die sie beide zusammengeführt hatten! Warum hatte ihr Bruder heute nur so sonderbare Reden führen müssen? Hatte sie jemals Angst gehabt vor dem Wachtelhof und seinen Menschen? Und heute nun wollte zum ersten Male etwas wie Unbehagen über sie kommen. Ausgerechnet am Hochzeitstag!

Sie wandte Martin ihr Gesicht zu und sah ihn zärtlich an. Das Düstere an ihm war jetzt verschwunden. Wer hätte in diesem Augenblick behaupten können, dass er etwas Unheimliches an sich hätte? Die Züge seines Gesichts verrieten Güte und Herz. Sie hatte immer gewusst, dass dies in ihm war, auch dann, wenn man es ihm von außen nicht ansah.

Mit einem glücklichen Seufzer ließ sie den Kopf an seine Brust sinken. Er aber hob ihr Gesicht zu sich empor.

»Meine Frau!«, sagte er. Es klang wie ein Versprechen, das für immer gelten sollte.

2

Die Landwirtschaft allein ernährte die Wachtelhofer schon lange nicht mehr. Es waren ja nur ein paar Äcker da und so viele Wiesen, dass gerade vier Kühe und ein Ochse gehalten werden konnten.

Schon der Vater des alten Wachtelhofers hatte deshalb einen anderweitigen Arbeitszweig als Nebenerwerb angefangen, der ihm aufgrund der Lage des Hauses fast von selbst in die Hand fiel: Er begann und baute eine Flachsspinnerei auf. Und das Glück war mit ihm gewesen: Händler und Handwerker aus der Stadt hielten bald eifrige Nachfrage nach seiner Ware. So war aus dem Nebenerwerb bald seine wichtigste Verdienstquelle geworden.

Der alte Wachtelhofer hatte das Werk dann noch weiterentwickelt. Er ließ einen Motor einbauen und steigerte damit die Produktion ganz beträchtlich. Nur in der Zeit, in der das Heu und das Korn eingeholt wurde, stand die Spinnerei still.

Den Flachs holten sie gegen eine geringe jährliche Pacht aus den Niederungen des Daxenegger Forstes und warfen es über den Anger zum Dörren. Diese Arbeit taten hauptsächlich die beiden Brüder, Martin und Michael. Anselm musste nur manchmal mithelfen, wenn ihm gerade Zeit blieb neben seiner Arbeit im Stall und auf dem Feld.

Der Vater hatte zu seinem Kummer die Arbeit inzwischen endgültig aus der Hand legen müssen, denn seit einiger Zeit stimmte es nicht mehr bei ihm mit dem Herzen. Und die Hilfe der viel gesünderen Mutter lehnte der Martin ab. Es hatte viel böses Blut gegeben zwischen dem jungen Bauern und seiner Mutter, und das hatte dazu geführt, dass beide sich nun schon seit Monaten so gut wie möglich aus dem Weg gingen.

Jetzt hatte der Wachtelhof seine junge Bäuerin, und schon gleich in den ersten Tagen spürte man die Veränderung im Haus. Es war in allen Räumen eine bessere Ordnung als vorher und in der Einteilung des Tages und Einhaltung der Feierabende eine größere Genauigkeit. Auch das Essen war besser und bekömmlicher.

Man sah es den Gesichtern an, wie gut allen diese Erneuerungen bekamen.

Der Anselm schien auf einmal um Jahre jünger geworden zu sein, vielleicht weil er nun plötzlich mehr auf sein Äußeres gab als vorher, weil er sich an den Abenden den Schweiß und den Schmutz von den Händen und vom Gesicht wusch und sich zu den Feiertagen rasierte. Nicht dass ihm jemand sagte, er müsse das machen: Nein, er hatte auf einmal selbst ein Bedürfnis danach, der jungen Frau nicht in liederlichem und unordentlichem Zustand unter die Augen zu treten. Auch Michael sah ordentlicher aus, sein rotes, struppiges Haar, das sonst immer wild von seinem Kopf abgestanden war, wurde nun offenbar von ihm gekämmt und mit Wasser geglättet.

Martin konnte wirklich glücklich und zufrieden sein mit seiner jungen Frau. Und er war es auch. Lena hielt das Haus mustergültig in Ordnung und machte auch vieles im Stall, sodass Anselm viel mehr als sonst in der Spinnerei aushelfen konnte. Sie sah, wie gut alles klappte, und dass alle mit ihr zufrieden waren. Das machte sie glücklich. Manchmal stellte sie sich ans Fenster und horchte in die Stille der Umgebung, schaute in die Fenster des Pfründhauses, das oft so still und einsam wirkte, dass sie sich anfing, Sorgen zu machen. Seit dem Hochzeitstag hatte sie den alten Vater nicht mehr gesehen. Fehlte ihm vielleicht etwas?

Die alte Wachtlin kam jeden Morgen herüber und holte die Milch und sonstige Dinge, die sie im Austrag brauchten. Sie kam so leise und schleichend, dass man sie nicht hörte und bemerkte, bevor sie nicht vor einem stand. Das gehörte zu ihrer Art und passte ganz zu ihrem Wesen. Lena fand das so abstoßend, dass sie sich nicht dazu überwinden konnte, die Alte etwas zu fragen, sondern nur das Nötigste mit ihr sprach.

Als die junge Wachtelhoferin am ersten Sonntag nach der Hochzeit mit ihrem Mann ins Dorf zur Kirche ging, gab es viel Getuschel und lange Hälse bei den Leuten. Man konnte immer noch nicht glauben und begreifen, dass diese Frau an der Seite des düsteren, grobschlächtigen Mannes ihr Glück finden konnte. Und es fiel den Leuten offenbar schwer, einen stichhaltigen Grund für diese ungleiche, ja, geradezu ungehörige eheliche Verbindung zu finden.

Aber sie kümmerten sich beide nicht darum. Ehe sie wieder nach Hause zurückkehrten, statteten sie noch dem »Feldschloss« einen kurzen Besuch ab, um nachzusehen, wie es dort ging. Darüber freuten sich alle sehr, auch die Hanna, die gerade in der Küche bis über die Ohren in der Arbeit steckte. Der Vater brachte eine Flasche Wein von seiner besonderen Sorte aus dem Keller und stieß mit ihnen an. Und Franz begleitete sie noch ein Stück auf ihrem Heimweg.

Erst als sie wieder daheim waren und nachdem Lena öfter durch das Fenster zum Pfründhaus hinübergesehen hatte, gestand sie ihrem Mann, dass sie sich schon seit Tagen um seinen Vater sorge. Sie hätte ihn auch nicht in der Kirche gesehen, weshalb sie fürchte, dass er ernstlich erkrankt sei.

»Willst du nicht schauen, was los ist?«, bat sie ihn.

»Nein«, antwortete Martin ohne jede weitere Erklärung.

Diese Antwort hatte sie nicht erwartet. Deshalb schaute sie ihn ganz bestürzt an.

»Wie meinst du das?«

»Ich geh nicht ins Pfründhaus.«

»Auch dann nicht, wenn es die Umstände erfordern?«

»Ich glaube nicht, dass es notwendig ist.«

»Und wenn ich gehe, hast du etwas dagegen?«

»Nein.«

Lena beschloss, diese knappen Worte als ehrlich gemeinte Zustimmung zu nehmen. Nach dem Essen ging sie dann hinüber und betrat so zum ersten

Mal das Pfründhaus. Sie fand den alten Vater in der kleinen Stube in einem Lehnstuhl sitzend vor. Er war allein und sah sehr elend aus. Sein Atem ging schwer.

Über sein Gesicht ging ein Strahl der Freude, als er sie sah.

»Du bist krank?«, fragte sie besorgt.

Er deutete auf die Brust.

»Es stimmt schon lange nicht mehr recht da drin«, meinte er, und das Sprechen machte ihm sichtlich Mühe. »Viel Arbeit, Sorgen – und viel Verdruss! Mein Gott, was soll man sich da wundern, wenn solche Dinge kommen? Einmal bleibt jede Uhr stehen!«

»Aber man muss etwas dagegen tun, Vater!«, widersprach Lena. »Es gehört vor allem einmal der Arzt her – und dann muss man sich halt in Gottes Namen einmal ein paar Tage still und ruhig ins Bett legen!«

Sie sagte das in einer energischen, aber dennoch liebevoll besorgten Art.

Er lächelte ihr dankbar zu. So teilnehmend hatte schon lange niemand mehr zu ihm gesprochen.

Die junge Frau schaute sich um. Offenbar wunderte sie sich, dass die Wachtlin nicht zu sehen war. Der Alte bemerkte das und erklärte, die Mutter sei eben ins Dorf gegangen, um beim Balthasar etwas zu holen, was ihm Erleichterung verschaffen solle.

Der Balthasar war ein alter Schäfer im Dorf, der im Rufe eines geschickten Heilkundigen stand. Für alle Beschwerden wusste er ein gutes Tränklein. Manche Leute behaupteten sogar, dass er oft auch dann noch zu helfen vermöge, wenn ärztliche Kunst schon versagt hätte.

Lena glaubte nicht, dass Balthasars Künste in so einem Fall denen eines Arztes vorzuziehen seien. Sie brachte den Alten auch bald zur Einsicht, dass in seinem Fall ein Arzt zurate gezogen werden müsse.

»Du bist so gut zu mir, Lena«, dankte er ihr. »Dir scheint es ernst damit zu sein, dass ich noch ein Weilchen am Leben bleibe!«

Sie ging hinaus in die Kammer, räumte auf und überzog das Bett frisch. Dann führte sie den alten Mann hinaus und bettete ihn gut und säuberlich in die Kissen.

»Jetzt werde ich den Martin zum Doktor schicken!«, sagte sie und wandte sich zum Gehen. Aber er hielt sie noch zurück.

»Warte noch, Lena! Lass dir noch etwas sagen!«, bat er.

Sie setzte sich zu ihm ans Bett und hielt seine Hand. Er war ernsthaft krank, und es tat ihr Leid, dass sie erst heute nach ihm gesehen hatte. Wer konnte wissen, wie lange es ihm schon so schlecht ging? Dass die alte Wachtlin ihn in so einem Zustand alleine im Lehnstuhl herumsitzen ließ! Herrgott, was für Menschen hatte man im Wachtelhof denn um sich, wenn man einmal der Hilfe bedurfte?

»Ich habe dem Martin das Versprechen abgenommen, dass er nie zu uns ins Pfründhaus kommt!«, begann der Alte.

»Warum soll er das nicht?«, staunte sie.

»Wegen seiner Mutter! – Es ist schlimm, dass man so reden muss! Aber du weißt ja: Sie hatten keine gute Mutter, meine Buben!«

Lena nickte stumm.

»Solange ich lebe, wird alles gut sein«, fuhr er fort. »Aber wenn ich tot bin, weiß ich nicht, was werden soll. Die Mutter hat den Karl immer dem Martin vorgezogen, und sie war nie damit einverstanden, dass ich unseren Ältesten enterbt habe. Ich traue ihr jede Schlechtigkeit zu, um ihm den Hof doch noch zu verschaffen. Der Martin aber hat schon als kleiner Bub alles für seine Mutter getan, obwohl sie ihn immer hat fühlen lassen, dass er ihr gleichgültig ist. Wer wird sie später daran hindern, über ihn Einfluss zu gewinnen und ihm vielleicht Schaden zuzufügen, wenn ich einmal nicht mehr bin?«

»Ich, Vater!«, sagte Lena ohne Zögern.

Er schaute sie an, sah die Entschlossenheit in ihrem Gesicht.

»Gott gebe es, dass du es vermagst!«, sagte er. »Karl war ihr besonderer Liebling. Was daraus geworden ist, siehst du ja. Wenn er sich nur von hier fernhält ...«

»Lass das, Vater!«, unterbrach ihn Lena. »Du musst ruhen! – Ich verspreche dir jedenfalls, dass ich alles dafür tun werde.«

Damit stand sie auf und drückte ihn sanft in die Kissen.

»Du bist eine gute und tapfere Frau, Lena! Wie froh bin ich, dass du da bist!«, sagte der alte Wachtelhofer.

Martin hatte in der Stube auf sie gewartet.

»Der Vater ist schwer krank«, berichtete sie ihm. »Du musst den Doktor holen, Martin!«

»Heute? Am Sonntag?«, wollte er sich entrüsten.

»Morgen kann es zu spät sein«, sagte sie mit so ernstem Gesicht, dass er keine Einwände mehr erhob, sondern sich schweigend fertig machte.

Sie schaute ihm durch das Fenster nach, als er mit großen Schritten dem Wald zulief. Sie war mit ihren Gedanken bei den Worten, die der schwer kranke Vater eben zu ihr gesagt hatte, so als wolle er sich eine letzte Sorge von Herzen reden. Das also waren die Menschen, zu denen sie jetzt gehörte! Aber sie durfte nicht ängstlich werden. Sie musste weiterhin zu ihrem »Ja« stehen, wie sie bis jetzt zu ihm gestanden hatte.

Der Arbeiter Anselm kam herein und setzte sich in seine Ecke. Er griff schweigend nach dem Wochenblatt und fing an zu lesen. Sie dachte, dass der Anselm gar vieles erzählen könnte aus der Geschichte des Hauses, und sie war fast versucht, ihn ein wenig auszufragen. Aber die Scheu davor besiegte ihre Neugier. Sie wagte es nicht, dem alten Arbeiter einen Blick in ihr Herz zu gewähren, wenn er auch ein grundehrlicher Kerl war. Und helfen konnte er ihr doch nicht.

Sie wandte sich plötzlich nach ihm um. »Ich geh ins Pfründhaus, Anselm«, sagte sie.

Der Alte schaute auf. Das Blatt in seiner Hand knisterte leise. Man sah ihm an, dass er etwas fragen wollte. Aber er schwieg.

Die Wachtlin war eben heimgekommen und machte große Augen, als sie den Kranken im frisch gemachten Bett vorfand.

»Das habe ich gemacht«, sagte Lena ernst und entschlossen. »Martin holt gerade den Arzt. Man darf nicht mehr länger warten!«

Sie nahm der Wachtlin kurzerhand die Dinge ab, die sie vom Schäfer Balthasar mitgebracht hatte, und stellte sie beiseite.

In den Augen der Wachtlin glomm ein böses Leuchten. Aber sie beherrschte sich.

»Es ist das erste Mal, dass man im Wachtelhof einen Arzt braucht!«, konnte sie sich nicht verkneifen zu bemerken. Es passte ihr offenbar nicht, dass auf einmal solche Neuerungen einrissen. Bis heute war der Balthasar mit seinen Tropfen noch immer gut genug gewesen!

»Nun ist es halt einmal so, dass man ihn braucht!«, antwortete die Lena, und dann bereitete sie alles für den Arztbesuch vor. Sie blieb bis der Arzt kam, um noch zu hören, wo es überhaupt fehlte und was man zu tun hätte.

Sie sah an dem sorgenvollen Gesicht des Arztes, dass es nicht gut stand um den alten Mann. Es war das Herz, das die Probleme machte, erfuhr sie. Der Kranke erhielt eine Strophantin-Spritze in die Vene, und ihm wurde unbedingte Bettruhe verordnet.

Dabei hielt der Arzt sich vornehmlich an die junge Frau mit seinen Anweisungen, weil er schon nach wenigen Sätzen erkannte, dass sie die verständigere von beiden war. Lena übernahm damit die vom Arzt verordnete Pflege.

So kam es, dass sie in der folgenden Zeit mehrmals am Tag zum Pfründhaus hinüberlief, um dort nach dem Rechten zu sehen.

Sie brachte dem Kranken ein besonderes Essen, bettete ihn frisch, lüftete die Kammer und blieb dann noch eine Weile an seinem Bett sitzen, um ihn aufzumuntern.

In der nächsten Zeit kam dann der Arzt zunächst täglich, dann später aber nur noch jeden zweiten Tag, woran zu erkennen war, dass er mit dem Verlauf der Krankheit zufrieden war.

Die alte Wachtlin schlich durch das Haus wie ein geprügelter Hund. Im Augenblick konnte sie eben nichts anderes tun, als dabei zuzusehen, wie die Junge sich jeden Tag mehr in ihre eigenen Dinge hineindrängte.

»Es geht ihm jetzt besser, dem Vater«, sagte die Lena nach ein paar Wochen zu der alten Wachtlin, als sie gerade wieder den Kranken versorgt hatte und das Haus verließ.

»Aber der Doktor hat gesagt, dass das ein großes Glück war, es hätte auch tödlich ausgehen können.«

Die Alte wand sich, hörte sie hier doch den versteckten Vorwurf heraus, dass es ihre Schuld gewesen wäre, wenn der alte Wachtelhofer gestorben wäre. »Jetzt bin ich freilich froh, dass du dich eingeschaltet hast«, rang sie sich ab. »Und ich danke dir dafür!«

Lena hatte das Gefühl, dass das, was die Alte eben sagte, nicht ehrlich gemeint war. Aber sie nahm die Hand, die die Alte ihr entgegenstreckte.

Dann kam die arbeitsreichste Zeit des Jahres. Zuerst wurde das Heu, dann das Korn und hierauf das Grummet eingeholt. Zum Schluss ging es an die Kartoffeln, an die Rüben und das Kraut. Täglich stand Lena draußen auf den Wiesen oder Feldern mit den anderen Bewohnern des Hofes und half beim Mähen, Wenden und Laden.

Der alte Wachtelhofer, der wieder leidlich hergestellt war, kam mehrmals am Tag, schaute ihnen zu und sprach ein paar Worte mit ihnen. Helfen konnte er ihnen freilich nicht mehr, dazu fehlte ihm die Kraft.

So verging der Sommer, der Herbst und der Winter. Und als der neue Frühling wieder seinen grünen Hauch über die Gründe des Wachtelhofes wehte und Lena schon fast ein Jahr als Bäuerin auf dem Hof war, hatte noch nichts, weder von innen noch von außen, das Glück einmal ernstlich bedroht. Es hatte fast den Anschein, als ob es überhaupt nicht mehr gestört werden könnte.

Der junge Wachtelhofer hatte sich verändert in diesem Jahr. Es kam sogar vor, dass er drüben an der Gemarkung mit den Menschen sprach, die der Weg hier vorbeiführte. Überhaupt verlor der Wachtelhof nach und nach sein schlechtes Ansehen, das er einmal, infolge der üblen Gerüchte, die damals im Umgang waren, gehabt hatte.

Einige Wochen schon hatte Lena erwartungsvoll in sich hineingehorcht. Sie ahnte es schon länger, aber bis jetzt hatte sie noch ein Geheimnis daraus gemacht, auch dem Martin gegenüber, weil ihr eine gewisse heilige Scheu Schweigen gebot, bis sie ihrer Sache sicher war. Es schien ihr, als könnte sich das Wunder vielleicht in nichts auflösen, wenn sie zu früh darüber sprach.

Es war ein sonniger Frühlingsmorgen, als sie eben Anselm mit dem Ochsen und dem Saatgut auf den Acker geschickt hatte und einen Augenblick hinter dem Haus stand. Tief atmete sie die klare, reine Luft ein, sah den blauen Himmel mit den vereinzelten weißen Wolken, hörte das Singen der Lerchen, und auf einmal wurde es ihr zur freudigen Gewissheit, was sie bis jetzt nur geahnt und erhofft hatte: dass sie Mutter wurde.

Diese plötzliche Erkenntnis war für sie so ungeheuerlich, so erschütternd, dass sie allein nicht damit fertig zu werden glaubte.

Sie lief in die Spinnerei, um Martin herauszurufen, damit sie ihm auf der Stelle sagen konnte, was mit ihr war. Doch Martin war nicht da. Nur den Michael fand sie dort vor, der eben den gesponnenen Flachs in große Ballen band. Der Martin sei schon vor einer Stunde hinüber nach Daxenegg zur Forstverwaltung gegangen, um die fällige Pacht einzubezahlen, sagte Michael. Aber wenn sie irgendwie gerade Hilfe brauche, stehe er ihr gerne zur Verfügung.

Lena war enttäuscht. Es war durchaus nichts Ungewöhnliches, dass der Martin fortgegangen war, ohne ihr zuvor etwas zu sagen. Das machte er immer so, und sie hatte sich daran gewöhnt. Aber gerade jetzt hätte er da sein sollen, dachte sie, sich mit ihr freuen und das große Geheimnis mit ihr teilen.

»Nein, Michael, ich brauche keine Hilfe. Ich wollte ihm nur schnell etwas sagen.«

»Es kann Mittag werden oder noch später. Der Weg zum Forsthaus ist weit!«

Da ging sie wieder ins Haus an ihre Arbeit.

Der Daxenegger Forst zog sich, wenn man ihn von der Höhe aus sah, wie ein dunkelgrüner, dicht gewebter Teppich weit über das Land hin. Wenn man auf den Wegen ging, die durch ihn hindurchführten, war er düster und still. Nur das Rauschen der Bäume im Wind war zu hören, und wenn die Stürme darübergingen war ein Ächzen und Stöhnen in den Tanngründen, das fast zum Fürchten unheimlich klang.

An ruhigen Tagen konnte man dazu noch das Ticken der Äxte aus den Holzschlägen hören, und wenn man nach oben blickte, sah man über den Höhen die Falken kreisen. Ab und zu ertönte ein Vogelruf. Ansonsten herrschte Stille. Vielleicht war es ja diese Stille gewesen, die aus den Wachtelhoferbuben so sonderbare, schweigsame Menschen gemacht hatte? Wald war ja die Nachbarschaft der Wachtelhofer. Wohin sie auch sahen, überall Wald! Und wenn sie aus den Niederungen den Flachs holten und das Edel- und Raubwild in seinem Treiben belauschen konnten, musste sie da nicht eine Art Rausch befallen?

Doch das verstanden die Leute nicht, sie konnten sich nicht vorstellen, was der Wald einem Menschen sein und bedeuten konnte, der umschlossen von ihm geboren und aufgewachsen war.

Es gab ein paar Stellen, von wo aus man das rote Ziegeldach des Forsthauses im Grün des Waldes aufleuchten sah, wenn gerade die Sonne darauffiel. Aber es lag weit, weit drinnen im Wald.

Dieser Wald war in Privatbesitz, und die Daxenegger, die Eigentümer, waren steinreiche Leute, die eine große Villa in der Stadt bewohnten. Sie nahmen von den Wachtelhofern nur eine geringe jährliche Pacht für den Flachs, das die schon seit Jahrzehnten immer aus ihrem Wald geholt hatten.

Martin Kohler, der junge Wachtelhofer, war auf dem Weg zum Forsthaus, um die fällig gewordene Pacht einzuzahlen. Er musste das früh in den Morgenstunden tun, weil er sonst den Förster nicht mehr dort antraf.

Das war kein leichter Gang für ihn, jedesmal kostete es ihn Überwindung, dem Mann gegenüberzutreten, der von unbekannten Jagdfrevlern angeschossen worden war. Wie lange hatte der Verdacht der Tat auf dem Wachtelhof gelegen! Und er war heute noch da, dieser Verdacht, wenn er sich auch nicht bestätigen ließ.

Er selbst hatte freilich ein gutes Gewissen, und auch den Michael konnte keine Schuld treffen, das wusste er genau. Mit dem Karl war es anders. Martin war, so wortkarg er auch immer sein mochte, ein ehrlicher Mensch.

Er hatte Angst davor, man könnte ihn doch einmal direkt fragen, ob Karl der Täter gewesen sei. Dann würde er nicht wissen, wie er antworten sollte, ohne entweder zu lügen oder Schande über sein Elternhaus zu bringen.

Er wusste ja, wie der Karl war. Schon als kleiner Bub, beim Spielen, beim Streiten, im Zorn und in den heftigen Widerworten, die er dem Vater gegeben hatte, war sein schlechter Charakter erkennbar gewesen. Doch sie hatten dennoch fest zusammengehalten, die Wachtelhofbuben, und wenn etwas war, hatte keiner den anderen verraten.

Sie hatten manches miteinander angestellt, was nicht richtig gewesen war, woran der Wald mit seinen Versuchungen Schuld hatte. Aber er konnte sich nicht erinnern, dass dabei jemals ein Mensch zu größerem Schaden gekommen war. Nur die Drohungen und Verwünschungen, die der Karl manchmal in seinem Zorn laut werden ließ, die hätten nicht sein dürfen.

Martin wusste, dass Karl seine Drohungen dieses eine Mal in die Tat umgesetzt haben musste. Und er war auf dem Weg zu dem Mann, dessen Gesundheit dadurch zerstört wurde, wenn er auch – Gott sei Dank! – am Leben geblieben war.

Mit solchen unruhigen Gedanken ging der Martin auf dem holprigen Waldweg zum Daxenegger Forsthaus. Er hörte die Laute aus dem Verborgenen, den Ruf des Gimpels und das Schnarren des Spechtes, ohne darauf zu achten. Nur wenn im Dickicht ein leises, schleichendes Knacksen war, dann wandte er seinen Kopf danach und suchte mit geübtem Blick nach dem Tier, das dort vor ihm zu entfliehen versuchte.

Diese Heimlichkeiten des Waldes hatten es in sich, dass man einfach darauf reagieren musste, auch wenn man mit den Gedanken weiß Gott wo war und sich geschworen hatte, niemals mehr eine Schusswaffe anzurühren.

Er dachte an das Glück in seinem Haus und an das schöne Leben, wie es dort jetzt war. Wie lange hatte es gedauert, bis er es zu glauben gewagt hatte, dass Lena, dieses schöne, immer fröhliche Mädchen, ihn wirklich liebte – ihn, Martin, der sich ihr gegenüber immer so unbeholfen und schwerfällig vorgekommen war. Doch sie hatte ihm – unglaublich, so schien es ihm immer noch – ihr Herz geschenkt und war mit ihm vor den Traualtar getreten. An seiner Seite hatte sie nun das erste Mal den einsamen Waldwinter vom Wachtelhof durchlebt. Und es war ein schöner Winter gewesen. Für alle!

Die Sonne stand schon hoch am Himmel, als Martin Kohler am Forsthaus ankam, und es herrschte ein lebhaftes Kommen und Gehen bei den Waldarbeitern, die Anweisungen für ihre Arbeit bekamen.

Martin setzte sich vor dem Haus auf eine Bank und wartete, bis der Förster allein war und Zeit für ihn hatte. Die Lichtung, in der das Forsthaus stand, war mit Buchen umstanden, die einen kühlen Schatten warfen. Die Rast tat ihm gut, denn seine Füße waren so weite Wege nicht mehr gewohnt, seit er Tag für Tag in der Spinnerei stand.

Die Gesichter der Holzfäller waren ihm alle bekannt. Wenn er auch nicht von jedem den Namen wusste, begegnet war er allen schon irgendwo und irgendwann im Wald oder anderswo. Sie erwiderten auch alle seinen Gruß, wenn sie an ihm vorbei in den Wald zu ihrem Schlag gingen.

Dann war schließlich Ruhe. Sie schienen nun alle ihre Anweisungen erhalten zu haben und an die Arbeit gegangen zu sein. Der Förster war jetzt also allein.

Martin erhob sich und trat durch die immer noch geöffnete Türe in den Raum. Der Förster saß wie immer am Tisch vor dem Fenster, den Rücken der Tür zugekehrt. Martin tat ein paar Schritte auf ihn zu, dann blieb er überrascht stehen. Der Mann, der dort am Tisch saß, war nicht der alte Förster von Daxenegg, sondern ein noch junger, dunkelhaariger Mensch in rauem Jägerloden. Den Hut, den er neben sich auf dem Tisch liegen hatte, schmückte ein schwerer Gamsbart. Er war noch beim Schreiben, und der Rauch seiner Zigarette hüllte seinen Kopf ein wie eine Wolke.

War denn der alte Förster in Pension gegangen? Oder wie konnte sonst ein anderer hier sitzen?

Als Erstes empfand er eine tiefe Erleichterung, dass es wohl so und nicht anders sein musste. Man wurde ja nicht gern erinnert an jene Tage, als die Polizei ins Haus gekommen waren mit ihren Fragen und Verhören. Vielleicht würde jetzt ja endgültig Ruhe in sein Gemüt einkehren, wenn der alte Förster nicht mehr da war?

Martin sagte einen kurzen Gruß, damit der Mann am Tisch auf ihn aufmerksam würde. Der Forstmann wandte sich zu ihm um, und Martin war es auf einmal, als ob ihm das Herz stehen bliebe.

Der Mann war Thomas Rauch. Er war Forsteleve gewesen damals, als all das geschehen war.

Dann plötzlich war er fast über Nacht aus seinem Dienst verschwunden, überraschend für jeden, der ihn kannte, denn er war als einer der Besten in seinem Fach bekannt.

Zudem hatte er als der Verlobte der Lena vom »Feldschloss« gegolten. Später erst sprach sich herum, dass er sich bei einem großen Jagdfest in betrunkenem Zustand mit einem hübschen, leichtfertigen Mädchen eingelassen hatte, das damals bei dem Fest als so genannte »Jagdmaid« den Tanz eröffnet und angeführt hatte.

Wer seinen Fehltritt der Lena hinterbracht und warum sie ihm nicht verziehen hatte, das konnte keiner sagen. Jedenfalls hatte sie ihre Beziehungen zu ihm ganz abgebrochen, worauf er sein Dienstverhältnis löste und verschwand. Das hatte allgemeines Aufsehen erregt, denn die beiden waren lange Zeit ein unzertrennliches Liebespaar gewesen.

Und jetzt war er wieder da und war Forstverwalter geworden.

Martin stand da wie versteinert und schaute mit aschfahlem Gesicht auf den jungen Förster.

»Ach, das ist ja der Martin vom Wachtelhof!«, sagte Thomas Rauch und erhob sich. Es war ihm nicht anzumerken, ob ihn die Begegnung freute oder eher ärgerte.

»Du bist wieder da?«, sagte Martin, dem dagegen der Missmut deutlich anzumerken war.

»Ja. Der alte Förster ist in den Ruhestand gegangen. Es war auch höchste Zeit für ihn und auch den Forst. Du weißt ja, er war nicht mehr gut auf den Beinen seit seiner Verletzung!«

Wie dieser Kerl den letzten Satz betonte! Würde Martin denn niemals Ruhe haben vor dieser verfluchten Geschichte?

»Seit wann bist du da?«, fragte Martin.

»Seit einigen Wochen schon.«

»Man hat dich nie gesehen.«

»Ich komme wenig ins Dorf.«

Martin schwieg eine Weile und sah mit forschenden Augen in das Gesicht des Jägers.

»Du willst die Pacht einzahlen?«, fragte Thomas. Der Wachtelhofer nickte.

Thomas Rauch setzte sich wieder an den Tisch und schrieb die Quittung. Martin zählte ihm unterdessen das Geld hin. Erst als er sich zum Gehen anschickte, fasste er den Förster nochmals ins Auge.

»Ich habe mich inzwischen verheiratet. Das wirst du noch nicht wissen.«

»Doch, ich weiß es!«

Es lag eine ungeheure Spannung in diesem kurzen Wortwechsel.

»Ob unsere Nachbarschaft auf die Dauer gut ist?«, ließ Martin sich wieder hören, und seine Stimme hatte einen fremden, düsteren Klang angenommen.

»Das wird am Wachtelhof liegen, denke ich«, sagte der junge Förster.

Martin schüttelte bedächtig den Kopf. »Nicht allein an uns, auch an dir wird es liegen.«

»Wenn du damit meine Dienstauffassung meinst, dann schon. Mein Vorgänger war vielleicht schon zu alt, und der Schuss, der ihn getroffen hat, hat ihn unsicher gemacht.«

»Als ob das mit dem Wachtelhof etwas zu tun hätte.«

»Jetzt nicht mehr!«

»Auch früher nicht!«

»Da bin ich mir nicht so sicher!«

Sie sahen sich wieder an.

»Ich habe etwas ganz anderes gemeint«, sagte der Wachtelhofer schließlich.

»Ich weiß schon. Aber es ist besser, wenn wir das alles einmal ansprechen.«

»In den Wachtelhof hat endlich auch einmal das Glück gefunden, vielleicht das erste Mal, seit er steht. Ich will, dass es so bleibt!«

»Dann wird es auch so bleiben, Martin!«

Der Wachtelhofer ging.

Thomas Rauch folgte ihm bis unter die Tür.

»Vom Karl hast du nichts mehr gehört?«, rief er ihm noch nach.

Martin drehte sich nach ihm um.

»Nein.«

Thomas nickte und kehrte in seine Schreibstube zurück.

Es wurde spät am Abend, bis Martin an diesem Tag heimkehrte. Im Wachtelhof hatten sie schon Feierabend gemacht. Nach dem Abendessen war der Anselm noch aufs Feld gegangen, um den Klee für den Morgen zu mähen, und der Michael war mit ihm gegangen. Lena war also gerade allein, als der Wachtelhofer in die Stube trat.

Sie hatte noch nie so ungeduldig auf seine Heimkehr gewartet wie heute. Aber als sie ihn sah, befiel sie sofort Ernüchterung, denn er brummte nur einen kurzen Gruß, streifte die feuchten Stiefel von den Füßen und setzte sich an den Tisch. Sein Gesicht war finster und verschlossen.

So hatte sie ihn schon lange nicht mehr gesehen, oder vielmehr: So kannte sie ihn überhaupt noch nicht. Sie war so erschrocken über die unheimliche Veränderung, die mit ihm vorgegangen zu sein schien, dass sie es nur mit Mühe vor ihm verbergen konnte. Und wie sehnsüchtig hatte sie auf ihn gewartet, um ihn teilhaben zu lassen an ihrem freudigen Geheimnis! War ihm etwas passiert, mit dem er nicht fertig zu werden wusste? Aber was konnte das nur sein?

Lena trug ihm das Essen auf, über das er sich mit großem Hunger hermachte. Er war schließlich einen ganzen Tag lang im Wald herumgeirrt, ohne ein besonderes Ziel, immer nur blind der Nase nach, nur weil er nicht heimkehren wollte, ehe sein aufgewühltes Blut etwas zur Ruhe gekommen war!

»Ich hab auf dich gewartet, Martin«, sagte sie endlich und setzte sich zu ihm an den Tisch. »Den ganzen Tag schon wollte ich dir etwas sagen, etwas, das dich ebenso freuen wird wie mich!«

Er versuchte ihr ins Gesicht zu sehen. Aber es war schon so dunkel geworden in der Stube, dass er es nicht erkennen konnte.

»Doch nicht etwa, dass Thomas Forstverwalter von Daxenegg geworden ist?«, sagte er mit gepresster Stimme.

»Martin!«

Ihre Stimme klang so erschrocken, dass es Martin auffiel und er seine Schroffheit bedauerte.

»Du hast das nicht gewusst, Lena?«, fragte er mit sanfterer Stimme.

»Woher soll ich denn ...« Sie brach ab, denn sie konnte es immer noch nicht fassen.

Er stand auf, ging schweigend ans Fenster und sah eine Weile hinaus, ohne ein Wort zu sagen. Dann richtete er seinen kräftigen Körper auf, hielt sich aber immer noch von ihr abgekehrt.

»Ich weiß nicht, warum er die Nachbarschaft des Wachtelhofes suchte. Aber das schwöre ich: Mein Glück wird er mir nicht mehr nehmen! Zuvor ginge er, und dazu meinetwegen auch ich, zugrunde!«

»Martin!«, flüsterte Lena entsetzt.

Als er sich nach ihr umwandte, stand sie hinter ihm. Ihr Gesicht schimmerte weiß im Zwielicht der Dämmerung. Er begriff, wie sehr die unausgesprochene Verdächtigung sie verletzt haben musste, die in seinem Worten mitgeschwungen hatte. Er hatte schließlich keinen Grund, an ihrer Treue zu zweifeln. Beschämt nahm er ihre Hand.

»Verzeih mir, Lena. Ich weiß nicht, was in mich gefahren ist, so etwas zu sagen. Aber ich habe Angst!«

»Was geht uns der Forstverwalter von Daxenegg an!«, sagte Lena leise.

»Du hast ihn einmal geliebt!«

»Und heute bin ich die Wachtelhoferin!«, sagte sie mit Nachdruck.

Er schwieg wieder und schaute hinaus in den Abend. Sie zündete jetzt die Lampe an, weil sie auf einmal die Dunkelheit um sich nicht mehr ertrug.

Die beiden Mäher kehrten heim. Man hörte ihre Schritte draußen im Gang. Sie kamen auch noch herein in die Stube, hängten ihre Joppen an den Nagel und legten die Schuhe ab. Der Michael sagte etwas vom guten Wuchs des Klees, und dass viel Tau falle, woraus man auf Fortdauer des schönen Wetters schließen könnte. Aber er erhielt kaum eine Antwort darauf, ohne sich dabei etwas zu denken. Was wurde schon viel gesprochen im Wachtelhof?

Zuerst ging Anselm, dann auch der Michael zu Bett. Auch Martin machte sich fertig. Er war müde vom vielen Laufen und hoffte, auch seine innere Unruhe würde sich legen, wenn er erst einmal eine Nacht über die Sache geschlafen hatte.

Lena schwieg. Sie war immer noch verletzt von seinen kränkenden Worten.

»Du wolltest mir etwas sagen, Lena!«, fiel Martin auf einmal wieder ein.

»Ja, ich wollte ...«, sagte Lena mit halb erstickter Stimme.

»Jetzt nicht mehr?«

»Doch. Du musst es ja schließlich wissen – und ich möchte, dass du dich darüber so freuen könntest wie ich!« Sie ging nahe an ihn heran.

»Nun?«

Er merkte, dass es etwas Besonderes war, was sie ihm zu sagen hatte.

»Wir bekommen ein Kind, Martin!«, sagte sie leise und bewegt.

Er schaute sie lange mit großen Augen an. Dann griff er nach ihrer Hand und hielt sie schweigend fest.

»Und das sagst du mir erst jetzt?«

Sie konnte ihm nicht antworten. In ihren Augen war ein Schimmer von Tränen.

»Lena! – Nun wird alles gut. Du hast Recht: Was geht uns der Forstverwalter von Daxenegg an!«

Er legte seinen Arm um sie, schützend und stark wie damals, als sie beim Einzug in das Haus ein leiser Anflug von Furcht und Angst überkommen wollte.

3

Wenn sie sich auch in der folgenden Zeit ernsthaft bemühten, niemals auch nur andeutungsweise auf den neuen Nachbarn im Forsthaus zu sprechen zu kommen, so war nun doch plötzlich etwas zwischen sie getreten wie ein böses Gespenst.

Nach außen hin merkte man nichts davon. Im Gegenteil, man wunderte sich geradezu über das Feingefühl Martins seiner Frau gegenüber, das gar nicht zu seiner Art passte. Man hatte das Gefühl, dass er jeden Tag noch mehr seiner jungen und schönen Wachtelhoferin zugetan war.

Lena aber sah das anders. Sie bemerkte eine Veränderung an ihrem Mann, die sie ängstigte: ein heimliches, dunkles Lauern in seinen Augen. Mehrmals am Tag kam er nun ins Haus und tat so, als ob er nach etwas suchte oder irgendetwas zu holen hätte. In Wirklichkeit, das war ihr klar, wollte er nur sehen, was sie gerade tat und ob sie überhaupt daheim war.

Sie wusste, wie schwer auch er selbst unter seinem Misstrauen, unter seiner Eifersucht zu leiden hatte, und sie litt auch mit ihm. Doch sie konnte nichts dagegen tun, egal wie sehr sie sich mühte, sein Vertrauen wiederzugewinnen, das sie doch noch vor so kurzer Zeit ganz selbstverständlich besessen hatte.

Lenas heimlich schwelender Zorn auf den Förster von Daxenegg, dessen freche Unbekümmertheit das Glück ihres Hauses zu trüben begann, wurde immer größer, je länger dieser Zustand andauerte. Warum nur war der Kerl nicht dort geblieben, wo er gewesen war? Tat er ihr das gar mit voller Absicht an, als Rache dafür, dass sie ihm damals den Laufpass gegeben hatte?

Eines Tages kam Franz, ihr Bruder, ins Haus, um wieder einmal einen kleinen Besuch bei ihr zu machen. Sie hatten sich nun schon eine Weile nicht mehr gesehen, weshalb der junge Wirt die Veränderung an ihr schon auf den ersten Blick bemerkte. Sie wirkte ernster, als er es gewohnt war.

»Was ist mit dir, Lena?«, war deshalb auch seine erste und besorgte Frage.

Sie machte keinen Versuch, etwas vor ihm zu verbergen. Seine Frage schien das ganze aufgestaute Unglück zum Ausbruch bringen zu wollen. Sie kämpfte ohne Erfolg gegen die Tränen an, und konnte nicht antworten.

Franz erschrak zutiefst, und in seiner Hilflosigkeit der weinenden Schwester gegenüber brauste er auf. »Herrgott! Es muss doch etwas sein!«, rief er.

»Ja, es ist etwas!«, antwortete sie mit seltsamem Nachdruck. »Warum hast du mir verschwiegen, dass Thomas Rauch nach Daxenegg zurückgekehrt ist?«

Auf diese Frage war er nicht gefasst gewesen, und so war er um die Antwort verlegen. Schließlich fragte er: »Liegt dir denn noch etwas an dem Thomas?«

»Nein«, sagte sie mit kaltem Zorn. »Aber es hätte nicht sein dürfen, dass der Martin so unversehens mit ihm zusammentrifft!«

»Ist das so schlimm?«

»Ja, es ist schlimm.«

»Er lässt es dich fühlen?«

»Nein. Aber das ist es ja, dass er so hartnäckig darüber schweigt.«

»Unsinn!«

»Nein, das ist kein Unsinn. Er leidet darunter, vielleicht noch mehr als damals unter den verlogenen Gerüchten, die man über den Wachtelhof ausgestreut hat.«

»Ob sie alle gelogen waren?«, zweifelte er.

»Franz!«, beschwor sie ihn so ernsthaft, dass er keinen Einwand mehr wagte.

»Warum ist Thomas Rauch wiedergekommen?«, fragte sie dann.

»Ich weiß es nicht.«

»Du lügst!«

Er wunderte sich über ihre Heftigkeit.

»Aus welchem Grund sollte ich dich belügen, Lena!«, sagte er gekränkt.

»Er war dein Freund, und er ist es auch noch heute.«

»Ja, er ist mein Freund, und ich habe ihn gern, fast noch mehr als früher. Er ist älter geworden und vernünftiger. Er wird euren häuslichen Frieden nicht stören.«

Sie schwieg eine Weile.

»Hätte es nicht einen anderen Wirkungskreis für ihn gegeben?«

»Mein Gott, er war hier daheim, er kennt jeden Menschen hier, hat hier gelernt und weiß jeden Baum im Forst.«

Da sagte sie nichts mehr.

Als Franz sich zum Gehen anschickte, griff sie plötzlich nach seinem Arm.

»Sag dem Vater, dass über den Wachtelhof der Storch geflogen ist!«

Das war nun freilich eine Überraschung.

»Lena!«, rief er erfreut. Gleichzeitig fiel ihm ein Stein vom Herzen. Das war doch eine einleuchtende Erklärung dafür, dass sie so verändert war und sich die Sache mit dem Thomas gar so sehr zu Herzen nahm! Schwangere Frauen, so nahm er an, waren eben empfindlicher als zu anderen Zeiten. Es war also alles nicht so schlimm, und sie würde schon wieder so werden wie früher, wenn sie das Kind erst einmal hatte.

»Und wie lange müssen wir noch auf den jungen Wachtelhofer warten?«

Sie nannte ihm die Zeit.

»Seinen Paten mache natürlich ich!«

»Ich habe mit Martin noch nicht darüber gesprochen. Aber ich denke nicht, dass er etwas dagegen einzuwenden hat.«

Nach dem Abendessen, als sie mit Martin allein in der Stube war, erzählte sie ihm, dass ihr Bruder auf Besuch da gewesen war.

»Er möchte unserem Kind Pate stehen. Hast du etwas dagegen?«

Er lächelte. »Nein, wenn er sich schon selbst anträgt.«

Sie dankte ihm und schaute ihn glücklich an. Fast hätte sie an diesem Abend glauben können, es sei alles wieder wie früher. Und doch – es war etwas in ihm, was auch jetzt, an diesem friedlichen, einträchtigen Abend nicht ganz richtig war. Sie hätte nicht sagen können, was es war, doch sie spürte es. Er war und blieb verändert. Oder machte sie sich nur etwas vor und es war bloß die lange und mühevolle Arbeit des Tages, die sich so düster in seinem Gesicht abzeichnete?

Obwohl die Menschen vom Wachtelhof über alle Dinge, die um sie und auch mit ihnen selbst geschahen, sich unerbittlich ausschweigen konnten, wurde es doch nach und nach allen bekannt, dass der Erbe des Hauses zur Erwartung stand. Niemand sprach darüber, und doch wusste man es. Auch die beiden Alten vom Pfründhaus hatten es erfahren, und eines Morgens stand der alte Wachtelhofer plötzlich bei der Lena in der Küche.

Er stützte sich auf den Stock, ohne den er schon lange nicht mehr das Haus verließ, nicht einmal mehr die paar Schritte herüber zum Hof, und betrachtete eine Weile die junge Frau,

»Was ist denn, Vater?«, fragte Lena, verwundert über sein Verhalten.

»Ich bin heute allein, und ich will mit dir reden.«

Sie gingen in die Stube.

Es war ein trüber, regnerischer Tag, und es kam gerade so viel Licht zu den Fenstern herein, dass sie sich nur am Tisch vorne deutlich ins Gesicht schauen konnten.

»Wenn schon, wie man hört, in ein paar Monaten ein Kind kommen soll, sollst du da nicht ein wenig Maß halten mit dem Arbeiten, Lena?«, ermahnte er sie mit besorgtem Gesicht.

Sie konnte sich ein Lächeln nicht verkneifen.

»Aber nein – ganz im Gegenteil, Vater, ich fühle mich am wohlsten bei der Arbeit«, versicherte sie ihm.

Doch das überzeugte ihn nicht. »Es gibt viel zu tun im Haus, und man sieht dich draußen bei Sonne und Regen, und keine Arbeit ist dir zu schwer. Ich kann den Martin nicht verstehen! Er sollte jetzt schon eine Haushälterin einstellen, denn er muss doch auch noch die Zeit rechnen, die du im Bett verbringen wirst!«

»Darüber haben wir uns noch gar nicht beraten«, sagte Lena. »Aber das ist ja eigentlich gar nicht notwendig. Die paar Tage kann doch die Mutter die Wirtschaft im Haus führen, oder nicht?«

»Nein!«

Und wieder traf sie die harsche Ablehnung unerwartet, wie jedesmal, wenn sie mit ihrem Schwiegervater oder Martin über die Wachtlerin sprach. Die Ablehnung der eigenen Frau, der eigenen Mutter gegenüber schien gar so gewaltig und erbarmungslos.

»Warum nicht?«, fragte sie.

»Weil es nicht geht. Es ist nicht allein die Arbeit im Haus, auch um dich und das Kind muss sich jemand kümmern!«

»Für mich und das Kind werde ich unsere Hanna für einige Tage in den Wachtelhof holen.«

Der Alte schwieg eine Weile und überlegte. Man sah es ihm an, dass er mit ihrem Plan nicht so recht einverstanden war.

»Warum sollen fremde Leute ins Haus, wenn eine gesunde, rüstige Mutter da ist? Das würde ein schönes Gerede geben bei den Leuten, und sie selbst würde sich zurückgesetzt fühlen, was nur Feindschaft und Hass zur Folge hätte. Ich aber will den Frieden im Haus!«, sagte Lena.

»Und wenn ich dir dennoch abrate, eben um des Friedens im Hause willen?«

»Dann muss ich es trotzdem tun, Vater, weil es nicht anders geht!«

Sie war fest entschlossen.

Der Alte schien sich endlich zu fügen.

»Lieber Gott, wie habe ich mich gefreut, als ich hörte, dass ein Kind kommt! Es wird euer Glück zusammenhalten. Vielleicht darf ich es noch erleben, dass ein kleiner Bub durch das Haus läuft!«

Beide versanken in ihre eigenen Gedanken. In die Stille des Schweigens drang das leise Brummen des Motors von der Spinnerei drüben, und an die Fenster klopfte der Regen.

»Wenn du die Mutter um Hilfe bittest, wird sie gern zusagen«, begann der Alte plötzlich wieder. »Sie wird dir sagen, dass sie sich auf das Kind freut. Aber glaub es ihr nicht. Sie meint es nicht gut mit euch beiden, und auch nicht mit dem Kind. Der Karl sollte nach ihrem Willen Wachtelhofer werden, deshalb ist sie auf euch böse und wird das auch bleiben. Vergiss das nie, egal, was sie dir vorzuheucheln versucht!«

»Vater!«, sagte Lena entsetzt.

Der alte Mann nickte bekümmert. »Ja, das hört sich schlimm an, ich weiß – und es ist ja auch schlimm. Nur, ich muss es dir sagen, schon wegen des Kindes, damit du nicht vergisst, dass seine eigene Großmutter ihm sein Recht streitig machen wird, falls sie eine Möglichkeit dazu findet!«

»Um das zu verhindern, ist ja auch noch der Martin da, denke ich«, sagte Lena mit leichtem Unwillen.

»Ja, solange er zu euch hält!«, sagte der Alte betrübt.

Lena war erstaunt. »Warum sollte er das einmal nicht mehr tun?«

»Das ist ja meine größte Sorge, Lena, und das habe ich dir doch damals erzählt, als ich krank war. So, wie Martin zu seiner Mutter steht, fürchte ich das Schlimmste, falls er eines Tages aufhören wird, ihr aus dem Weg zu gehen. Sie hatte immer viel Einfluss auf ihn, obwohl sie ihn nie gut behandelt hat.«

Der Alte seufzte kummervoll auf und fuhr sich mit der Hand über die Augen. Dann stand er auf.

»Hab trotzdem keine Angst, Lena! Du musst nur auf den Martin ein bisschen Acht geben, dann wird sicher alles gut werden. Der Martin ist im Grunde ein guter Mann. Der Karl – ja, der war ein Lump, und deshalb habe ich ihn auch aus dem Haus geworfen. Aber die anderen beiden Buben sind eigentlich gut. Warum sollen sie es nicht bleiben, zumal der Martin, wenn er nun Vater wird? – Lieber Gott, wie freu ich mich, dass ich das noch erleben darf!«

Lena fühlte, dass er ihr eigentlich noch mehr sagen wollte, aber den Rest nicht mehr aussprechen konnte. Sie ging mit ihm vor die Tür.

Schweigend schauten sie hinaus in den trüben, regnerischen Tag und hinüber in den schwarzen, dampfenden Wald. Der Alte blieb unter der Tür stehen, schaute grübelnd hinaus und schien auf die Wassertropfen zu horchen, die vom Vordach in die Pfütze klopften.

»Wenn es ein Bub wird, dann wird er seine Freude haben an der Welt da draußen, Lena«, begann er. »Er wird den Wald kennen lernen, sobald er laufen kann, und er wird wohl rasch seine Liebe zu ihm entdecken. Das ist gut, solange er nicht von der Leidenschaft des Streunens und des Wilderns befallen wird. Bitte achte darauf, dass es nicht so weit kommt, Lena! Aber du wirst ja eine ganz andere Mutter sein, als meine Buben sie hatten. Wenn ich denen das Gewehr weggenommen habe, hat sie es ihnen wieder heimlich zugesteckt. Ja, Lena, so hat das Unglück angefangen, und als es seinen Lauf genommen hat, da hat es schließlich den Karl die Heimat gekostet und die anderen ihren guten Ruf!«

Lenas Gesicht war kreidebleich geworden, doch das merkte er nicht, weil sein Blick immer noch drüben auf dem Wald ruhte.

»Dann waren es also doch die Buben vom Wachtelhof, die den Förster von Daxenegg niedergeschossen haben?«, fragte sie kaum hörbar in die Stille.

Er schaute sie an und schien ihre Erregung zu bemerken.

»Du sollst dich nicht ängstigen, Lena! Der Martin war es nicht! Er war immer schon der Beste von meinen dreien, weshalb ich ihm auch das Anwesen übergeben habe. Genügt dir das?«

Sie sah seine Augen und glaubte ihm.

»Doch, Vater, das genügt mir«, sagte sie schließlich, und bis sie auseinander gingen, war ihr Schrecken wieder verflogen.

Aber nichts von allem, was sie im Wachtelhof sah und hörte, war der jungen Frau so in Erinnerung geblieben wie diese Unterredung mit dem alten Wachtelhofer. Manchmal fragte sie sich: Was waren das für Menschen, die um ihrer Leidenschaft willen sogar einen Mord begehen konnten? Denn dass es kein Mord geworden war, das war ein reiner Glücksfall gewesen. Der Förster hätte auch tot sein können. Aber der Martin war es nicht gewesen! Daran musste und wollte sie glauben, weil sie ihn liebte.

Unbeirrt holte sie mit ihm das Heu und das Korn ein und ging mit ihm sonntags den Weg durch den Wald zur Dorfkirche. Aber sie vergaß es nicht, was der alte Wachtelhofer zu ihr gesagt hatte vom Wald und seinem Fluch, von seinen Buben und ihrer Mutter. Sie dachte sogar noch daran, als sie in ihrer Kammer in den Wehen lag.

Die Felder waren inzwischen kahl geworden. Über dem Wald lagen die Herbstnebel, aus dem die roten Buchen leuchteten, wenn die Sonne darauf schien. In den späten Abendstunden noch musste Martin sich auf den Weg durch den Wald machen, um die Hebamme vom Dorf herüberzuholen.

Ganz plötzlich hatte es die Lena verlangt. Ihr bleiches, verändertes Gesicht verriet den ernsthaften, leidenden Vorgang in ihr. Die alte Wachtlin hantierte in der Küche und versorgte die Leute und das Haus. Anselm und Michael verblieben noch eine Weile in der Stube. Dann gingen sie zu Bett, schon eine Stunde früher als sonst, vertrieben von einem Gefühl des Überflüssigseins. Man würde ja morgen früh hören, was sich während der Nacht getan hatte.

Der alte Wachtelhofer aber blieb in der Stube und hörte auf die Schritte der jungen Frau droben in der Schlafkammer. Gleich wie der Martin über den Hof dem Wald zugelaufen war, hatte er das Pfründhaus verlassen und sich in die Stube des Wachtelhofes gesetzt. Was jetzt hier geschah, ging ja auch ihn an. Wie sehr hatte er darauf gewartet!

Manchmal schien es, als ob die junge Frau da droben ruhiger würde. Man hörte oft lange nichts mehr von ihren Schritten. Oder hatte sie sich hingelegt?

Draußen in der Küche klapperte das Geschirr, während es langsam Nacht wurde.

Die alte Wachtlin kam und zündete die Lampe an.

»Der Martin bleibt lange aus«, sagte ihr Mann.

»Er wird auch die Hanna aus dem ›Feldschloss‹ holen.«

»Man sollte nach ihr sehen!«, sagte er besorgt.

»Ich?«, fragte die Alte zurück.

»Wer denn sonst?«

Die Wachtlin schnaubte verächtlich.

»Man macht heutzutage viel zu viel Aufhebens, wenn ein Kind kommt. Hat man das bei uns denn damals getan?«

»Doch, man hat sich gerade so gekümmert.«

»Nein!«

Der Alte schwieg wie immer, wenn er ihm zu dumm wurde, seiner Frau zu widersprechen.

»Bei keinem unserer drei Buben wurde so viel getan und gesorgt und gerichtet«, stichelte sie weiter. »Man könnte meinen, es würde ein Prinz geboren.«

Jetzt hörte man wieder das Gehen droben über der Decke. Schweigend hörten sie darauf hin.

»Warum hast du Angst?«, fragte die Alte unvermittelt.

»Lass jetzt den Streit! Die Stunde ist zu ernst!«

»Also gut, ich werde nach ihr schauen«, sagte sie plötzlich. »Sie hat ja keine Schuld an all dem, was geschehen ist. Aber du wartest auf das Kind und willst, dass alles gut geht, obwohl du dein eigenes Kind auf die Straße gejagt hast, weil es vielleicht ein paar Mal einen Fehler begangen hat! War das recht?«

»Hör auf!«, sagte er schroff. »Ich will nichts davon hören! Nicht jetzt!«

»Weil dich das Gewissen plagt!«

»Nein, weil es nicht zum Ernst der Stunde passt! Und jetzt lass mich in Frieden! Es ist besser, wenn du jetzt nicht in die Kammer gehst, wo du gerade so ein Gesicht machst!«

Die Wachtlin streifte ihn noch mit einem bösen Blick und schloss dann die Tür hinter sich.

Der alte Wachtelhofer griff nach seinem Stock und ging langsam die Stube auf und ab. Manchmal blieb er am Fenster stehen. Über dem schwarzen Wald waren jetzt die Sterne zu sehen. In den Bäumen vor dem Haus rauschte ein leichter Wind.

Endlich kam der Martin. Zwei Frauen brachte er mit, man konnte das an den Stimmen feststellen. Leise gingen sie draußen über die Stiege.

Schon vor einer Weile hatte die Lena sich hingelegt. Sie wollte ruhig und tapfer auf ihre Stunde warten. Dass man sie in ihren Schmerzen und in ihrer Angst allein ließ, empfand sie nicht einmal als ungehörig. Wer war denn auch da, der ihr hätte beistehen können? Die Stille im Haus zeigte ihr an, dass die Männer schlafen gegangen waren. Nur in der Küche regte sich noch die Wachtlin, aber nach ihr hatte sie kein Verlangen.

Nur nach dem Martin sehnte sie sich bisweilen, wenn die Wehen gar so arg waren. Und wenn er nur bei ihr am Bett gewesen und ihr die Hand gedrückt hätte!

Als er dann endlich mit der Hebamme kam, stand ihr der Schweiß auf der Stirn, und aus ihren geweiteten Augen schaute die Angst. Dennoch musste sie über sich selbst den Kopf schütteln, als sie Martin in der Tür stehen sah

Woher hatte sie denn nur die törichten Gedanken genommen? Sie wusste doch, wie ihr Mann war: dass es ihm gar nicht in den Sinn kam, sich zu ihr ans Bett zu setzen und sie bei der Hand zu halten. Sie musste das schon allein durchhalten!

Während die Hebamme mit ruhiger Sachlichkeit die Vorbereitungen für die Geburt traf, hatte er den Raum bereits wieder verlassen.

Leise tastete sich Martin im Finstern über die Stiege hinab und ging drunten in die Stube. Es kam ihm gar nicht in den Sinn, dass er sich falsch benommen haben könnte. Ein Mann hatte bei einer Geburt nun einmal nichts verloren. Das war eine Frauenangelegenheit, die Frauen untereinander ausmachten.

Er hatte die Schweißperlen auf Lenas Stirn gesehen und die vom Schmerz gezeichneten Züge ihres bleichen Gesichts. Es war ihm ungehörig erschienen, bei ihr zu bleiben, wo er doch gar nichts tun konnte, um ihr zu helfen. Dafür war ja auch die Hebamme da, denn die verstand etwas davon. Und dann noch die Hanna, die war eine Frau und verstand alleine schon deshalb mehr davon als er selbst. Deshalb war er gegangen.

Der alte Wachtelhofer stand auf seinen Stock gestützt in der dämmerdunklen Ecke. Er war eben wieder durch die Stube gewandert, von einer Wand zur anderen, als Martin eintrat und sich auf die Bank unter dem Fenster setzte.

»Nun wollen wir halt hoffen, dass alles gut geht!«, sagte er und bewegte sich heraus aus dem dunklen Eck.

Martin schaute ihn eine Weile stumm an.

»Hast du Angst?«, fragte er dann.

»Angst nicht, aber das Schicksal lässt sich nicht in die Karten schauen. Es hängt aber viel davon ab, das dürftest du doch wissen!«

Der Alte schaute eine Weile seinem Sohn ins Gesicht, als erwartete er von ihm eine Bestätigung. Aber es kam keine.

Martin hielt seinen Blick zu Boden gerichtet. Es war zu bezweifeln, ob er begriff, was der Vater mit seiner Rede meinte. Er zeigte auch keine Lust, näher darauf einzugehen.

Der alte Wachtelhofer nahm wieder seine Wanderung auf. Die Unrast in ihm ließ es nicht zu, dass er auf einem Platz still hielt.

Von droben hörte man die Schritte und bisweilen das Klappern einer Tür.

Was mochte sich inzwischen schon getan haben?

Unverständlich war es für den Vater, dass Martin so still und unbekümmert auf der Bank sitzen konnte, als ob es ihn selber gar nichts anginge, was droben über der rauchgeschwärzten Decke geschah.

In diesem Augenblick streckte die Wachtlin den Kopf herein.

»Ich bin fertig«, sagte sie.

»Dann geh schon mal heim«, sagte der Alte.

»Ich weiß nicht, ob sie mich droben noch brauchen«, zögerte sie.

»Nein«, sagte der Martin. »Die Hanna ist da, und sie wird bei ihr bleiben. Auch du sollst dich hinlegen, Vater! Es ist nicht gut für dich, das lange Wachen.«

Der Alte aber schüttelte entschlossen den Kopf. »Ich bleibe noch!«

Da ging die alte Wachtlin allein hinüber zum Pfründhaus und legte sich zur Ruhe.

Während die beiden Männer eine halbe Nacht in der trübbeleuchteten Stube des Wachtelhofes saßen, kämpfte Lena unter großen Schmerzen um das Leben ihres Kindes. Man wusste nicht, woran es lag, dass auf einmal die Natur sich ihrem Willen widersetzte, aber es wurde allen drei Frauen nach und nach zur Gewissheit, dass sich eine ernst zu nehmende Gefahr anbahnte, mit der man zum Anfang nicht gerechnet hatte.

Es ging auf Mitternacht zu, als die Hanna zu den beiden schweigenden Männern in die Stube kam.

Martin sprang auf. »Was ist?«

Hinter ihm stand der Alte und wiederholte die Frage, denn das Gesicht des Mädchens war angespannt.

Die Hebamme wolle ein längeres Zuwarten nicht mehr verantworten und verlange nach dem Doktor, erklärte die Hanna.

Der Martin griff nach dem Hut. Sein Gesicht war um eine Tönung bleicher geworden.

»Und?«, sagte der Alte, und seine Stimme bebte.

»Das ist nur eine Vorsichtsmaßnahme, hat die Hebamme gesagt, und es sei kein Grund zur Sorge!«, sagte sie daraufhin, um die beiden noch zu beruhigen, bevor sie wieder die Stiege hinauflief.

Wortlos und hastig verließ Martin das Haus.

Der alte Wachtelhofer wanderte nun wieder durch die Stube. Ein Gedanke jagte den anderen, und bisweilen sprach er ein kurzes Gebet.

Die Schritte droben fingen wieder an und hörten dann wieder auf, und draußen in den Bäumen rauschte der Nachtwind.

Dann brummte draußen leise der Motor eines Autos. Die Tür ging, und über der Stiege waren die Schritte zweier Männer.

Dann war eine Weile tiefe Stille.

Der Martin kam zurück.

»Was ist?«, fragte der Alte.

»Der Doktor ist da.«

»Du wolltest nicht bleiben?«

»Was soll ich dort? – Und ob sie es will?«

Der Alte schüttelte den Kopf und schwieg.

Martin setzte sich wieder auf die Bank am Fenster. So warteten sie, horchten schweigend hinauf zur Decke und hörten alles, was dort verlautete.

Ab und zu machte der alte Wachtelhofer ein paar Schritte, blieb dann wieder stehen und sinnierte vor sich hin. Martin dagegen saß unbeweglich und mit sturer Ruhe da.

»Ich weiß, dass ich nicht mehr lange zu leben habe«, begann der Alte plötzlich und hielt dicht vor seinem Sohn an. »Wer weiß, ob wir noch einmal so ungestört miteinander reden können wie jetzt, darum möchte ich dir einiges sagen. Um die Lena ist mir nicht bange, sie ist eine Wachtelhoferin, wie sie sein soll. Aber auf dich sollst du Acht geben, dass es so bleibt zwischen euch, wie es seither war!«

»Du hast immer noch kein Vertrauen zu mir?«

»Doch, sonst hätte ich dir den Hof nicht übergeben.«

»Das hast du wegen Lena getan!«

»Vielleicht. Aber ich hielt dich trotzdem für den besten meiner Buben. Der Karl hatte einmal großen

Einfluss auf dich, und so lange er noch lebt und irgendwo draußen herumzigeunert, habe ich Sorgen um dich. Wenn ich heute sterbe, wird er morgen heimkehren, dafür sorgt schon seine Mutter!«

»Weiß die Mutter, wo er ist?«

»Sie streitet es ab, aber sie lügt!«

Die Schritte droben waren nun plötzlich lebendiger geworden. Sie horchten beide eine Weile darauf hin.

Da hielt es den Martin nicht mehr auf der Bank, er stand auf und suchte mit düsterem Blick das Gesicht seines Vaters.

»Warum musst du heute von so etwas reden?«

»Ich wollt es schon lange. Einmal muss es ja doch noch sein, bevor es zu spät ist!«

Da wurde die Tür aufgestoßen. Hanna schaute mit rotem Kopf herein. Doch sie strahlte

»Jetzt haben wir ihn!«, rief sie. »Es ist ein Bub!«

Und fort war sie wieder.

Die beiden Wachtelhofer schauten sich stumm und bewegt an. Keiner fand im Augenblick ein passendes Wort. Der Alte legte schließlich seine Hände auf die Schultern seines Sohnes.

»Jetzt geh aber zu ihr hinauf, Martin!«, sagte er milde.

In der Tür erschien nun der Arzt. Auch sein Gesicht zeigte ein zufriedenes, gut gelauntes Lächeln, als er mit einem Glückwunsch das freudige Ereignis bestätigte.

»Ihre Frau war sehr tapfer«, lobte er. »Ich wollte ihr eine Spritze geben gegen die Schmerzen, doch sie hat es nicht haben wollen!«

Da war Martin schon draußen und hastete über die Stiege.

Der Arzt gab dem Alten noch einige Ermahnungen für sein eigenes Befinden und verließ dann das Haus.

Nur kurz noch blieb der alte Wachtelhofer allein in der Stube und horchte auf das dünne Stimmchen des neugeborenen Menschenkindes.

Langsam und schweren Schrittes ging er dann heim ins Pfründhaus.

4

Drei Jahre noch ließ der Himmel den alten Wachtelhofer am Leben. Er durfte noch den kleinen Peter an der Hand nehmen und über die blühenden Gründe des Wachtelhofes führen. In einer schwülen Gewitternacht kam dann der Tod zu ihm und brachte sein Herz im Schlaf zum Stehen. Niemand hatte es vorausgesehen, da ihm nichts Besonderes gefehlt hatte. Der schwarze Wagen holte ihn ab zum Friedhof.

Doch auch Grund zur Freude gab es dann wieder, nachdem man um den alten Wachtelhofer getrauert hatte. Schon seit jenen Tagen, in denen die Hanna zur Pflege im Haus gewesen war, wusste Lena, dass drüben im »Feldschloss« die Liebe eingezogen war. In einem plötzlichen Überschwang des großen Glückes hatte das Mädchen ihr gestanden, dass Franz und sie über kurz oder lang ein Paar werden würden. Obwohl die Zustimmung des Vaters noch ausstehe, könnte alle Welt damit rechnen, weil sie um keinen Preis mehr voneinander lassen wollten.

Lena hatte sich darüber gefreut. Sie liebte ihren Bruder und gab ihn in keine Hand lieber als in die der Hanna. Aber sie hatte niemandem etwas davon gesagt, bis eines Abends das junge Paar in den Wachtelhof kam und zur Hochzeit lud.

Bei dieser Hochzeit mussten sie freilich alle dabei sein, und abermals hatte der alte Anselm das Haus zu hüten und das Kind dazu. Allerdings war es diesmal so, dass die alte Wachtlin nach dem Gottesdienst heimkehrte. Zur Feier im Wirtshaus bei Musik und Tanz wollte sie nicht dabei sein, für so etwas hatte sie nichts mehr übrig.

Doch der Anselm hätte sie nicht in die Nähe des Kindes gelassen. Als er bemerkte, dass die Wachtlin heimgekehrt war, verschloss er das Haus und ging mit dem Buben hinüber zum Wald, und am Abend legte er ihn ins Bett, so geschickt und gut wie seine Mutter.

Dann setzte er sich auf die Hausbank, ließ die Nacht kommen, schaute hinüber auf das trübe Licht im Pfründhaus und horchte hinein in die Schlafkammer des Kindes, falls es plötzlich wach werden und nach seiner Mutter rufen sollte.

Regungslos saß Anselm auf der Hausbank, während die Nacht schon längst hereingebrochen war.

Seine Augen verfolgten den Schatten, der sich bisweilen im hellen Rahmen des Fensters am Pfründhaus zeigte. Da war doch etwas nicht wie sonst! So lange hatte die alte Wachtlin doch noch nie beim Licht zu tun gehabt!

Als dann noch einmal drüben der Schatten auf die helle Scheibe fiel, diesmal länger und deutlicher, da begriff Anselm auf einmal, warum das Licht an diesem Abend so lange brannte. Abrupt stand er auf und fuhr sich in heftigem Erschrecken über das stoppelige Kinn.

Es waren viele junge Leute da aus dem Dorf und auch aus der Nachbarschaft, die alle dem jungen Wirt vom »Feldschloss« die Ehre gaben. In der Hauptsache waren sie ja gekommen, um sich zu erfreuen bei Spiel und Tanz. Denn das war wieder einmal eine Hochzeit, wie man sie liebte.

Lena kümmerte sich nicht um all die vielen Leute, die da waren, nur wenn sie gerade einen guten Bekannten aus den früheren Tagen traf, dann sprach sie einige freundliche Worte zu ihm, tanzte vielleicht auch ein- oder zweimal mit ihm und zeigte sich froh und lustig. Auch Martin war gut gelaunt, er trank, lachte, und sogar er tanzte einige Male.

Je später der Abend, desto mehr Leute kamen. In Schwaden zog der Rauch über die Decke, und Fass um Fass wurde an den Schankbock gerollt, weil der Durst der Teilnehmer immer größer wurde.

Und da zog der Martin sich auf einmal unvermittelt wieder zurück in die Düsterkeit und Schweigsamkeit seines Wesens. Lena fiel das sogleich auf, und sie konnte sich seinen plötzlichen Stimmungswechsel nicht erklären. Was hatte ihm auf einmal die Freude geraubt? Hatte er sich an etwas erinnert, was ihm unangenehm war? Oder hatte einer aus der fröhlichen Gesellschaft im Übermut ein unüberlegtes Wort an ihn gerichtet?

Erst eine ganze Weile später entdeckte sie einen Mann unter den Gästen, den sie bis jetzt nicht gesehen hatte. Er saß auch ganz unauffällig und still unten am Tisch und hatte sich bis jetzt wohl kaum an dem fröhlichen Treiben beteiligt. Sie hatte ihn nicht kommen sehen und wusste nicht, wie lange er schon da war: Thomas Rauch, der junge Förster von Daxenegg.

Er trug seinen grauen Dienstrock mit den grünen Aufschlägen, sog an seiner Pfeife und amüsierte sich augenscheinlich über das bunte Treiben auf dem Tanzplatz, ohne die Lust zu spüren, selbst auch mitzumachen. Sie wusste nicht, ob ihm ihre Anwesenheit bewusst war, jedenfalls war kein Anzeichen der Verlegenheit oder Unruhe bei ihm erkennbar, die sich in dem Fall nach ihrer Meinung doch hätte zeigen müssen.

Sie sah ihn zum ersten Mal wieder seit jenem Tag vor vielen Jahren, an dem sie sich getrennt hatten, und sie fand, dass er gut aussah. Sein Gesicht war markanter geworden, männlicher, und die vollen schwarzen Haare trug er immer noch sorgfältig gepflegt und gekämmt.

Sie sah das nur in einem ersten raschen Blick, nach dem sie sofort wieder wegschaute, denn sie musste ja mit der Wachsamkeit und Eifersucht ihres Mannes rechnen, dem keine ihrer Bewegungen entging, wenn man ihn auch mit seinen Blicken ganz anderswo wusste oder wenigstens glaubte. Wahrscheinlich war der Grund seiner plötzlichen Verstimmung gerade in der Anwesenheit des Försters zu suchen. Dass er ihn schon lange vor ihr entdeckt hatte, daran hatte sie keinen Zweifel.

So sehr sie sich bemühte, weiterhin fröhlichen Gleichmut zu zeigen, so war es von diesem Augenblick an doch vorbei mit ihrer innerlichen Ruhe.

Sie fühlte den Blick Martins auf sich ruhen, auch wenn er sich gerade von ihr abgewandt hielt. Das war es, was sie so zermürbte – dieses Lauern in einem fort. Es war die ganze Zeit da gewesen, so wie es immer spürbar gewesen war seit jenem Tag, an dem Martin und Thomas im Forsthaus zusammengetroffen waren. Doch das Gefühl, nun wegen Thomas unter noch schärferer Beobachtung zu stehen, machte sie förmlich krank. Sie wagte gar nicht mehr, die Augen vom Tisch vor sich zu erheben, vor lauter Furcht, dem Blick des Försters nicht ausweichen zu können.

Sie sah, wie ihr Bruder manchmal für kurze Zeit den Tisch verließ, um sich draußen im Haus oder in der Küche umzusehen. Auch Hanna tat das bisweilen, und da kam auch ihr plötzlich der Gedanke an eine Flucht. Warum sollte nicht auch sie einmal durch das väterliche Haus gehen und allein sein dürfen, um das Gemüt wieder in Ordnung zu bringen?

Kurz entschlossen stand sie auf und verließ den Saal. Sie kümmerte sich nicht um die durchbohrenden Blicke, die der Martin ihr nachschickte, nicht um die Worte ihres Bruders, dem sie an der Tür begegnete. Sie lief wie gejagt hinaus in den kühlen Gang, flüchtete vorbei an der Küche, in der das Geschirr klirrte und die Herdtüren flogen, denn so viele Gäste hatte das »Feldschloss« noch nie auf einmal beherbergt.

An der Rückseite des Hauses war ein kleines Zimmer, in dem nur ein schmales Sofa und ein kleines Tischchen Platz hatten. Damals, als sie und der

Franz noch Kinder gewesen waren, hatte es als Spielzimmer gegolten, in dem sie auch ihre Hausaufgaben machten. Später hatte sie es als Näh- und Flickstübchen benutzt.

Dorthin ging sie jetzt, um eine Weile allein zu sein. Es war noch alles so in dem kleinen Raum wie damals, und sogleich umfing sie eine süße, traute Geborgenheit. Aber sie blieb nicht lange allein, denn schon kam die Hanna, um nach ihr zu sehen. Sie hatte Lena im ganzen Haus gesucht, nachdem sie gehört hatte, wie sonderbar sie sich benommen hatte, und war voller Sorge, dass sie sich vielleicht nicht wohlfühle.

Es sei alles in Ordnung, versicherte Lena blass, aber mit dem Versuch eines tapferen Lächelns, sie fühle sich schon wohl, sie habe nur plötzlich den Wunsch gehabt, ein wenig allein zu sein und etwas auszuruhen. Hanna sah sie erstaunt an, war aber nun doch etwas beruhigter.

Eine Weile blieben sie beisammen und unterhielten sich über den Tag und die Dinge um sie. Die Musik und der Lärm von drüben drangen durch die Wände herüber zu ihnen. Ab und zu wurde geräuschvoll eine Tür zugeschlagen, oder im Gang waren die Stimmen von Vorbeilaufenden zu hören.

Schließlich beschloss Hanna, wieder zum Fest zurückzugehen. Lena aber blieb in dem kleinen, verborgenen Stübchen, um noch ein bisschen alleine zu sein. Einmal streckte noch ihr Vater den Kopf zur Tür herein und wunderte sich darüber, sie so alleine hier sitzen zu sehen. Als er jedoch sah, dass sie wohlauf war, machte er nur ein paar scherzhafte Bemerkungen und ging wieder. Er war arglos genug, um sich nichts dabei zu denken.

Gedankenverloren zog Lena die Schublade des Tischleins auf und kramte in den alten Sachen, die dort lagen. Es waren Dinge dabei, mit denen sie sich schon als Kind gerne beschäftigt hatte, und sie verlor sich immer mehr in träumerischen Erinnerungen.

Sie wusste, dass Martin auf sie wartete und wahrscheinlich böse auf sie werden würde, wenn sie noch länger hier verweilte. Aber sie konnte sich nicht dazu überwinden, jetzt schon unter seinen forschenden, misstrauischen Blick zurückzukehren, der es ihr zur Qual machte, am Tisch zu sitzen Hatte sie denn je einmal Anlass gegeben zu solcher Behandlung? Hatte sie nicht immer ganz ihre Pflicht getan als Wachtelhoferin? Würde das denn überhaupt kein Ende mehr nehmen mit dem Groll auf den Förster von Daxenegg und der Eifersucht auf die Rolle, die er einmal in ihrem Leben gespielt hatte? Ach was! Sie wollte sich jetzt gerade ganz einfach nicht von seinen misstrauischen Blicken durchbohren lassen, und dann sollte er sich eben ärgern!

Sie hielt eben ein paar alte Bilder in der Hand, die sie und ihren Bruder als Kinder zeigten, als abermals die Tür aufging. Diesmal aber leise und zögernd, und schon am Schatten, den der Eintretende auf den Tisch vorauswarf, merkte sie, dass es keiner von den Ihren war.

Sie schaute erschrocken auf und sah Thomas Rauch vor sich.

»Verzeihung«, sagte er sehr leise. »Ich wollte dich nicht erschrecken.«

»Was willst du?«

»Ich wollte nur ein paar Worte mit dir reden, Lena!«

»Du hast mich gesucht?«

»Wenn ich ehrlich sein will: ja!«

»Dann kann ich dir nur sagen, dass du gehen sollst!«

»Ohne eine Aussprache versucht zu haben? Warum, Lena? Vier Jahre bin ich schon wieder in Daxenegg. Ich habe dich die ganze Zeit nie gesehen!«

»Umso besser! Du weißt doch, dass ich mit dem Martin vom Wachtelhof verheiratet bin?«

»Doch, aber das ist keine Gewähr, dass es dir gut geht und dass du glücklich bist!«

»Was willst du damit sagen?«

»Du wolltest mich für meine Untreue bestrafen, Lena, und nur deshalb bist du Wachtelhoferin geworden!«, sagte er rundheraus.

Das war nicht nur ganz falsch, sondern auch noch eine Frechheit. Lena beschloss, nicht darauf einzugehen.

»Ich habe ein Kind. Das weißt du vielleicht noch nicht?«

»Doch. Trotzdem! Der Wachtelhof war damals sehr verrufen!«

»Ja, sehr zu Unrecht!«

»Glaubst du? – Es wurde damals viel gewildert und gefrevelt im Daxenegger Forst. Ich habe als Forsteleve ja alles mitbekommen. Auch wenn man es nicht beweisen konnte, ich bin sicher, dass es einer oder vielleicht auch zwei oder alle drei vom Wachtelhof waren.«

Es tat ihr weh, dass er so sprach. Sie dachte an den alten Wachtelhofer, der noch nicht lange unter der Erde war, an seine Güte und Rechtschaffenheit.

»Lass das und geh!«

»Du bist mir immer noch böse? Ich möchte nur, dass du glücklich bist, Lena! Kann ich etwas für dich tun?«

Sie sah ihn an. Sein Gesicht sah ernst aus, und seine Augen blickten ehrlich besorgt.

»Wenn du willst, dass ich glücklich bin? Ja, du kannst etwas für mich tun: Achte darauf, dass wir uns nie mehr sehen!«

»Lena! – Du hast mir noch nicht gesagt, dass du mir verzeihst!«

»Warum bist du wiedergekommen? Gibt es denn keinen anderen Wirkungskreis mehr für einen jungen Förster?« Lena konnte die Bitterkeit in ihrer Stimme nicht unterdrücken, doch er schien es gar nicht zu bemerken.

»Doch. Aber es könnte eines Tages abermals im Daxenegger Forst gewildert werden, und dann will ich da sein! Damals war ich ein junger Eleve, der nichts zu sagen hatte und auf den niemand hörte. Jetzt wird das anders sein!«

In seinen Augen war ein seltsames Blitzen.

»Ich bitt dich, geh jetzt! Wenn mein Mann dich bei mir sähe, hätte ich keine glückliche Stunde mehr!«

»Und wir wollen uns nie mehr sehen?«

»Nein. Was hätte es auch für einen Zweck?«

»Du hast Recht: Zweck hat es keinen mehr. Aber lass uns in Frieden auseinander gehen, Lena!«

Er streckte ihr die Hand hin. Nur ganz leicht und flüchtig griff sie danach, nur damit er sie um Gottes willen endlich verließ.

Erst als die Tür sich hinter ihm geschlossen hatte, atmete sie befreit auf. Es war nicht auszudenken, was geschehen wäre, wenn Martin sie beisammen gesehen hätte!

Nun saß sie da und versuchte vergeblich, wieder etwas Ruhe in ihr aufgewühltes Gemüt zu bekommen. Die Dinge, mit denen sie sich eben noch beschäftigt hatte, vermochten sie nicht mehr abzulenken. Achtlos legte sie sie in die Schublade zurück.

Die Begegnung hatte sie mehr bewegt, als sie sich eingestehen wollte. Sie merkte es am Zittern ihrer Hände und an der drückenden Unruhe in ihrem Innern. Vorbei! Sie war jetzt Ehefrau und Mutter eines Sohnes – und Bäuerin mit viel Arbeit, Sorgen und Pflichten! Und er, Thomas Rauch, musste eben auch zusehen, wie er seinen Frieden fand!

Es dauerte noch eine ganze Weile, bis sie sich stark genug fühlte, um zu ihrem Mann zurückkehren zu können. Als sie den Gang vorlief, sah sie ihn an der Wand stehen. Ganz allein war er und schien auf sie zu warten. Er hatte sich schon fertig gemacht zum Heimweg und hielt ihren Mantel und ihre ganzen Sachen im Arm.

»Gehen wir heim?«, fragte sie.

»Ja, es ist Zeit!«, antwortete er, und seine Stimme klang so kalt, dass sie erschauerte. Hatte er

Thomas beobachtet, oder war er ihm nachgegangen und hatte ihn das Stübchen verlassen sehen? Sie wusste ja nicht, wie lange er schon im Gang stand.

Sie suchte in seinem Gesicht nach Andeutungen seiner Gedanken, aber seine Miene war reglos und maskenhaft, sodass sie nichts davon zu erraten vermochte. Nur ihr banges Gefühl sagte ihr, dass er um ihre Begegnung mit dem Förster wusste, und sie wartete darauf, dass er sie auf dem Heimweg deshalb zur Rede stellen würde.

Sie verabschiedeten sich vom Hochzeitspaar, vom Vater und von den Gästen und gingen dann durch den tiefen, nächtlichen Wald heim in den Wachtelhof.

Schweigend ging er neben ihr. Es war stockdunkel im Wald, und sie mussten beide auf den holprigen, ausgefahrenen Weg achten. Vollkommene Stille war um sie, die nur durch ihre Schritte unterbrochen wurde und ab und zu durch das Rascheln eines kleinen Tieres im Gebüsch.

Ach, wenn er doch gesprochen hätte, damit sie ihm hätte sagen können, was es überhaupt auf sich hatte mit der Begegnung mit dem Daxenegger Förster! Dass sie es ihm hätte klar machen können, wie sie selbst davon überrascht worden war und wie ihre Einstellung dazu war!

Aber er sagte kein Wort, und so blieb sie im Unklaren darüber, ob er überhaupt etwas wusste über ihr Zusammentreffen. Von sich aus konnte und durfte sie doch nicht davon anfangen!

Einige Male versuchte sie ihn in ein anderweitiges Gespräch zu ziehen. Sie sprach über die Feier und über die Leute, die so zahlreich gekommen waren. Aber er gab darauf kaum eine Antwort. Deshalb war sie sicher, dass er einen tiefen Groll in seinem Herzen trug.

Wenn von irgendwoher aus der Tiefe des Waldes ein Laut oder Ruf eines Nachttieres kam und ein leises Erschrecken in ihr auslöste, schaute sie immer wieder zu ihm hinüber. Aber er achtete nicht darauf, sondern hielt seinen Blick auf den Weg gerichtet und ging in großen, zügigen Schritten.

Sie war keine zimperliche, furchtsame Natur, die sich vor Menschen und vor Unheimlichkeiten der Natur ängstigte, trotzdem atmete sie auf, als sie den Wald endlich durchquert hatten und die beiden Häuser auf freiem Grund sichtbar wurden.

Der Wachtelhof lag im Dunkeln, aber im Pfründhaus war noch in einem Fenster Licht. Das fand sie verwunderlich. Was tat die Mutter um diese Zeit noch, so ganz allein?

Sie merkte, dass auch dem Martin das einsame Licht aufgefallen war.

»Es wird doch nichts mit ihr sein?«, fragte sie zögernd und sah ihn an. Er hob ein wenig die Schultern und schien zu überlegen.

Leise hallten ihre Schritte an der Mauer des Hauses. Als er den Schlüssel in die Tür steckte, ging auch in der Stube des Wachtelhofes ein Licht an. Der Anselm hatte im Dunkeln gesessen, vor sich hin geschlafen und gewartet. Jetzt stand er da und rieb sich die Augen.

»War etwas, Anselm?«, fragte sie.

»Nein.«

»Was ist mit dem Buben?«

»Er schläft.«

Damit legte Anselm die Verantwortung über das Kind und das Haus zurück in die Hände der Herrschaft und ging zur Ruhe.

Lena lief, wie sie war, zuerst in die Schlafkammer und schaute nach dem Kind, das in tiefem Schlaf in seinem Bettchen lag. Es war nur der dicke blonde Haarwisch von ihm zu sehen.

Sie drückte ihre Lippen auf die kleine, warme Stirn und verweilte einen Augenblick mit zufriedenem, glücklichem Lächeln vor ihrem schlafenden Sohn, als käme allein von dort die Kraft, die sie als Wachtelhoferin brauchte.

Als sie in die Stube zurückkehrte, stand Martin immer noch so, wie er heimgekommen war. Es war unverkennbar eine Unruhe in ihm, als hätte er noch irgendetwas Besonderes zu erledigen.

Sie legte ihren Mantel ab und wollte an das Auskleiden gehen, als draußen die Haustür ging. Im nächsten Augenblick stand die Wachtlin in der Stube. Sie trug noch ihr Kopftuch, mit dem man sie immer tagsüber sah.

Sie sagte nichts, sondern schaute nur mit ganz auffälligem und vielsagendem Blick auf Martin.

»Was ist denn, Mutter?«, fragte die Lena, eigentümlich berührt von diesem Vorgang.

Die Alte gab ihr keine Antwort, sie sah sie nicht einmal an, sondern ließ ihren Blick unverrückt auf dem Sohn ruhen.

»Er ist da?«, fragte der Martin.

Die Alte nickte.

Lena hatte plötzliche einen furchtbaren Verdacht.

»Wer ist da?«, rief sie erschrocken.

Weder der Martin noch die Alte würdigten sie einer Antwort. Sie taten beide, als ob sie gar nicht da wäre. Das war zu viel für ihre angespannten Nerven. Sie kam heran und stellte sich zwischen sie.

»Ich will, dass hier offen gesprochen wird!«, rief sie mit erhobener Stimme. »Handelt es sich um Karl, dann muss ihm gesagt werden, dass ihm auch nach dem Tod des Vaters das Haus verboten ist!«

Keiner der beiden reagierte auch nur im geringsten auf ihre Worte. Das brachte sie auf und ängstigte sie zugleich.

»Ich will nicht, dass er auch nur eine Nacht im Haus ist!«, rief sie noch einmal.

»Du hast nicht zu bestimmen!«, entgegnete die Wachtlin und schaute sie sehr feindselig an.

»Dann sag du es ihr!«, forderte Lena ihren Mann auf, der immer noch regungslos dastand und keine Miene verzog.

Martin schenkte ihr jedoch keine Beachtung.

»Komm ein paar Minuten herüber!«, sagte die Alte.

»Nein, er bleibt da!«, schrie die Lena, und griff an den Arm ihres Mannes.

Aber er wehrte sie ab.

»Lass!«

»Willst du wirklich zu ihm gehen? Aber doch nur, um ihn aus dem Haus zu weisen!«

Sie sah den Spott im Gesicht der Alten, und sie erschrak darüber.

»Gehen wir!«, sagte Martin zu seiner Mutter und folgte ihr zur Tür hinaus.

»Martin!«, schrie die Lena noch einmal, aber er hörte nicht auf sie.

Nun war es geschehen.

Das erste Mal ging Martin hinüber ins Pfründhaus, und er ging in einem tiefen Groll. Wenn er seine junge Frau ins Gesicht geschlagen hätte, sie hätte nicht verstörter, verlassener und hilfloser dastehen können als jetzt, wo sie seine Schritte neben denen der Mutter draußen im Kies hörte.

Als sie seinen Namen gerufen hatte, mit dem sie ihn noch auf der Schwelle zurückhalten wollte, war ihre Stimme so laut, so durchdringend gewesen, dass sie im ganzen Haus hallte. Sie hatte damit sogar den kleinen Peter aus seinem Schlaf aufgeweckt. Mit weinerlicher Stimme rief er nach seiner Mutter.

Lena lief hinaus in die Schlafstube, hob den Knaben aus seinem Bettchen und versuchte ihn zu beruhigen. Sie wickelte ihn in die Decke und trug ihn auf ihrem Arm. Schritte über ihr verrieten ihr, dass der Anselm nochmals aufgestanden war.

Das Kind war auf ihrem Arm bald wieder eingeschlafen. Trotzdem trug sie es immer noch und drückte es warm an sich. Der Gedanke, dass sie mit ihrem Kind nun ganz allein war in diesem düsteren Haus, brachte sie um alle Ruhe.

Dann ging draußen die Tür. Sie erschrak und wich zurück. Aber dann waren die Schritte auf der Stiege. Es war also Michael, der heimgekommen war. Sie spürte nicht, dass sie der Arm vom Tragen des Kindes schmerzte, sondern hielt den kleinen

Peter fest an sich gedrückt und wartete, bis der Martin endlich zurückkam. Er hielt sich noch eine lange Zeit, beinahe endlos, wie ihr vorkam, in der Stube auf, ehe er die Schlafkammer betrat.

Kein Wort sagte er zu ihr, ja, er sah sie noch nicht einmal an. Es kümmerte ihn gar nicht, dass sie mit dem Kind auf dem Arm noch im dämmerigen Winkel stand.

»Was ist jetzt?«, fragte sie endlich,

»Was soll denn sein?«

»Du hast ihn weggeschickt?«

»Nein.«

»Martin!«

Da schaute er sie endlich für einen Augenblick an.

»Die Wachtelhofbuben gehören zusammen, und sie halten zusammen! Wir lassen keinen von uns allein vor die Hunde gehen! Ist das nicht schön?«

Da sagte sie nichts mehr.

5

Zunächst sah und hörte die Lena nichts mehr von Karl. Er hielt sich im Pfründhaus verborgen und schien das Haus nur bei Nacht zu verlassen. Aber an der alten Wachtlin merkte man, dass sich etwas Besonderes getan hatte zwischen den Wänden des Pfründhauses. Man sah sie häufiger ins Dorf gehen, und auch in den Wachtelhof kam sie nun mehrmals am Tage, man konnte sie bald hier, bald dort antreffen. Sie fing sogar an, sich um die einzelnen haus- und feldwirtschaftlichen Dinge zu kümmern, fragte Anselm nach seinem Tun und beriet Martin in seinen Geschäften. Nur Lena ging sie aus dem Weg.

Die Bäuerin fand es furchtbar, wie sich alles verändert hatte. Die Abende, die sie bis jetzt in der Stube verbracht hatten bei stillem Tun und Basteln oder bei Lesen und kleinen, harmlosen Gesprächen, gingen nach und nach verloren.

Bald nach dem Abendessen verließen sie jetzt das Haus. Den Anfang damit machte Martin, und Michael tat es ihm dann bald nach.

Zuerst geschah das immer nur am Sonntag, dann auch an einem zweiten Tag in der Wochenmitte, und schließlich waren die beiden jeden Abend drüben im Pfründhaus. Und sie kamen oft so spät heim, dass Lena längst schon allein zur Ruhe gegangen war.

Nur der alte Anselm war noch bei ihr an den Abenden. Er saß auf seinem angestammten Platz in der düsteren Ofenecke, sog an seiner Pfeife und schwieg vor sich hin. Bei künstlichem Licht las er nicht mehr, dazu reichte die Kraft seiner Augen nicht mehr aus.

Als Lena einmal, aus der Küche kommend, die Stube wieder leer sah bis auf den Anselm, der in der Ecke vor sich hinrauchte, empfand sie die Stille und Leere ihres Lebens geradezu unerträglich. Sie sah das seltsame Glimmen in den Augen des alten Arbeiters und glaubte, seine Gedanken zu erraten.

»Was soll ich denn nur tun, Anselm?«, fragte sie hilflos.

Anselm rührte sich nicht, er schaute sie nur mitleidig an. Da war schwer zu raten!

»Wie lange soll das so weitergehen, und was wird dabei herauskommen?«, sagte Lena unglücklich und holte das Flickzeug an den Tisch.

Da stand der Anselm auf und kam zu ihr heran.

»Tun kannst du dagegen nichts«, sagte er. »Die Wachtelhofer sind ein besonderer Menschenschlag. Aber eines kannst du tun: nicht den Mut und die Hoffnung verlieren!«

So dürftig und nichtssagend dieser Rat war, so hatte er, gesprochen von dem alten Mann, der schon manches erlebt hatte, gute wie schlechte Zeiten, doch seine Wirkung.

»Wie lange bist du eigentlich schon hier, Anselm?«, fragte sie plötzlich und ließ die Nadel sinken.

»Im nächsten Frühjahr werden es vierzig Jahre.«

Sie schüttelte sich fröstelnd.

»Unglaublich!«

»Zuerst war es der Alte, der mich hielt und brauchte.«

»Und dann ...«

»Und dann warst es du.«

Sie sah ihm ins Gesicht, und sie wurde seltsam berührt von so viel uneigennütziger Treue. Denn was hatte er selbst schon davon gehabt, so viele lange Jahre an einem verrufenen Platz wie dem Wachtelhof zu verbringen?

»Ich danke dir dafür, Anselm!«, sagte sie, und ihre Stimme bebte.

Er ging zurück in seine Ecke, und beide schwiegen wieder. Lena dachte an die lange Zeit, die der Anselm im Wachtelhof gelebt hatte. Was mochte er alles gesehen und gehört haben an Unfrieden, an Leid und an Streit.

»Wie hat es denn angefangen beim Karl mit dem Wildern?«, fragte sie plötzlich in die Stille.

Der Anselm überlegte.

»Früh schon«, sagte er dann. »Es gab viel Arbeit auf dem Feld und in der Spinnerei. Für die Buben hatte keiner viel Zeit – wer hätte da auf sie Acht geben können? Von der Frühe bis in die Nacht hinein waren sie immer im Wald, sie schwänzten die Schule, wurden faul und frech und logen das Blaue vom Himmel.«

»Alle drei?«

»Der Schlimmste war der Karl. Er war ja auch der älteste und konnte die anderen zu allem anstiften.«

»Und dann?«, forschte sie nach einer Weile weiter.

Der Anselm dachte kurz nach, ehe er fortfuhr: »Später mussten sie natürlich mithelfen, draußen auf dem Feld und auch im Stall. Aber nur der Martin hat sich richtig Mühe gegeben bei der Arbeit und hat seine Pflichten auch ernst genommen. Der Karl riss aus, wann immer er konnte. Sein Bett war morgens oft unberührt.«

»Du weißt, was er in der Nacht getan hat?«

»Er hat gewildert im Daxenegger Forst.«

»Und damals auch den Förster niedergeschossen!«

Der Alte hob den Kopf und schaute sie erschrocken an.

»Warum sagst du nichts, Anselm?«

Der Alte schwieg. Sein Blick hatte etwas Hilfloses, und sie bedauerte ihre Frage. Dann meinte sie tröstend: »Lass es gut sein, Anselm! Ich weiß schon, du willst mir nicht wehtun. Man sagt, dass das Wildern eine Leidenschaft ist, von der keiner lassen kann, den sie einmal gepackt hat. Über kurz oder lang muss es sich ja zeigen, was aus dem Karl geworden ist ...«

»... und aus seinen Brüdern«, vollendete der alte Arbeiter ihre Rede.

»Was meinst du damit?«

Doch er sagte nichts mehr und ließ sie sich ihren Teil denken.

»Martin ist der Bauer vom Wachtelhof!«, protestierte sie. »Er kann nicht mehr so mitmachen wie früher.«

Anselm schwieg und verriet dadurch, dass er anderer Meinung war. Sie begriff das und schaute ihn erschrocken an.

»Warum sagst du nichts? An was denkst du, Anselm? Was weißt du von dem, was hier jetzt vorgeht?«

»Es passt ihnen nicht, dass der Martin Wachtelhofer ist – der Mutter nicht und dem Karl auch nicht«, sagte er.

»Daran werden sie nichts ändern können!«, rief sie.

Der Anselm hob zweifelnd die Schultern. »Du kennst den Karl nicht und auch die Mutter nicht gut genug!«, gab er zu bedenken.

»Was, glaubst du, wird passieren? Doch nicht etwa, dass sie ihm das Erbe entreißen? Dass er aus lauter falsch verstandener Bruderliebe zum Notar geht und das Anwesen an den Karl abtritt?«

Der Anselm schüttelte mit einem fast mitleidigen Lächeln den Kopf. Er stand auf und kam nochmals zu ihr an den Tisch heran.

»Du darfst nicht erschrecken«, sagte er sehr leise und geheimnisvoll. »Noch ist es ja nicht so weit, und es wird vielleicht gar nicht so weit kommen. Aber versuchen werden Karl und seine Mutter es mit allen Mitteln, den Martin zu einem Lumpen zu machen!«

»Anselm!«

»Du sollst nicht erschrecken, hab ich gesagt, sondern deinen Mut sollst du behalten und wachsam sein! Dann wird es nicht so weit kommen. Schließlich ist ja auch das Recht mit dir!«

Die Spannungen im Haus ließen in der folgenden Zeit nicht nach, sondern steigerten sich sogar noch so weit, dass Lena sich täglich mehr auf herannahendes Unglück gefasst machte.

Herr Fellner, ein Geschäftsmann aus der Stadt, kündigte unerwartet einen Besuch im Wachtelhof an, und dies brachte eine vorübergehende Entschärfung in die bedrohliche Lage. Er war ein alter Geschäftsfreund des Hauses, der schon mit dem alten Wachtelhofer in Verbindung gewesen war und in früheren Jahren oft die Produkte aus der Spinnerei gleich in Bausch und Bogen gegen Barzahlung an sich genommen hatte.

Da er sich nun schon jahrelang nicht mehr hatte sehen lassen, was man nicht zuletzt den dunklen Gerüchten um den Wachtelhof zuschrieb, war sein Besuch von einiger Bedeutung, weil man sich von ihm die Wiederbelebung des früheren für beide Seiten so vorteilhaften Zusammenwirkens versprach. Kein Wunder also, dass Martin sich zusammenriss, so gut er es eben vermochte, und eine freundlichere Miene als sonst aufsetzte. Er besprach sich mit seiner Frau in allen Dingen, als ob nichts geschehen wäre. Mehr noch als Martin, dessen Freundlichkeit bei aller Mühe, die er sich gab, etwas Gezwungenes an sich hatte, bewirkte Lena durch ihre natürliche, offene Art bei dem Gast. Er machte kein Hehl daraus, welch guten Eindruck die junge Frau auf ihn machte. Er ließ sich gern von ihr zum Essen einladen und zog sie bei jeder Gelegenheit ins Gespräch.

Als Herr Fellner den ganzen Warenbestand besichtigt und geschätzt hatte, verhandelten sie fast den ganzen Nachmittag in der Stube über den Kaufpreis. Es war eine schöne, runde Summe, die dabei herauskam.

Danach gingen die beiden Männer in den Wald, um die Menge und Güte des von dort neu einzuholenden Flachses einzuschätzen, um schon vorab eine Vereinbarung über ihr nächstes Geschäft zu treffen.

So kam es, dass es für den Kaufmann zur Heimfahrt zu spät geworden war. Er ließ sich gern überreden, die Nacht im Wachtelhof zu verbringen, und da es sich herausstellte, dass er den Vater Lenas, den alten Wirt vom »Feldschloss«, von dessen Handelsgeschäften her gut kannte, wurde beschlossen, am nächsten Tag auch im »Feldschloss« noch einen Besuch abzustatten.

Am Abend saßen sie dann noch alle zu gemütlicher Unterhaltung in der Stube, auch die alte Wachtlin hatte man dazu eingeladen, weil sie doch aus früherer Zeit ebenfalls ein Recht auf ein Zusammensein mit dem Gast hatte.

Martin hatte das angeregt, und die Lena wollte in diesem Fall nicht dagegen sein. Sie wusste außerdem, dass es auch ohne ihre Einwilligung geschehen wäre. Dass man die Gelegenheit aber dazu benutzte, um den Karl das erste Mal in das Haus zu bringen, damit hatte sie nicht gerechnet.

In Anwesenheit des Gastes hätte es keinen guten Eindruck gemacht, einen Streit anzufangen. Sie musste es also geschehen lassen, dass der Bursche sich mit zu ihnen an den Tisch setzte, als hätte er das größte Recht dazu.

Lena bemühte sich lange, Karl möglichst nicht anzuschauen, obwohl sie spüren konnte, dass er sie oft ansah. Erst nach geraumer Zeit warf sie ihm einen raschen, heimlichen Blick zu und stellte fest, dass er Michael ähnlich war. Er hatte dieselben borstigen, roten Haare, aber sein Gesicht wirkte pfiffiger. Man fühlte, dass er Verstand hatte, doch in seinen Augen war ein unheimliches Glimmen, das ihr eine Gänsehaut verursachte. Auch wenn sie niemals etwas Schlechtes über ihn gehört hätte, so sah sie ihm doch an, dass er etwas Heimtückisches, Boshaftes an sich hatte. Martin sah er dagegen fast gar nicht ähnlich, nur sein Körper war ebenso groß und stark wie der des Wachtelhofers.

Herr Fellner erzählte einige lustige Begebenheiten aus der Stadt und sonstigen Örtlichkeiten des Landes. Sein Geschäft führte ihn weit herum und ließ ihn viel erleben. Schon die Art, wie er die Dinge vorzubringen wusste, brachte einen zum Lachen. Sogar der alte Anselm, der in seiner Ofenecke saß, verzog bisweilen den Mund.

Schließlich war es recht spät geworden. Herr Fellner stand auf und zeigte damit an, dass er zur Ruhe zu gehen wünschte. Die Wachtlin verabschiedete sich von ihm und verließ mit dem Karl das Haus.

Lena führte den Gast hinauf in die Kammer, die sie behaglich und nett für ihn hergerichtet hatte. Er dankte ihr dafür und lobte ihre Geschicklichkeit. Dann schloss er das Fenster.

Sie wollte mit einem freundlichen »Gute Nacht!« gehen.

Da sagte er: »Warten Sie, bitte! Darf ich Ihnen noch etwas sagen?«

Langsam kam er heran und schien zu überlegen. Sie wartete und wunderte sich.

»Ich war einmal mit dem Wachtelhof in guter geschäftlicher Verbindung«, begann er schließlich. »Die habe ich schon vor langer Zeit beendet. Warum, das ist nicht so wichtig. Und jetzt bin ich wieder da, weil es sich draußen herumgesprochen hat, dass in den Wachtelhof eine junge, tüchtige Frau eingezogen ist und sich seitdem vieles geändert hat auf dem Hof. Ich wollte es mit eignen Augen sehen, und was ich gesehen habe, das hat mir gefallen. Sie haben wirklich vieles hier zum Guten verändert. Es wird nun wieder zu einer regelmäßigen Verbindung zwischen uns kommen, und das hat der Wachtelhof Ihnen zu verdanken!«

Sie schaute ihn mit großen Augen an, unsicher, worauf er hinauswollte. Aber sein Gesicht war ehrlich, frei von irgendwelchen hinterhältigen, unlauteren Gedanken.

Er sprach weiter: »Es ist mir aufgefallen, dass zwischen Ihnen und der alten Wachtlin kein Einvernehmen besteht und dass sie sich heraushält vom Wesen dieses Hauses. Und noch viel mehr ist mir aufgefallen! Sie haben es sicher nicht immer leicht auf dem Wachtelhof, und man weiß nicht, was noch alles kommen kann. Aber falls einmal etwas sein sollte, können Sie immer auf mich zählen! Das möchte ich Ihnen versprechen.«

Als sie zurückkam, war Martin noch allein in der Stube. Sie hatte sich darauf gefasst gemacht, dass er nun wieder diesen finsteren, misstrauischen Blick aufsetzen würde, weil sie sich so lange bei dem Gast dort oben aufgehalten hatte. Aber er fragte nicht und schien auch nicht heimlich zu grollen.

»Es war ein gutes Geschäft heute«, sagte er und schaute sie freundlicher an als sie es seit langem bei ihm erlebt hatte. Lena antwortete nicht. Dass er ihr Karls Gesellschaft aufgezwungen hatte, das fand sie schwer zu verzeihen.

»Lena!«

Sie schaute ihn an.

»Was ist?«

Er kam zu ihr, langsam und mit einem seltsamen dunklen Blick. »Es ist nicht meine Schuld, dass er da war. Die Mutter hat ihn mitgebracht.«

Dafür hatte sie nur einen verächtlichen Blick. Aber er hatte schon nach ihr gegriffen und hielt sie an sich.

»Warum musst du immer so fremd tun? Du bist die Wachtelhoferin, und du gehörst zu uns!«

»Nein!«

Sie wollte sich freimachen von ihm, aber es gelang ihr nicht.

»Wie?«, schrie er. Zorn brannte in seinen Augen.

»Ich gehöre dir, ja, aber nicht denen da drüben!«, sagte Lena kalt.

Martin sagte nichts mehr.

Am Nachmittag des folgenden Tages gingen sie hinab zum »Feldschloss«.

Lena nutzte die Gelegenheit gern, denn sie war nun schon sehr lange nicht mehr daheim gewesen.

Martin musste zuvor noch ins Dorf und nach einer Anzahl Frauen suchen, die morgen schon mit dem Flachsrupfen beginnen sollten, damit wieder Rohstoff ins Haus käme. Er versprach Lena, sie im »Feldschloss« abzuholen. Sie sollte dort bleiben, bis er zurückkomme, auch wenn es Nacht werden sollte.

Es wurde Nacht, aber Martin kam nicht. Herr Fellner war inzwischen in Begleitung ihres Vaters zur Bahn gegangen. Franz hatte in der Wirtsstube zu tun, weil immer wieder neue Gäste zur abendlichen Einkehr kamen.

Lena war eine Weile bei der Hanna in der Küche geblieben, dann kehrte sie in das Stübchen zurück, hob den Vorhang am Fenster beiseite und schaute in die Nacht hinaus. Es behagte ihr nicht, dass Martin sie so lange warten ließ. Kaum vorstellbar, dass er wollte, dass sie allein durch den tiefen, unheimlichen Wald ging.

Später schaute Franz nach ihr.

»Thomas ist da«, sagte er ein wenig zögernd. »Er würde dich gern heimbringen.«

Sie schaute ihn erschrocken an. »Nein!«

Franz zuckte bedauernd die Schultern und ging wieder.

Er hatte es gut gemeint, das war ihr klar. Aber sie wollte unter keinen Umständen eine Begegnung mit dem Jäger. Alleine schon, weil sie nur allzu genau wusste, wie Martin reagieren würde, wenn er davon erfuhr.

Wieder verging eine lange Zeit, und sie gab die Hoffnung auf, das Martin noch kommen würde.

Aber sie musste doch heim! Da kam der Franz wieder herein.

»Karl ist eben gekommen«, sagte er. »Er will dich heimbringen.«

Sie konnte es nicht fassen.

»Warum das?«

»Martin musste noch hinüber zum Weiler, weil er nicht genügend Leute für die Arbeit morgen zusammengebracht hat. Es wird noch ziemlich lange dauern, bis er heimkommt, und deshalb schickte er den Karl ...«

Lena konnte nicht antworten. Diese Zumutung verschlug ihr die Sprache.

»Wenn ich dir einen Rat geben darf, Lena: Lass dich lieber vom Thomas begleiten!«, meinte Franz besorgt.

»Nein!«, sagte sie barsch. »In Gottes Namen. Ich geh mit dem Karl!«

Er fühlte, dass jeder Widerspruch sinnlos war. Schweigend ging er zurück in die Wirtsstube.

Karl stand draußen vor der Tür und wartete auf sie. Er war gut angezogen, trug eine lichte, saubere Joppe und einen neuen Hut mit einer schmucken Feder darauf. Aber die Art, wie er den Hut trug, wirkte frech, verwegen und passte ganz zu seinem Gesicht.

Er bot ihr einen kurzen Gruß und machte sich an ihrer Seite auf den Weg. Langsam stiegen sie über den Hügel und bogen zum Wald ein. Lena schaute zurück auf das Haus, auf den Schein des Lichtes, der in schmalem, hellem Streifen zur offenen Tür herausfiel.

Gleich nachdem sie über der Höhe verschwunden waren, verließ auch Thomas Rauch, der Förster von Daxenegg, das »Feldschloss« und folgte ihnen hinein in den Wald. Franz hatte ihn darum gebeten, und er ging gern. Karl, da stimmten beide Männer überein, war keine Begleitung für eine junge, schöne Frau durch den einsamen, nächtlichen Wald.

Lange Zeit hatten der Mann und die Frau kein Wort miteinander gesprochen, sondern waren schweigend dahingegangen. Aber schließlich fing Karl doch noch an zu reden. Der Martin laufe schon den ganzen Nachmittag und Abend in der Gegend herum, sagte er. Er könne die Leute, die er benötigte, nicht zusammenbringen, und sei deshalb nun noch bis zum Weiler hinabgelaufen.

Lena gab ihm keine Antwort. Sie empfand es als einfach unerhört und gemein, dass Martin ausgerechnet seinen älteren Bruder beauftragt hatte, sie nach Hause zu bringen. Es waren doch auch noch Michael oder Anselm da gewesen, denen man mehr Vertrauen entgegenbringen konnte!

Oder hatte er sich vielleicht sogar ganz etwas anderes überlegt in seinem Misstrauen gegen sie? Hatte er sie womöglich nur deshalb mit dem Karl zusammengebracht, weil er wusste, dass sie ihn auf den Tod hasste, sodass er keinen Grund zur Eifersucht hatte? Oder konnte die Mutter dahinterstecken, um ihr in ihrer Bosheit etwas anzutun? Beides konnte sie nicht glauben.

Sie horchte in die grenzenlose, tiefe Stille des Waldes. Waren sie denn wirklich ganz allein? Ein

Schauer schüttelte sie bei diesem Gedanken. Es war so dunkel, dass sie kaum noch die Umrisse von Karls Gestalt wahrnehmen konnte. Von seinem Gesicht sah sie nichts, und sie merkte auch nicht, wie er öfter in das Dunkel der Bäume horchte, als hätte er dort etwas wahrgenommen, was nicht da hingehörte.

Sie erschrak, als er wieder zu sprechen begann. »Du redest ja gar nichts«, tadelte er plötzlich. »Fragst nichts, willst überhaupt nichts wissen! Wie lange ich daheim bleibe, das scheint dich gar nicht zu interessieren!«

Mein Gott, wenn er gewusst hätte, wie sie sehr ihn hasste und verachtete! Wie sie sich nach dem Tag sehnte, an dem er dem Wachtelhof den Rücken kehrte! Wie gerne hätte sie ihm das nun ins Gesicht gesagt. Doch sie beherrschte sich und blieb schweigsam.

Dafür fing nun er abermals an zu reden, ganz als ob sie ihn darum gebeten hätte: Wie lange er daheim bleibe, das hänge von ganz bestimmten Umständen ab, die er ihr nicht so ohne weiteres erklären könne. Dass er sich mit dem Vater nie recht gut verstanden habe, das sei ihr sicher auch schon zu Ohren gekommen, und auch das, was die Leute ihm so nachsagten. Er merke wohl, wie sorgfältig sie ihm aus dem Wege gehe.

Aber sie werde schon noch erkennen, dass er ein echter Wachtelhofer sei, so wie er eigentlich sein müsse. Er sei nicht so ein düsterer, hinterwäldlerischer Bär wie Martin, sondern er halte etwas auf Geselligkeit und Freude. Das werde sie schon noch erfahren. In der Fremde habe er schwere Arbeit getan, in Sand- und Steingruben, im Steinbruch und im Straßenbau. Aber seine Fröhlichkeit hätte ihm kein Mensch zu nehmen vermocht.

Er schwieg und schien zu warten, ob sie nun etwas antworten würde, doch dass sie es nicht tat, schien ihn nicht besonders zu stören. Nach einer Weile fuhr er fort: Er sei bestimmt kein Mensch, der andere um ihre Habe beneide, wenn er sich auch manchmal fragen müsse, woher der Martin das unverschämte Glück genommen habe, zu einer schönen Frau wie ihr zu kommen! Eine solche Wachtelhoferin habe es wohl noch zu keiner Zeit gegeben.

Sie fühlte, dass er näher an sie heranrückte und begann unwillkürlich, schnellere und größere Schritte zu machen. Auch das schien ihn nicht zu kümmern. Er glich seinen Schritt einfach dem ihren an.

Er könne auch darüber nachgrübeln, soviel er wolle, fuhr er aufdringlich fort. Er vermöge beim besten Willen nichts an seinem Bruder zu finden, für das eine so junge und schöne Frau eine Schwäche zeigen könne.

»Lass das!«, machte sie ihrer Empörung und ihrem Widerwillen nun doch lautstark Luft. »Ich mag solche Reden nicht!«

Er lachte spöttisch. »Warum läufst du so schnell? Man könnte meinen, du versuchst, vor mir davonzurennen. Hast du Angst vor mir?«

»Nein«, behauptete Lena, obwohl er mit seiner Vermutung natürlich ins Schwarze getroffen hatte.

Sie wünschte sich weit weg von diesem brutalen, widerlichen Kerl, der nun auch noch begann, zweideutige Reden zu führen. Wenn sie das nicht so beängstigt hätte, dann hätte sie fast darüber lachen können, dass Martins Misstrauen gegen jeden Mann, mit dem sie zu tun bekam, ausgerechnet vor Karl Halt zu machen schien, der es mehr als jeder andere verdient hatte.

Karl tat so, als ob er nicht längst gemerkt hätte, wie unangenehm ihr seine Begleitung war. »Das wäre auch dumm«, sagte er. »Ich kann dich gut leiden und habe keinen Zweifel, dass wir uns noch recht gut verstehen werden!«

Sie hatten nun das schlechteste Wegstück erreicht, und sie musste ihre Schritte vorsichtiger setzen. Ein paar Mal geriet sie dennoch in eine Fahrrinne und begann zu straucheln. Dann wollte er nach ihr greifen, um sie zu stützen, aber sie wehrte seine Hand voller Widerwillen ab.

Einmal blieb er stehen und lauschte in die Stille, nur ganz kurz, aber so eigenartig und nachhaltig, dass sie stutzig wurde.

»Was ist denn?«, fragte sie und konnte nicht verhindern, dass sich ein ängstlicher Ton in ihre Stimme schlich.

»Wir sind nicht allein«, sagte Karl. »Das weißt du ja, oder?«

Sie verstand ihn nicht.

»Ich kann ja begreifen, dass du mir kein Vertrauen schenkst. Und ich verzeihe es dir, denn daran ist nur das Gerede der Leute schuld! Aber dass du mich für dumm hältst, das ärgert mich!«

Lena begriff nicht, was er meinte. Es war ihr auch gleichgültig. Sie wollte endlich heraus aus der Umklammerung des Waldes. Als endlich die beiden Häuser des Wachtelhofes aus der Nacht stiegen, atmete sie befreit auf.

»Du hast also wirklich gemeint, ich könnte dir etwas antun?«, fragte er.

Sie gab ihm keine Antwort.

»War es notwendig, dass der Daxenegger Förster uns auf dem ganzen Weg durch den Wald gefolgt ist?«

»Das ist doch gar nicht wahr!«, sagte sie kalt.

Er lachte dazu nur überlegen. »Wir vom Wachtelhof haben das Hören und Sehen gelernt! Auch bei Nacht!«

Sie schwieg.

Er ging nicht mit bis ans Haus, sondern blieb plötzlich stehen und wünschte ihr eine gute Nacht.

Sie achtete nicht darauf, ob er ins Pfründhaus heimkehrte oder was er sonst tat. Sie eilte hinein ins Haus und schloss die Tür.

6

Es gab bald keinen Abend mehr, an dem Martin zu Hause blieb. Selbst das schlechteste Wetter konnte ihn nicht davon abhalten, nach dem Hut zu greifen und die Stube zu verlassen. Und Michael folgte ihm auf dem Fuße.

Obwohl sie oft erst in den frühen Morgenstunden heimkehrten, waren sie immer zur gewohnten Stunde bei ihrer Arbeit. Kaum dass man ihnen den versäumten Schlaf ansah. Kein Mensch erfuhr jemals, wo sie die Nächte zubrachten und was sie dann taten.

Karl, so hieß es, habe den Wachtelhof inzwischen wieder verlassen und sei aufs Neue in die Fremde gezogen. Lena erfuhr das nicht von ihrem Mann, sondern von den Leuten im Dorf. Und sie glaubte daran, weil sie seit Tagen nichts mehr von ihm sah. Aber sie wagte es nicht, Martin darauf anzusprechen. Und von alleine sagte er ihr nichts darüber.

Dafür machte die alte Wachtlin sich umso bemerkbarer. Kaum hatte das Tagwerk begonnen, schlich sie um das Haus herum, spionierte in allen Räumen, verblieb dann noch eine Weile in der Spinnerei und tuschelte mit ihren Söhnen, ehe sie sich wieder in das Pfründhaus zurückzog.

Lena hatte keine Ahnung, was dieses geheimtuerische Geschehen im Haus zu bedeuten haben könnte. Sie wusste nicht, mit welchen Absichten die Schwiegermutter sich trug, welche Ziele sie verfolgte. Sie fühlte nur das Ungehörige, Unrechte daran, die Einmischung in Sachen, die allein ihr, der Bäuerin zustanden, und war entschlossen, vor der Alten noch besser auf der Hut zu sein als bisher.

Sie wusste aber nichts von den lauernden und lüsternen Blicken, die ihr aus dem Stubenfenster des Pfründhauses folgten, so oft sie aus der Tür trat und über den Hof ging. Sie hörte auch nicht, was der Mann, der dort stand, zu seiner Mutter sagte, wenn sie ihn vom Fenster wegzog und zur besseren Vorsicht mahnte.

»Was kann der Martin schon mit einer Frau wie dieser anfangen?«, höhnte er. »Für den maulfaulen Stoffel ist die viel zu schade. Das wäre eine Frau für mich! Schön, stolz und mit einem geradezu aufreizenden Widersinn in ihrem Wesen! Ich hätte nichts dagegen, wenn mir mit dem Wachtelhof auch einmal diese Frau zufallen würde! Was meinst du, Mutter?«

Die Alte sagte nichts. Sie begleitete seine losen Reden nur mit einem hinterhältigen Lächeln.

So kam der Herbst ins Land. Die Felder waren abgeerntet und lagen brach. Die Kühe waren draußen auf der Weide, und der kleine Peter bekam manchmal den Auftrag, darauf aufzupassen, dass sie nicht über den Krautacker kamen. Er war nun schon ein großer Bub geworden und hatte viel Freude an den Tieren, am herbstlich bunten Land, am Wind und am Wald. Er liebte diese kleine, stille Welt, die seine ganze Vorstellung beherrschte. Ein paar Mal schon war er mit der Mutter drüben im Dorf gewesen, aber dort gefiel es ihm nicht. Er fand es dort nicht so schön wie daheim, und auch die vielen Menschen behagten ihm nicht.

Achtsam hatte die Lena allen Streit und alle Sorge von dem Kind fern gehalten und darauf geachtet, dass es sie nie traurig oder bekümmert sah. Sie brachte es sogar fertig, dass sie auch dann noch abends mit lachendem Gesicht zu ihm in sein Bettchen schaute, wenn sie zuvor unter dem Verhalten ihres Mannes ungeheuer zu leiden gehabt hatte.

An einem Abend aber ertrug sie die Ungewissheit plötzlich nicht mehr. Nachdem sie lange Zeit durch das Fenster auf das kleine, trübe Licht aus der Stube des Pfründhauses geschaut und das Schweigen des alten Arbeiters in seiner Ofenecke ergeben hingenommen hatte, verließ sie kurz entschlossen das Haus und klopfte drüben an das erleuchtete Fenster. Sie wollte endlich wissen, warum Martin Abend für Abend von daheim weglief. Sie konnte dieses Leben einfach nicht mehr ertragen.

Die Wachtlin öffnete und ließ sie ein. Sie schien kaum verwundert zu sein über diesen ungewöhnlichen Besuch. Die Stube war leer. Auf dem Tisch lag ein Strickzeug von grober, schwarzer Wolle, das die Alte wohl gerade aus der Hand gelegt hatte. Nichts an den Dingen deutete darauf hin, dass sich außer ihr weitere Menschen in der Stube aufgehalten hatten. Das hatte Lena nicht erwartet, deshalb stand sie eine Weile unschlüssig und verlegen da.

»Was willst du?«, fragte die Wachtlin.

»Wo ist Martin?«

»Wenn er nicht daheim ist, kann ich es dir nicht sagen. Bei mir ist er nicht!«

»Du lügst!«, platzte Lena heraus.

Das Gesicht der Wachtlin lief rot an.

»Wenn du mir nicht glaubst, warum fragst du mich dann überhaupt?«

»Nein, ich glaube dir nicht! Gar nichts mehr glaube ich dir! Es wird hinter meinem Rücken etwas getrieben, was nicht recht ist! Und das ist dein Werk!«

Die Alte wurde böse.

»Wenn du mir nichts anderes zu sagen hast, dann hat alles Reden keinen Sinn!«, sagte sie knapp. »Geh also!«

Damit hielt sie die Tür auf.

Und Lena ging.

Der Wachtelhofer kam erst sehr spät heim. Er sah abgehetzt aus, und an seinen Stiefeln hing dicker Schmutz. Lena hatte auf ihn gewartet.

»Wo warst du?«, fragte sie.

»Bei der Mutter«, antwortete er ärgerlich und unsicher.

Sie schaute ihn vorwurfsvoll an.

»Warum lügst du, Martin?«

Da begriff er, dass sie ihm ins Pfründhaus nachgegangen war.

»Zuerst war ich drüben im Pfründhaus«, knurrte er. »Dann waren wir noch drüben im Dorf.«

Sie glaubte ihm nicht und ließ es ihn auch merken.

Da wurde er grob und heftig.

»Herrgott, muss ich dir denn Rechenschaft ablegen über das, was ich tue? Dieses Hinterherspionieren kann ich nicht gebrauchen!«, brüllte er.

Daran erkannte sie, dass er etwas zu verbergen hatte.

»Ich sorge mich um dich, Martin!«, sagte sie sanft und begütigend.

»Dazu gibt es keinen Grund!«

»Doch. Dir liegt nichts mehr an daheim, an mir und dem Kind, am Geschäft und am Anwesen!«

»Lass diesen Unsinn!«

»Es geht abwärts mit unserer Wirtschaft, Martin! Weißt du das?«

Er schaute sie finster und unsicher an.

»Hast du in den Büchern geschnüffelt?«

»Was soll ich immer tun allein an den Abenden?«, gab sie zurück. Ihre Stimme klang bitter.

Er schwieg eine Weile.

»Es ist besser, wenn du die Hand davon lässt!«, sagte er schließlich, doch der Klang seiner Stimme war nun unsicher.

Lena schüttelte mit Nachdruck den Kopf. »Doch, es war schon gut, dass ich einmal nachgesehen habe! Es war viel Geld da, und jetzt reicht es nicht einmal mehr für das Saatgut und die Düngung!«

»Die Arbeiterinnen vom Wald mussten ausbezahlt werden«, stotterte er. »Und ...«

Er wusste nicht mehr weiter und schwieg.

»Und der Karl!«, ergänzte sie scharf.

Sein Kopf fuhr herum.

»Wie kommst du darauf?«

»Das ist nicht so schwer zu erraten, Martin. Die Wachtelhofbuben halten zusammen, nicht wahr?«

Der Spott in ihrer Stimme machte ihn rasend.

»Schweig! Der Karl ist nicht mehr da! Wozu das dumme Gerede? Morgen ist Sonntag. Ich werde in die Bücher schauen und auch das Geld beschaffen, das fehlt!«

Peter war krank geworden. Er war beim Herumstreifen im Wald in einen kalten Schauerregen geraten und hatte über Nacht hohes Fieber bekommen. Mit rotem Köpfchen lag er in seinem Bett.

Der Wachtelhofer stand in der Stube und schaute finsteren Blickes hinaus. Er hatte sich zum sonntäglichen Kirchgang bereit gemacht und wartete schon ungeduldig auf Lena. Es war ein dunstiger, kühler Morgen. Die Wachtelhoferin kam und warf ein paar Tücher über die Ofenstange.

»Ich kann heute nicht mitkommen, Martin«, sagte sie. »Peter ist krank. Ich kann ihn nicht so lange allein lassen!«

Er furchte die Stirn. »Was hat er denn nun schon wieder?«

»Mein Gott, er hat sich gestern bei dem Regen erkältet. Er hat hohes Fieber.«

»Was das bloß mit dem Buben einmal werden soll!«, nörgelte er. »Kein Wind darf ihn anblasen, in keinen Regen darf er kommen! Und so etwas soll ein Wachtelhofer werden!«

»Er ist halt anfällig für Erkältungen!«

Ärgerlich sagte Martin: »Woran nur du schuld bist mit deinem Verhätscheln und Verwöhnen! Unsere Mutter hat um uns drei nie so ein Getue gemacht. Vom Frühjahr bis zum ersten Schnee sind wir barfuß gelaufen und ohne Hut. Und wenn einmal einer gehustet hat, hat sich kein Mensch etwas gedacht!«

»Was eure Mutter tat, geht mich nichts an! Wenn mein Kind krank ist, dann wird es von mir betreut!«

»Dein Kind ...?«

»Jawohl, mein Kind, solange du dich nicht darum kümmerst!«, sagte Lena zornig. Sie nahm die Tücher von der Stange und ging.

Er wandte sich grübelnd dem Fenster zu.

Da schlich die Wachtlin herein. In der Hand trug sie ihr großes Gebetbuch. Sie war auf dem Weg zur Kirche.

»Was willst du?«, fragte Martin seine Mutter unwillig.

»Ich wollte bloß schauen, was mit euch ist. Es ist Zeit zur Kirche!«, mahnte sie scheinheilig.

»Ja, ich komme schon!«

»Und die Bäuerin?«

»Sie bleibt beim Peter. Er ist krank geworden.«

»Schon wieder?«

Er griff nach dem Hut am Nagel und drängte zur Tür. »Ach, lass das!«

»Ist es so schlimm mit der Krankheit, dass man deswegen die Kirche versäumt?«, stichelte sie weiter.

»Was willst du damit sagen?«

»Dass es vielleicht nur ein Vorwand ist? – Die jungen Leute wollen nicht mehr so viel wissen vom

Beten. Unsereins hätte sich wegen der Sünde gefürchtet, wenn man einmal sonntags nicht zur Kirche gekommen wäre!«

Er zog grübelnd die Stirn in Falten. Das mit dem Vorwand war ihm wie ein Stachel ins Herz gefahren. Er war nahe daran, jetzt selbst nach dem Kind zu sehen, ob es denn wirklich krank war. Oder benutzte die Lena eine Ausrede, weil sie etwas ganz anderes im Sinn hatte, wenn er aus dem Haus war?

Aber die Alte hielt ihn zurück.

»Lass sie, wenn sie schon nicht mag! Es ist lang her, dass wir beide zusammen ins Dorf gegangen sind. Und wir können einmal richtig über alles sprechen. Komm also!«

Zusammen verließen sie das Haus und gingen nebeneinander die Straße hinab zum Wald.

Lena blieb am Bett ihres Kindes und hielt den kleinen Patienten fest in seiner Packung, bis endlich der Schweiß auf das Gesichtchen trat. Erleichtert atmete sie auf. Das Fieberthermometer hatte fast vierzig Grad angezeigt, und ihr war himmelangst geworden. Der Bub gehörte ihr, in ihm allein sah sie noch Wert und Sinn ihres Daseins in diesem düsteren Haus, in dem sie sich immer fremder fühlte in letzter Zeit.

In der Stube waren Schritte zu hören. Michael war offenbar endlich aufgestanden, um zu frühstücken. Wo er sich nur immer so lange herumtrieb? Vielleicht war er ja gar nicht zu Hause gewesen diese Nacht!

Lena seufzte auf. Am Anfang war Michael zu seiner Schwägerin so freundlich gewesen und hatte ihr bereitwillig bei allem geholfen. Und jetzt ging er ihr aus dem Weg, und wenn sie einmal zusammentrafen, dann machte er ein Gesicht wie ein ertappter Sünder.

Sie hörte, wie er bald darauf das Haus verließ, und schaute ihm dann nach, als er dem Wald zulief.

Das Haus war nun in seiner sonntäglichen Stille.

Sie nahm das Kind aus dem Wickel und blieb noch, bis es eingeschlafen war.

Dann kehrte sie zurück in die Stube.

Sie erschrak, als sie in der Nähe der Tür einen Mann stehen sah.

»Thomas!«, sagte sie leise, aber in entsetztem Ton.

Er wich ein wenig zurück und fand nicht gleich ein Wort des Grußes.

»Wie kommst du da herein?«, fragte sie, immer noch bestürzt vom Anblick des unerwarteten Besuchers.

Der Förster nahm den Hut vom Kopf.

»Entschuldige, Lena!«, bat er. »Ich habe diese Zeit gewählt, weil ich dich jetzt drüben im Dorf in der Kirche glaubte.«

»Was willst du bei uns?«

»Ich wollte den Martin sprechen.«

»Er ist im Dorf. Hat dich jemand gesehen?«

»Nein.«

»Es ist einfach unfassbar, dass du heute auf einmal in den Wachtelhof kommst!«

Er hielt sich merkwürdig steif und wortkarg.

»Was willst du von dem Martin?«

»Ich wollte ihn nur schnell etwas fragen.«

»Dienstlich? – Thomas, was ist geschehen?«

»Er ist mein Flurnachbar. Warum soll man da nicht einmal miteinander zu tun haben?«, wich er aus.

»Mein Gott, wenn du wüsstest, was der Martin von deiner Nachbarschaft hält!«, brach es aus Lena heraus.

»Ich weiß es«, sagte er ruhig.

»Und weißt du auch, was ich darunter zu leiden habe?«, fragte sie verbittert.

Er nickte stumm.

»Und trotzdem bist du nach Daxenegg zurückgekehrt und hast dich direkt vor unsere Nase gesetzt!«, warf sie ihm vor. »Wie lange soll das so weitergehen?«

Er zuckte bedauernd die Schultern. »Ich leide selbst wohl am meisten darunter, Lena. Da hat alles Lügen keinen Sinn! Wenn ich auch weiß, dass mein damaliger Leichtsinn mich unwiederbringlich um mein Lebensglück gebracht hat, so ändert das nichts an der Tatsache, dass ich dich immer noch liebe, Lena! Und ich werde dich lieben, solange ich lebe!«

Sie erschrak so sehr, dass sie unwillkürlich vor ihm ein wenig zurückwich. Welche Leidenschaft lag in dieser verhaltenen Stimme!

»Du darfst dich nicht fürchten vor mir, Lena! Ich bin älter geworden und auch stärker. Ich werde dir nicht zu nahe treten, das verspreche ich dir. Vielleicht war es unbedacht von mir, nach Daxenegg zurückzukehren. Ich hatte keine rechte Vorstellung davon, wie das für mich wohl sein würde, in dir nunmehr nur die Wachtelhoferin zu sehen, die Frau eines anderen. Bis vor wenigen Tagen trug ich mich sogar mit dem Gedanken einer Versetzung. Ich hielt es für besser, wenn eine größere räumliche Trennung zwischen uns läge, wenn wir uns überhaupt nicht mehr im Leben sähen!«

Sie stand unbeweglich im Licht des Fensters, nur wenige Schritte von ihm weg und doch unerreichbar fern.

In ihrer Haltung war eine Größe und Kraft, vor der er nur noch in bewundernder Anschauung verstummen konnte.

Es war so still jetzt in der Stube, dass er ihren Atem hören konnte.

»Das Böseste, was einem Menschen widerfahren kann, ist wohl die Einsicht, sein ganzes Leben lang auf einem falschen Gleis gefahren zu sein«, sagte er leise. »Ist es nicht so, Lena?«

Sie antwortete nicht darauf, sah ihn aber plötzlich mit einem ernsten Blick an.

»Und warum bist du wieder abgekommen von einer Versetzung?«

Er runzelte die Stirn.

»Weil ich nicht mehr fort kann, wenigstens nicht gleich.«

»Man lässt dich nicht? Oder ist keine Stelle frei?«

Er schüttelte den Kopf.

»In meinem Forst wird gewildert!«

»Thomas!«

»Warum erschrickst du?«

Sie wandte ihren Blick von ihm ab und dem Fenster zu. Ihr Gesicht war bleicher geworden und nahm einen sorgenvollen und vielsagenden Ausdruck an.

»Lena!«, rief er. »Schau mich an! Was müsste ich für ein feiger Kerl sein, wenn ich unter diesen Umständen mein Revier verließe! Wie müssten meine Gegner sich freuen darüber, deren Kugeln mir schon um die Ohren gepfiffen sind! Nein, so eine Unordnung im Forst hinterlässt man keinem Nachfolger. Das ginge gegen die Ehre des Försters. Auch wenn es ihm das Leben kosten würde! – Erst vor ein paar Monaten ist wieder einer erschossen worden, der Förster von Buchschlagen. Ich weiß nicht, ob du davon gehört hast.«

Nein, davon hatte sie nichts gehört. Was erfuhr sie schon von der Welt draußen hier im Wachtelhof? Wenn nicht gerade Franz einmal zu Besuch kam oder der Vater, dann wusste man überhaupt nicht, wie es woanders zuging.

Es wurde ihr auf einmal so schwer ums Herz, als ob zwischen sie und den Mann da vor ihr das Verhängnis getreten wäre.

»Hängt die Besprechung, die du mit Martin führen willst, mit diesen Dingen zusammen?«, fragte sie plötzlich entschlossen.

Er zögerte.

»Sag mir die volle Wahrheit!«, forderte sie ihn auf.

»Ja«, gestand er. »Ich möchte ein paar Fragen an ihn richten. Aber ich bitte dich, bleib ruhig und verlier deswegen nicht gleich den Mut und vor allem nicht das Vertrauen zu deinem Mann!«

Dann grüßte er und ging schnell weg.

Sie hätte ihn am liebsten zurückgerufen. Sie fand es geradezu grausam von ihm, sie nun so voller Zweifel und Sorgen einfach stehen zu lassen. Sie lief ans Fenster, sah aber nichts mehr von ihm. Vielleicht hatte er sich hinter dem Haus in Richtung auf den Wald zu davongemacht.

Martin hatte sich vor der Kirche von seiner Mutter getrennt. Nach dem Gottesdienst hörte er auf dem Kirchplatz die gemeindlichen Verlesungen und Bekanntmachungen an und kehrte dann mit den anderen Männern im Dorfwirtshaus ein. Er trank ein paar Frühschoppen und hörte schweigend den Gesprächen der anderen zu.

Vom Turm der Kirche läutete die Zwölfuhr-Glocke, als er über die Riegelbrücke in den Wald einbog und heimwärts ging. Er grübelte den Dingen nach, die er im Wirtshaus gehört hatte. Es geschah so vieles in der Welt, wovon im Wachtelhof nichts bekannt wurde. Das kleine Wochenblatt, das nur samstags ins Haus kam, wurde oft nur vom Anselm gelesen. Und der redete nicht darüber.

Es gab Wetter- und Wasserschäden, Brandstiftungen und Einbrüche. Sogar von einem Mord sprachen die Leute.

Wie kam es, dass er erst heute das erste Mal davon gehört hatte, von diesem Förstermord in Buchschlagen? Und warum ging ihm gerade diese Geschichte so nahe? Was ging ihn der Förster von

Buchschlagen an? Er kannte den Mann ja gar nicht. Und doch brachte er den Gedanken an dessen traugiges Schicksal nicht los. In der Stille des sonntäglichen Waldes drängte er sich ihm immer wieder auf.

Und dann stand plötzlich Thomas Rauch vor ihm. Er musste hinter der dickstämmigen Fichte auf ihn gewartet haben, denn sonst hätte er ihn doch eher sehen müssen! Knurrig erwiderte er den Gruß des Jägers und zeigte sich nicht geneigt, seinen Schritt zu unterbrechen oder zu verzögern. Aber der junge Förster war schon an seiner Seite.

»Auf ein paar Worte, Martin!«, sagte er sachlich.

Der Wachtelhofer hüllte sich in sein undurchdringliches Wesen, hemmte aber ein wenig den Schritt und schaute wartend hinab auf den Weg.

»Was gibt's?«

»Wo ist dein Bruder, der Karl?«

Martin antwortete nicht gleich. Es war ihm nicht anzusehen, ob die Frage überhaupt eine Wirkung auf ihn hatte.

»Liegt dir so viel daran, dass du mich deswegen auf dem Weg abpasst?«

»Es muss nicht sein, dass ich dir Ungelegenheiten bereite. Darum will ich dir nicht ins Haus fallen damit.«

»Ach so! Soll das eine Drohung sein?«

»Dazu hab ich keinen Anlass. Ich will nur wissen, wo der Karl ist!«

»Was die Leute sagen, genügt dir nicht?«

»Man sagt, dass er wieder in die Fremde gegangen sei.«

»Also? Ich kann dir auch nicht mehr sagen.«

»Aber ich glaube es nicht, Martin!«

»Dafür müsstest du schon Gründe haben!«

»Ja, die habe ich!«

Das Gesicht des Wachtelhofers war unergründlich.

Sie gingen eine Weile schweigend. Der Wachtelhofer hatte wenig Freude an dieser Begleitung.

»Und sonst?«, fragte er mürrisch.

»Was hat es für einen Sinn, Martin? Du wirst mir nie sagen, was ich wissen will und wissen muss. Schade! Es ist dir nichts damit gedient, wenn später einmal andere dich danach fragen!«

Da wurde Martin stutzig.

»Das heißt, dass du mir die Polizei ins Haus schicken willst?«

»Weil ich es nicht will, deshalb habe ich hier auf dich gewartet! Das solltest du, finde ich, anerkennen!«

Kein Zug im Gesicht Martins verriet seine Gedanken. Verschlossen und undurchdringlich war sein Blick, mit dem er auf den Weg achtete.

Thomas Rauch zog plötzlich eine abgeschossene Jagdpatrone aus der Tasche und hielt sie ihm vor die Augen.

»Kennst du das? Natürlich nicht! Was hättest du auch mit einem Jagdkaliber zu schaffen! Man kann damit auch Menschen töten. Und das ist das Verwerfliche daran. Wenn der Tod im Wald ist, muss es nicht immer ein Jäger sein, der ihm in die Fänge läuft! Und der Mord am Förster von Buchschlagen war für den Täter kein Freibrief, wenn er auch bis heute der Sühne entgehen konnte!«

Da blieb der Martin plötzlich stehen und schaute dem Forstmann direkt ins Gesicht.

»Was soll das Gerede?«, rief er. »Im Wachtelhof ist kein Lump im Haus! Ein Mörder schon gar nicht!«

Aber der Förster war unerschütterlich. »Weißt du auch alles, Martin? Ich meine alles, was deine Brüder tun?«

»Frage sie selbst, sofern du sie findest. Mich und mein Haus aber lässt du gefälligst in Ruhe!«

»Trotzdem werde ich mich um den Wachtelhof kümmern und mich nicht davor fürchten, auch einmal an deine Tür zu klopfen, Martin, wenn die Umstände es erfordern!«

Dann blieb der Förster zurück und war alsbald in den Bäumen verschwunden.

Kein Wort sprach Martin daheim über seine Begegnung im Wald. Aber die Unruhe trieb ihn durch das ganze Haus. Er wollte mit keinem Menschen zusammensein, als ob er fürchtete, man könnte ihm etwas ansehen von seinen verborgenen Gedanken.

Als Lena am Abend mit dem Anselm in den Stall gegangen war, hielt es ihn nicht mehr lange in der Stube. Er schlich sich heimlich und rasch hinüber in die Spinnerei, als hätte er lange schon auf diese Gelegenheit unbemerkten Ausreißens gewartet.

In einer dunklen, verstaubten Ecke, versteckt von Unrat und Werkzeug stand eine alte Truhe,

Hastig räumte er das Zeug weg, das darauf lag, riss den Deckel der Truhe auf, kramte darin herum, hinab bis zum Boden, und stieß einen Fluch aus.

Er hatte nicht gefunden, was er dort verwahrt glaubte. Jahr und Tag hatte er ihn dort gewusst, den Jagdstutzen. Nun war er fort. Vor einigen Tagen hatte er ihn noch in der Hand gehabt!

Krachend schlug er den Deckel zu.

Wer hatte das Gewehr weggeholt? Der Michael vielleicht? Der Bursche hatte sich in letzter Zeit oft so merkwürdig benommen, scheu und verschlagen, als ob er etwas zu verbergen hätte!

Martin schlich sich zurück ins Haus.

In der Stube saß die Mutter. Ihr Kopf mit dem gewohnten Tuch darüber lag in der Helle des Fensters. Unbeweglich saß sie da und schaute ihn an.

Er beachtete sie nicht und ging zum Tisch. Dort lagen ein paar Schriftsachen, mit denen er sich vorhin beschäftigt hatte.

Aber jetzt war es zu dunkel geworden dazu, und Licht wollte er nicht machen.

»Was ist mit dem Kind jetzt?«, fragte sie in die Stille.

Herrgott ja, daran hatte er nicht mehr gedacht und sich auch nicht darum gekümmert. Lena hatte auch nichts gesagt.

»Was wird schon sein?«, antwortete er. »Morgen ist der Kerl wieder frisch und munter!«

Eine Weile plagte er sich wieder mit seinem Zeug am Tisch, dann schaute er plötzlich hinüber zur Bank. Die Alte war aufgestanden.

»Ich geh wieder«, sagte sie.

»Brauchst du etwas?«

»Nein.«

Er sah ihr nach, bis sie an der Tür war.

»Hast du heute gehört, was man im Dorf spricht?«, fragte er sie plötzlich.

»Nichts Besonderes. Oder?«

»Dass der Förster von Buchschlagen erschossen wurde ...«

»Das ist doch schon Monate her«, antwortete sie. »Und was geht uns der Förster von Buchschlagen an?«

»Ich habe heute das erste Mal davon gehört!«

»Und machst du dir Gedanken deswegen?«

»Ja.«

»Und weißt nicht einmal, warum!«

Er sah, wie sie nach der Türklinke griff.

»Doch, ich weiß warum, Mutter!«

Sie hielt an und schaute zurück zu ihm.

»Ich denke mir ...«, sagte er und stützte beide Arme schwer auf den Tisch.

»Was denn?«, fragte sie. Auf einmal schien ein heimtückisches Lauern in ihrer Stimme zu liegen.

»Kann es sein, dass der Karl ...«

Er wagte nicht, den Satz zu vollenden.

»Bist du übergeschnappt?«, spottete sie und ging.

Er hörte noch draußen im Gang ihr schnarrendes Lachen.

7

Es kamen schöne, sonnige Herbsttage. Die Wachtelhofer holten den Flachs aus den Niederungen des Waldes. Fuhre um Fuhre brachte Anselm heraus auf den Anger, und Lena breitete die Halme dünn und locker unter die Sonne, damit sie trockneten für die Verarbeitung, die im Winter erfolgen sollte.

Gleich als Anselm das erste Mal weggefahren war und die beiden Brüder dort allein gelassen hatte, damit sie bis zu seiner Rückkehr eine neue Ladung zusammentrugen, fuhr Martin plötzlich Michael unwirsch an.

»Wer hat den schweren Jagdstutzen aus der Tenne geholt?«, fragte er unvermittelt und behielt den Burschen fest im Blick.

»Aus der Tenne?«, antwortete der Michael unsicher.

»Niemand außer dir wusste, dass er in der Truhe versteckt war, zusammen mit den Patronen!«

Der Michael zuckte die Schultern. »Ist das schlimm?«, fragte er.

»Ja, es ist schlimm«, gab Martin in scharfem Ton zurück. »Man kann damit auch Menschen töten!«

Michael strich seine roten, struppigen Haare aus der Stirn und wollte wieder an seine Arbeit.

»Bleib!«, herrschte ihn der Wachtelhofer an. »Der Stutzen muss wieder an seinen Platz! Das geht zu weit! Es muss jetzt Schluss sein mit dem Zeug!«

»Schluss?«

»Ja, ich mach nicht mehr länger mit!«

»Dazu ist es wohl schon zu spät, Martin!«

Der Wachtelhofer sah ihn düster an. »Was redest du denn da?«

»Haben wir nicht alle drei ...«

»Pst! Bist du denn ein Schuft?«

»Ich nicht, aber du!«, sagte der Jüngere frech, so frech, dass es in den Bäumen hallte.

»Auf alle Fälle: Ich mag nicht mehr! Es geht um unsere Ehre!«

»Die haben wir schon lang nicht mehr!«

»Michael!«

Nun war es am Jüngeren, den Trumpf auszuspielen. »Was willst du noch? Vielleicht warten, bis sie dich aus dem Haus holen? Zu den Verhören schleppen? Ausfragen, bis du kein Blut mehr in den Adern hast? Nein, nein, Martin! Der Karl hat schon Recht. Lass den Karren also laufen, wie er läuft!«

Der Wachtelhofer stieß einen Fluch aus und ging an die Arbeit.

Am späten Nachmittag fuhr der Anselm dann noch hinab ins Dorf, um das Wintersaatgut heimzuholen.

Die beiden Brüder verblieben noch bis in die Nacht im Wald und trugen den Flachs zusammen, damit es morgen gleich weggefahren werden konnte. Die Wachtelhoferin streute noch die letzte Fuhre über den Anger und ging dann ins Haus, um das Abendessen zu richten.

Die Kühe waren noch draußen und wurden erst eingeholt, wenn Anselm vom Dorf zurück war. Es herrschte geradezu eine unheimliche Stille im Haus. Auch die alte Wachtlin ließ sich heute nicht sehen. Vielleicht war sie gar nicht daheim. Und als Lena dann in die Stube kam, erschrak sie bis in das Mark. In der dämmerigen Ofenecke stand Karl.

Sie blieb an der Tür stehen, unschlüssig, was sie nun tun sollte. Er kam langsam heraus aus dem dunklen Winkel. In seinen Augen war ein unheimlicher Glanz. »Du brauchst nicht zu erschrecken, Lena!«, sagte er.

»Du bist da? Wiedergekommen oder nie fortgegangen?«, konnte sie endlich fragen.

»Ja, ich bin da. Die ganze Zeit war ich da«, antwortete er und lachte.

»Warum dann die Lüge, dass du wieder fortgegangen bist?«

»Die war für die, die es nicht zu wissen brauchen, dass ich daheim bin.«

»Falls du Martin suchst, er ist noch im Wald«, sagte sie rasch. Sie hatte Angst vor ihm und wollte ihn aus dem Hause haben.

»Nein, ich such nicht den Martin.«

»Wen dann?«

»Dich!«

»Wozu?«

Er schaute sie eine Weile hinterhältig an. »Das verstehst du wohl nicht? Dass ich dich Tag für Tag beobachte, so oft du aus dem Haus gehst, das kannst du ja nicht wissen. Oder soll ich im Austragsstübchen meiner Mutter sitzen wie eine alte, blinde Hauskatze und auf das Fressen warten? Ich gehöre nicht zu jenen Männern, die für schöne Frauen kein Auge haben!«

Sie richtete sich empört auf und wies nach der Tür. »Du musst verrückt oder betrunken sein! Geh!«

Karl grinste. »Betrunken? Ja, vielleicht bin ich betrunken, aber auf eine ganz andere Art als du denkst!« Er näherte sich ihr.

»Lass mich!«, schrie sie erschreckt.

»Du bist dumm, wenn du dich vor mir fürchtest. Du bist viel zu schade für einen wie meinen Bruder! Er ist ein Stoffel! Er bringt die Zähne nicht auseinander, er kann nichts, und er weiß nichts! Mich wundert es nicht, wenn du den ganzen Zauber hier satt hast!«

»Schäm dich! Geh nun endlich!«

»Dass ich dich liebe, dafür kann ich nichts. Du kannst dich sträuben, wie du willst, ich werde nicht gehen!«

»Willst du, dass ich um Hilfe schreie?«

»Es wird dich niemand hören!«

Lena warf einen Blick zur Tür und versuchte abzuschätzen, ob sie es wohl schaffen würde, vor ihm aus dem Haus zu sein, wenn sie ihn damit überraschte. Doch er war ihrem Blick gefolgt, sprang plötzlich an die Tür und schnitt ihr diesen Fluchtweg ab.

»Was der Wachtelhofer Karl will, das nimmt er sich! Das sollst du dir merken!«

Seine Augen brannten vor Leidenschaft, und er versuchte nach ihr zu greifen.

Sie stieß ihn zurück.

»Du Scheusal! – Hilfe!«

»Hör doch mit Schreien auf! Ich tu dir nichts!«

Sie zitterte am ganzen Körper.

»Karl, ich bitte dich, geh!«

Seine Augen fuhren wild herum und hingen dann am Fenster.

»Ja, ich gehe!«, sagte er plötzlich und ganz unerwartet. »Du wirst natürlich dem Martin alles erzählen wollen. Das verstehe ich. Ob du aber auch noch den Mut dazu hast, wenn ich ihm dann sagen müsste, dass am Sonntag, während er in der Kirche gewesen ist, der Förster bei dir war?«

»Karl!«

Mit einem höhnischen Lachen ließ er von ihr ab, lief davon und ließ Lena in einem Zustand zurück, in dem sie keinen klaren Gedanken mehr fassen konnte. Sie wunderte sich nicht einmal darüber, dass er so überraschend von ihr gelassen und auf die angedrohte Gewaltanwendung verzichtet hatte. Nur ein Gedanke hatte Raum in ihr, dass nämlich dieser teuflische Mensch sie heute oder morgen oder übermorgen wieder überfallen würde und dass es dann zu einem Unglück kommen würde.

Doch es war keine Laune gewesen, die Karl dazu gebracht hatte, von ihr abzulassen, sondern die Wachsamkeit des gewohnheitsmäßigen Übeltäters. Sein Ohr war zu scharf und zu geübt, sein Blick viel zu beweglich, als dass er je einmal von einem Unberufenen in seinem Tun ertappt worden wäre. Auch jetzt hatte er durch das Fenster draußen auf dem Weg die Gestalt eines Mannes gesehen, und dies hatte ihn zu diesem plötzlichen und raschen Rückzug bewogen. Nur war dieser Mann zu spät in sein Blickfeld geraten, sodass er einer Begegnung nicht ausweichen konnte.

Es war ein fremder Mann, der auf das Haus zukam, eine unauffällige Erscheinung, wie man sie in aller Welt antrifft, in anständiger Bekleidung, einem runden, gutmütigen Gesicht und einer Glatze.

Eigentlich wollte Karl an dem Fremden achtlos vorbei und zum Pfründhaus hinübergehen. Aber beim Anblick dieses Gesichts stutzte er. Er wusste nicht gleich, warum in seinem Unterbewusstsein ein schriller Alarm ertönte. Ihm war, als ob er schon einmal mit diesem Mann etwas zu tun gehabt hätte, doch er konnte sich nicht erinnern, bei welcher Gelegenheit das gewesen sein mochte.

Als er sich an der Tür des Pfründhauses noch einmal nach dem Fremden umwandte, sah er, dass auch dieser zu ihm hinüberschaute. In seinem Blick war eine unverkennbare Spannung, ein Erstaunen, ein Erwachen, ein Erkennen.

Wo aber waren sie sich nur schon einmal begegnet?

Lena erschrak, als es plötzlich an die Tür klopfte, doch als sich das Gesicht eines Fremden unter der Tür zeigte, der einen freundlichen Eindruck machte, ließ ihre Angst und ihre Anspannung nach. Ihre Stimme zitterte noch ein wenig, als sie den Gruß des Fremden erwiderte und sich nach seinem Begehr erkundigte.

Der Mann stellte sich vor. Murr hieß er und reiste umher, um landwirtschaftliche Maschinen zu verkaufen. Er wollte den Wachtelhofer sprechen.

Lena bedauerte: Ihr Mann sei noch im Wald und würde wohl erst spät heimkommen.

Murr erklärte, dass er in früheren Jahren öfter schon da gewesen war, und dass er mit dem alten Wachtelhofer, dessen Tod ihm sehr nahe gegangen sei, so manches Geschäft abgeschlossen habe.

Er schien es nicht eilig zu haben, denn er begann, von diesen früheren Geschäften zu erzählen, nicht ohne die hohe Qualität und den niedrigen Preis, zu dem der Verstorbene bei ihm immer eingekauft hatte, dabei gebührend herauszustreichen, wie es Vertreter seiner Zunft so gerne taten.

Lena war ihm dankbar dafür, denn sie fürchtete sich vor dem Alleinsein und sein harmloses Geplauder half ihr dabei, wieder etwas ruhiger zu werden.

Aber der Mann wartete dann doch nicht, bis der Wachtelhofer heimkehrte, sondern wollte an einem der nächsten Tage wiederkommen. Es schien ihm etwas eingefallen zu sein, denn er hatte es plötzlich doch auf einmal eilig mit der Fortgehen.

Beim Verabschieden fragte er noch, ob die alte Wachtlin denn noch am Leben sei und ob außer dem Martin noch weitere Söhne auf dem Hof lebten.

Die Sonne war inzwischen hinter den Bäumen des Waldes verschwunden. Nun würde rasch die Dunkelheit hereinbrechen. Als sie endlich den Wagen in den Hof fahren hörte, atmete sie auf. Sie lief eilig hinaus und holte den Jungen ins Haus.

Anselm fuhr den Traktor in den Schuppen, lief dann über den dunklen Anger und trieb die Kühe ein. Gerade als er das Vieh anband, kam Lena zu ihm in den Stall. Sie war wie zum Ausgehen gekleidet und hatte Peter an der Hand.

Anselm möge bitte den Stall versorgen, sagte sie hastig. Sein Essen stehe in der Küche auf dem Herd. Und dem Martin möge er bestellen, dass sie mit dem Peter heimgegangen sei.

»Heimgegangen« – das klang sonderbar. Ja, war sie denn nicht hier daheim? Der alte Arbeiter wurde stutzig und kam zwischen den Kühen hervor.

Als er Lenas kreidebleiches Gesicht sah, begriff er, dass etwas geschehen sein musste, solange er drüben im Dorf gewesen war, etwas Furchtbares, Schreckliches!

»Was ist denn?«, fragte er.

»Ich kann hier nicht mehr bleiben, Anselm!«, sagte sie.

Er schaute sie stumm an, als erwäge er die Rechtmäßigkeit ihres Handelns.

Dann nickte er ein paar Mal mit dem Kopf, als ob ihm die Erleuchtung gekommen wäre.

»War es der Karl?«, fragte er nur.

Sie hob erschrocken den Blick. »Du hast gewusst, dass er da ist?«

»Man hat mir gesagt, dass er wieder fortgegangen sei. Aber ich habe es nie geglaubt.«

Sie schwieg eine Weile, dann sah sie ihn nochmals an. »Es tut mir Leid um dich, Anselm. Du warst immer der Beste in diesem Haus. Aber ich kann nicht mehr! Schau ein bisschen nach dem Rechten! Vielleicht kann ich es dir einmal lohnen.«

Der alte Arbeiter schluckte. Dann beugte er sich herab zum Peter und drückte noch einmal sein Händchen. »Behüt dich Gott, Peter!«

Mehr konnte er nicht sagen, weil es ihm die Kehle zuschnürte.

Lena verließ das Haus durch die hintere Tür und lief schnell und heimlich dem Wald zu.

Es war tiefe Nacht, als Martin von seiner Arbeit im Wald heimkehrte. Er war allein. Michael war vorausgelaufen, weil er die Gesellschaft des Bruders satt hatte. Sie waren heute wiederholte Male heftig in Streit geraten. Martin folgte ihm zögernd, er ging sogar bewusst langsam, weil er allein sein wollte mit seinen Gedanken.

Als er den Wald verließ und den Wachtelhof in tiefem Dunkel sah, wusste er, dass etwas geschehen war. Und da wurden seine Schritte doch plötzlich wieder schneller.

Anselm stand unter der offenen Tür und wartete auf ihn.

»Was ist denn vorgefallen, Anselm?«, fragte er bestürzt.

Der Arbeiter zögerte und zuckte nur die Schultern. Er wusste ja auch nichts Genaues.

»Wo ist die Wachtelhoferin?«

»Sie hat mit Peter am späten Abend noch das Haus verlassen.«

»Wohin?«

»Sie ist heimgegangen ins ›Feldschloss‹.«

»Warum?«

Anselm schwieg eine Weile.

Schließlich sagte er: »Warum, weiß ich nicht genau, aber sie war aufgeregt und hatte Angst. Es sah aus, als ob sie vor irgendetwas fliehen würde!«

Der Wachtelhofer furchte die Stirn. Er ging ins Haus, durch die Küche, dann in die Stube. Er zündete die Lampe an.

Überall war sauber aufgeräumt. Über dem Tisch lag eine frisch gewaschene Decke.

Anselm war ihm gefolgt und stand nun am Fenster.

»Ist Michael schon da?«

»Er ist vorbeigegangen und wird im Pfründhaus sein.«

Das war nichts Ungewöhnliches, denn er hatte sich schon öfter nicht zum Abendessen eingefunden, sondern sich lieber drüben bei der Mutter mit an den Tisch gesetzt.

Martin setzte sich an den Tisch und vergrub den Kopf in die Hände.

»Es muss etwas mit Karl gewesen sein«, sagte der Arbeiter plötzlich in die Stille.

Der Wachtelhofer fuhr auf. »Hast du den Verstand verloren?«

Anselm verzog keine Miene. »Warum muss es denn immer gelogen sein, Martin?«, sagte er ruhig. »Die Leute mögen vielleicht daran geglaubt haben, dass er fort ist.«

Martin beobachtete scharf das Gesicht des alten Mannes. »Weiter!«

»Es war gelogen!«

Der Wachtelhofer schwieg.

»Und was soll mit ihm gewesen sein?«, fragte er dann.

Anselm zögerte.

»Du sollst reden, Anselm!«, herrschte Martin ihn an.

»Ich weiß nicht, ob ich Recht habe, aber ich vermute, dass er die Lena verfolgt hat!«

Martin sprang auf und war mit ein paar Schritten bei dem Arbeiter.

»Was sagst du da?«, schrie er.

Anselm stand unerschütterlich, schaute ihm nun ohne Furcht ins Gesicht und sagte in ruhigem, sachlichem Ton: »Du hast dich doch nie darum gekümmert, was mit deiner Frau und deinem Kind ist! Du hast dich zusammengetan mit dem Karl, lügst für ihn und setzt deinen guten Ruf aufs Spiel. Doch das wird er dir nicht danken. Er wird dich verraten. Den Hof will er dir abnehmen, und die Frau will er gleich noch dazu!«

Martin machte eine Bewegung, als ob er den alten Mann schlagen wollte, doch vor der ruhigen, würdevollen Haltung Anselms stockte seine Hand.

»Weißt du, was du redest?«, schrie er stattdessen.

»Ich kann nicht mehr länger schweigen, weil ich weiß, dass sie alle gegen dich Intrigen spinnen! Auch deine Mutter!«

Martin stieß den Alten von sich, dass er taumelte, und war mit wenigen Schritten an der Tür.

»Martin! Überlege, was du tust!«, schrie Anselm ihm zu.

Aber da fiel die Tür schon krachend ins Schloss, und fort war er.

Es war inzwischen später Abend geworden. Auch im Pfründhaus war kein Licht mehr.

Trotzdem klopfte der Wachtelhofer an eines der dunklen Fenster. Er tat es so laut und ungestüm, dass alsbald die Tür aufging.

Es war die Wachtlin, die öffnete.

»Ich will den Karl sprechen!«, sagte er in einem Ton, der die Alte aufhorchen ließ.

»Wozu? Er ist nicht da. Vor einer Stunde ist er weggegangen.«

»Und der Michael?«

»Ist hinüber ins Dorf, ins Wirthaus. Ist etwas geschehen?«, fragte sie abermals.

Er überging ihre Frage. »Was hat der Michael im Wirtshaus zu tun?«

Gleichgültig kam ihre Antwort: »Ich weiß es nicht.«

»Lüg mich nicht an, Mutter! Andernfalls räume ich hier dein ganzes Räubernest aus!«

Sie merkte, dass er seine Drohung womöglich wahr machen würde. Der Handlungsreisende Murr sei gerade im Dorf und habe sein Quartier im Wirtshaus, gestand sie schließlich. Es liege dem Karl daran, den Mann auszuhorchen. Warum, das wisse sie nicht.

Das war sehr merkwürdig. Martin überlegte blitzschnell: Der Handlungsreisende Murr war von Buchschlagen, und in Buchschlagen hatte man vor mehreren Wochen den Förster erschossen.

»Weiter!«, schrie er.

»Sonst weiß ich nichts.«

Er zweifelte daran, schwieg aber und sann den Dingen nach. Sein Benehmen gefiel der Wachtlin nicht.

»Ist etwas geschehen?«

»Lena ist heute Abend aus dem Haus geflohen«, bekannte er endlich. »Sie hat Peter mitgenommen. Bis sie zurück sein wird, sollst du dich um das Essen für den Anselm kümmern.«

Das hörte sich so an, als ob auch er für lange Zeit das Haus verlassen wollte.

»Was redest du denn da?«, fragte seine Mutter prompt. »Willst du auch fortgehen?«

»Ich? Das könnte dir so passen. Nein – ehe der Karl den Wachtelhof in die Hand bekommt, geht er in Flammen auf!«, schrie Martin erregt.

»Mein Gott, was redest du für dummes Zeug!«, wollte sie ihn zurechtweisen.

Aber ihr Sohn war nun nicht mehr zu halten. »Ich habe es doch geahnt, dass ich euch im Weg bin, dir, dem Karl, dem Michael, allen! Und jetzt weiß ich es sicher!«

»Du bist übergeschnappt, Martin!«

»Schweig! Merk dir, wenn ich ins Zuchthaus gehe, dann geht auch der Karl mit mir!«

Und dann drehte er sich um und ging.

Die Wachtlin wartete noch kurz ab, ob er noch einmal zurückkommen würde. Als das nicht geschah, zog sie die Tür zu. Mit dem Schlafen war nun freilich auch für sie nichts mehr. Sie lehnte sich also im Dunkeln an das offene Fenster und horchte in die Nacht hinaus. Da waren auf einmal Schritte drüben um den Wachtelhof zu hören. Dann wurde an die Tür und an die Fenster geklopft, immer lauter und eindringlicher. Auch gerufen wurde von einer Männerstimme.

Anselm lag in seiner abgelegenen Kammer und hörte nichts. Aber der Mann wollte nicht nachlassen mit seinen Weckversuchen.

Das wurde der Wachtlin langsam zu viel, und da rief sie dann doch einmal hinüber, was es denn gebe mitten in der Nacht?

»Ich bin der Franz vom ›Feldschloss‹«, sagte der Mann im Dunkel zum Fenster hinüber, in dem er sie vermutete.

»Es ist niemand da im Wachtelhof bis auf den Anselm«, belehrte sie ihn.

»Der Martin?«

»Er ist weggegangen.«

»Dann warte ich, bis er zurückkommt.«

Sie lachte höhnisch.

»Es kann bis zum Morgen dauern.«

Der Franz überlegte.

»Eigentlich kannst du es ihm auch sagen, Wachtlin: Lena ist mit dem Kind bei mir, und sie wird erst in den Wachtelhof zurückkehren, wenn er im Pfründhaus aufgeräumt hat!«

Er wartete nicht darauf, was die Alte ihm zu entgegnen hatte, sondern wandte sich der Straße zu und ging davon. Deshalb achtete er auch nicht auf die Flüche und Schimpfworte, die sie ihm nachschickte. Nur den Schlag des Fensters, das sie wütend zuwarf, hörte er noch.

Während Franz den Heimweg durch den Wald antrat, wurde ihm etwas beklommen zumute. Konnte man denn sagen, hinter welchem Strauch oder Baum der Karl oder einer seiner Helfer lauerte, um ihn zu überfallen? Freilich, man durfte nicht alles glauben, was die Leute sich erzählten, doch in dieser Stille und Einsamkeit schien plötzlich vieles glaubwürdig, was er bei Tageslicht als Übertreibung abgetan hätte.

8

In der Mitte des Dorfes, dort, wo sich die Straße in engen Kurven um den Kirchberg wand, stand versteckt im Laub der Kastanien das Wirtshaus. Dort fanden sich abends immer einige Bauern und Taglöhner ein, um den Tag mit einem kühlen Bier und einem gemütlichen Schwatz zu beschließen. Jeden Tag kamen andere, aber jedes Mal wurde ein Tisch voll. Nur zur Zeit der Ernte blieben die Gäste manchmal aus, weil es dann vielen zu spät wurde mit dem Feierabend. – Hier hatte der Murr sein Quartier genommen und ließ sich von der Wirtin ein kräftiges Essen bereiten. Das viele Laufen von Hof zu Hof und das lange Reden machte hungrig.

Er saß am Ofentisch und hatte eine Anzahl Bauern um sich. Wenn er im Dorf war, kamen die abendlichen Gäste zahlreicher als sonst, sodass sie nicht alle Platz fanden an seinem Tisch und vereinzelt und verstreut über die ganze Stube herumsaßen. Man wusste, dass der Murr immer etwas zu erzählen hatte, das sich anzuhören lohnte.

Und dieses Mal gab es noch einen weiteren Anlass: Der Murr kam von Buchschlagen, und in Buchschlagen hatte man den Förster ermordet. Die Nachrichten darüber in den Zeitungen waren spärlich gewesen und hatten längst schon aufgehört. Wer der Mörder gewesen war, hatte die Polizei noch nicht herausgefunden. Vielleicht konnte der Murr ausführlicher erzählen, was sich dort abgespielt hatte.

Und er wusste wirklich etwas davon zu berichten, mehr, als sie sich träumen ließen.

Er war noch mitten in seinem Essen, als irgendeiner am Tisch die Frage tat, ob denn der Mord immer noch ungeklärt sei? Der Murr schaute sich zuerst in der Stube um, ließ seinen Blick von Gesicht zu Gesicht wandern und stellte fest, dass aller Augen gespannt an ihm hingen in Erwartung seiner Antwort.

Aber er aß zuerst noch in aller Ruhe fertig, schob dann den Teller von sich und wischte sich den Mund ab. Dann fing er plötzlich an zu erzählen, langsam und leise, wie es seine Gewohnheit war. Denn so mussten seine Zuhörer mucksmäuschenstill sein, wenn sie ihn verstehen wollten. Es wurde also so totenstill in der Gaststube, dass man eine Stecknadel hätte fallen hören können.

Und das lohnte sich auch, denn der Murr konnte im Zusammenhang mit dem Mordfall etwas berichten, das er mit eigenen Augen gesehen hatte. Sogar bei der Polizei habe er deshalb eine Aussage in dem Mordfall machen müssen.

Es sei an jenem Abend in der Dämmerung gewesen, als er auf der schmalen, schlechten Straße gegangen sei, die von der Bahn an der Waldschneise entlang nach Buchschlagen hinaufführte. In der Tiefe des Gehölzes, in größerer Entfernung, habe er Schüsse gehört, doch dabei habe er sich nichts gedacht. Er sei also arglos seinen Weg weitergegangen. Kein Mensch außer ihm sei unterwegs gewesen. Und da sei plötzlich ein Radfahrer droben um die Kurve geschossen und in einem Höllentempo den Abhang herabgekommen. Er habe gerade noch Zeit gehabt, zur Seite zu springen, da sei dieser Verrückte schon vorbei gewesen, gefolgt von einer wirbelnden Staubwolke.

»Entweder ist der Mann aus einem Irrenhaus oder einem Zuchthaus ausgebrochen«, das sei sein erster Gedanke gewesen. Er habe nämlich sein Gesicht gesehen, und das sei eine Fratze gewesen, die sich einem unvergesslich einprägen musste: wild, roh, verdreckt und verzerrt durch ein teuflisches Lachen.

Murr unterbrach seine Erzählung und schaute in die Gesichter seiner Zuhörer.

»Nein, ich bin wirklich kein Angsthase, und ich habe schon manches Böse gesehen in meinem Leben. Aber das Gesicht vergesse ich nie. Der Teufel kann nicht schrecklicher aussehen, als dieser Mensch es tat!«

Es war keiner da, der es bezweifelte oder der den Murr für einen Feigling hielt. Alle warteten gespannt und ungeduldig auf die Fortsetzung der Erzählung.

»Ja, liebe Leute, es ist, als hätte es so sein müssen, dass ich gerade an diesem Abend nach Buchschlagen hinaufging«, begann der Murr endlich wieder, und er erzählte weiter, dass er dem Irren auf dem Fahrrad ein paar Schimpfwörter hinterhergeschickt und dann weiter seiner Wege gegangen sei. Auf der Höhe des Steiges sei ihm dann ein

Mann entgegengekommen, der Straßenwart von Buchschlagen. Er war auf dem Heimweg gewesen und hatte gerade sein Fahrrad besteigen wollen, als er von hinten überfallen und niedergeschlagen worden sei. Der Schlag war so heftig gewesen, dass der Mann für kurze Zeit das Bewusstsein verloren hatte. Als er wieder zu sich kam, war sein Fahrrad weg gewesen. Obwohl von der Aussichtslosigkeit einer weiteren Verfolgung des Täters überzeugt, sei er dann ins Dorf gegangen, um bei der Polizei Anzeige zu erstatten, und Murr habe ihn begleitet und den Verrückten auf dem Fahrrad beschrieben, der ihm begegnet war. Denn der Mann, der den Straßenwart überfallen hatte, konnte seiner Meinung nach kein anderer gewesen sein als der wilde und verdreckte Bursche, der an der Schneise an ihm vorbeigehetzt war.

Im Dorf erst hatten sie dann erfahren, dass der Förster von Buchschlagen vor einigen Stunden im Wald erschossen worden war.

»Dann war der Fahrraddieb auch der Mörder!«, schrie eine Stimme.

Der Handlungsreisende richtete seinen Blick auf den Rufer, einen jungen Bauern, der in seinem lebhaften Temperament von seinem Stuhl aufgesprungen war.

»Ja, der Mann auf dem Fahrrad war mit Sicherheit der Mörder!«, bestätigte er. »Die Polizei meint das auch.«

Eine Weile herrschte tiefes Schweigen.

»Und? Man hat nicht herausgebracht, wer dieser Kerl war?«, fragte dann wieder einer.

»Doch. Es war ein Arbeiter vom Straßenbau. Die Beschreibung stimmte, und er kam ab jenem Tag nicht mehr zur Arbeit. Aber er hatte einen fremdländischen Namen, und der war wahrscheinlich auch noch falsch. Wo sollte man ihn suchen?«

Das war nun freilich ein schwieriger Fall. »Wer weiß, ob die Tat überhaupt noch einmal ihre Sühne finden wird!«, sagte einer. »Der Lump kann längst schon über die Grenzen sein!«

Alle nickten. Das klang sehr wahrscheinlich.

»Nein!«, rief da plötzlich der Murr, und aus seinem Blick leuchtete ein heimlicher Triumph.

Da starrten sie ihn alle fassungslos an.

Der Handelsmann machte eine Kunstpause, um sich an ihrer Neugier zu weiden. Endlich fuhr er dann fort: »Sagte ich nicht vorhin, wie gut es die Fügung wollte, dass gerade ich zu dieser Zeit auf dem Weg nach Buchschlagen war und den Mann gesehen habe? Ich komme ja viel herum und sehe eine Menge Menschen. Und wenn es zehn Jahre dauern würde, so würde ich das Gesicht des Mörders wieder erkennen, wenn es mir begegnete.«

Wieder legte er eine Pause ein. Die Umsitzenden wagten kaum zu atmen, der ganze Raum knisterte vor Spannung.

»Was, wenn ich euch noch sage, dass ich ihm noch ein zweites Mal begegnet bin?«

Jetzt wurde es lebendig am Tisch, und der Wirt blieb mit den Krügen stehen, wo er gerade war.

»Wo denn? Und wann?«

»Doch nicht etwa bei uns?«, sagte eine Stimme aus dem Hintergrund.

Murr wehrte beschwichtigend ab. Darüber zu sprechen wäre nicht nur dumm, sondern auch gefährlich. »Lassen wir es also genug sein damit, dass ich weiß, wo der Mörder sich aufhält. Lange wird er nicht mehr frei herumlaufen, dafür werde ich sorgen, und zwar schon sehr bald. Reden wir also von anderen Dingen!«

Und klug, wie er war, brachte der Murr seine Zuhörer durch eine andere interessante Geschichte vom Thema ab. Es dauerte nicht lange, da waren sie alle wieder so mit Zuhören und Erzählen beschäftigt, dass es von keinem der Anwesenden bemerkt wurde, wie einer am hinteren und schwach beleuchteten Tisch den Wirt zu sich rief, sein Bier bezahlte und mit einem kurzen Gruß die Stube verließ. Es war der Michael vom Wachtelhof.

Dort wo der Weg durch eine Mulde in den Wald mündete, stand eine verfallene Bretterhütte. Früher mochte man Heu in ihr gelagert oder sie als Unterstand bei Unwettern für die Feld- und Waldarbeiter benutzt haben. Jetzt war die Hütte morsch und löcherig, das Dach beschädigt und vom Wind aus dem Winkel gehoben.

Ein dichter Jungforst war vor einigen Jahren bis herab zur Gemarkung gepflanzt worden. Damit hatte die Hütte ihren Zweck verloren und wurde von da an dem Verfall preisgegeben. Eine Tür war schon lange nicht mehr daran, sondern nur ein schwarzes Loch gähnte in der baufälligen Vorderseite der leeren Hütte.

Der schmale, schlechte Weg, der unter der Hütte lag, führte vom Dorf zum Daxenegger Forsthaus, und es hätte unter anderen Umständen vielleicht eine heikle Streitfrage werden können, wohin die Hütte nun eigentlich gehörte, zum Dorf oder zum Forst. Da sie aber kein Wertobjekt darstellte, interessierte das keinen. Sie war nun einmal da und blieb, bis sie vollends verfiel.

Zu dieser Hütte nahm Michael seinen Weg, nachdem er das Dorfwirtshaus verlassen hatte. Und die Art, wie er sich dabei betrug, war auffällig. Der Mond hing frei und im vollen Licht am Himmel, sodass man weithin sehen konnte. Michael ging nämlich nicht auf dem Weg, sondern drückte sich seitlich unter den Bäumen voran und schaute sich häufig um, als ob er sich überzeugen wollte, dass kein Verfolger hinter ihm her war.

Als er die Hütte erreicht hatte und aus der Wegmulde über die Böschung klomm, tauchte vor ihm wie aus dem Boden gewachsen eine Gestalt auf, die dort auf ihn gewartet zu haben schien.

Das war Karl, der den kurzen geflüsterten Bericht des Bruders schweigend entgegennahm. Nur wenige Minuten blieben sie zusammen, dann lief Michael hinein in den Wald und machte sich auf den Heimweg. Aber der andere blieb, und so, wie er vorhin aufgetaucht war, verschwand er wieder im Dunkel der Bäume.

Dass ein Paar Augen diesem Tun aus nächster Nähe verfolgt hatte, davon hatten freilich beide keine Ahnung. Trotz aller Vorsicht und Wachsamkeit war es dem Michael entgangen, dass ihm schon von der Tür des Wirtshauses an bis zu seiner Begegnung im Wald vor der alten Hütte, also den ganzen langen Weg, jemand gefolgt war. Dieser Verfolger stand immer noch im Dunkel der Kastanien, und es handelte sich um Martin.

Der Wachtelhofer wusste nicht, was zwischen den beiden gerade besprochen worden war, aber er ahnte, dass hier irgendein Anschlag vorbereitet wurde, den er verhindern musste. War es nicht schon Unglück genug, dass seine Frau mit dem Kind aus dem Haus geflohen war? Sie hatte kein Vertrauen mehr zu ihm, zu ihrem Mann, fürchtete sich sogar vor ihm und seinen Brüdern. Sie hielt sie für Verbrecher! Und war dieses Misstrauen wenigstens bei Karl nicht doch berechtigt?

Seit dem Mord am Förster in Buchschlagen trug Martin viel Unruhe und Misstrauen mit sich herum. Seine Augen hatten die Schärfe einer Katze, wenn er aus seinem Versteck auf den Mann blickte, der über dem hohlen Weg auf dem nackten Boden saß. Er hatte keinen Zweifel mehr, dass Karl hier einem Menschen auflauerte und zwar in einer bösen, vielleicht gar verbrecherischen Absicht.

Nichts rührte sich. Nur drinnen im Wald war manchmal ein leises Knacken oder der Ruf eines Nachttieres zu hören. Die Turmuhr vom Dorf drüben schlug die Stunden. Hatte es überhaupt einen Sinn, die Zeit zu vertun? Hätte er sich nicht besser um die Dinge daheim kümmern sollen?

Und doch wartete er. Stunde um Stunde. Dann waren auf einmal Schritte drunten auf dem Weg zu hören.

In die lauernde Gestalt des Karl war nun eine Veränderung gekommen. Wie ein zum Sprung ansetzendes Raubtier lag er jetzt an den Boden gedrückt. Vor ihm blitzte der Lauf einer Flinte, wenn gerade der Mond aus den Wolken trat.

Zeitweilig war nichts mehr zu hören von den Schritten drunten auf dem Weg, weil der Weg an manchen Stellen mit Gras bewachsen war, was das Geräusch stark dämpfte. Aber jedes Mal, wenn sie wieder laut wurden, klangen sie näher als zuvor.

Martin war inzwischen aufgestanden und hatte sich lautlos an den Liegenden herangepirscht. Lautlos drang er nun auf ihn ein und stieß ihm das Gewehr aus dem Anschlag.

Karl sprang auf, schaute mit flackernden Augen auf den Bruder. Kein Wort fiel zwischen ihnen, nur ihren Atem hörte man zischen. Schwer und unverrückbar lag der Fuß Martins auf der tödlichen Waffe.

Drunten ging ahnungslos der nächtliche Wanderer vorbei. Sein Schritt war schnell und verlor sich dann im schwarzen Gehölz.

Martin schaute hinab auf die Waffe unter seinem Fuß. Es war sein eigener Jagdstutzen, nach dem er vergeblich in der Tenne gesucht hatte.

»Warum das, Karl?«, fragte er heiser flüsternd.

»Weil es sein muss!«, war die Antwort Karls, der jetzt aufgesprungen war und drohend vor seinem Bruder stand.

»Ist es so weit gekommen mit dir, dass du töten musst?«, fragte Martin.

Keine Antwort.

»Wen?«

Keine Antwort.

Martin ergriff den Stutzen und zerschlug ihn mit einem einzigen gewaltigen Hieb an einem Baum. Kaum waren ihm die Splitter aus der Hand gefallen, spürte er einen würgenden Griff um seinen Hals.

»Du Schuft!«, rief Karl. »Bevor du dich und uns alle verrätst, gehst du zum Teufel!«

Martin wehrte sich, und er war stark genug, um sich von dem Griff zu befreien und den Rasenden von sich zu stoßen. Aber Karl fiel ihn ohne ein weiteres Wort noch einmal an. Schnaubender Atem und erstickte Flüche waren die einzigen Äußerungen in diesem Zweikampf. Nach minutenlangem Ringen schien Karl erschöpft zu sein. Mit wildem, blutendem Gesicht stand er da und wagte keinen Angriff mehr.

Auch Martin schwankte.

»Man lädt keinen Mord auf sein Gewissen! Hörst du?«, keuchte er.

»Du Schuft!«, knirschte der Karl schäumend und von ohnmächtiger Wut geschüttelt.

Martin ekelte sich plötzlich vor ihm. Er drehte sich um und ließ ihn stehen.

Lange irrte er durch den Wald, als ob er sich nicht schlüssig werden könne, wohin er sich wenden sollte. Und plötzlich schlug er den Weg ein hinab ins »Feldschloss«. Aber es war ja schon zu spät geworden, um dort noch einen Menschen anzutreffen. Und wenn, hätte er dann den Mut, den Leuten vor die Augen zu treten? Wahrscheinlich nicht.

Trotzdem ging er seine Richtung weiter. Er wollte und konnte jetzt nicht heimkehren in den

Wachtelhof. Es graute ihm vor der Stille und Leere dort.

Und wie er so ging, fiel in der Tiefe des Waldes, ungefähr in der Richtung des Forsthauses, ein Schuss. Das war etwas Ungewöhnliches, Unheimliches. Er blieb stehen und zählte den Abstand bis zum nächsten Schuss. Aber es erfolgte kein zweiter mehr. Er wartete ein wenig, dann ging er weiter. Seine Schritte wurden schneller und größer, als ob er sich nicht mehr so recht wohlfühlte im finsteren Gehölz.

Im »Feldschloss« sah er noch Licht, aber nicht mehr im Gastzimmer, sondern im kleinen Wohnstübchen. Vermutlich saßen sie dort noch beisammen, besprachen und berieten sich, oder sie warteten gar darauf, dass er, der Martin, zu ihnen käme.

Er schlich sich heran unter das Fenster und lauschte auf die Stimmen drinnen, hörte aber lange nichts. Dann sprach ein Mann ein paar Worte, die er nicht verstehen konnte. Er konnte nicht einmal unterscheiden, wer gesprochen hatte, Franz oder der Vater. Und dann vernahm er doch auf einmal die Stimme Lenas, ruhig und nüchtern und von geradezu peinigender Kälte. Da hatte er auf einmal nicht mehr den Mut, an die Tür zu klopfen. Vielleicht würde er morgen noch einmal kommen, wenn die Gemüter sich vielleicht auch ein bisschen beruhigt hatten. Dennoch blieb er noch stehen und lauschte weiter.

Er spürte die Spannung des verkrusteten Blutes in seinem Gesicht und das Brennen an seinen Händen. Nein, so wie er jetzt aussah, durfte er ihr auf keinen Fall begegnen, so zerrauft und blutverschmiert.

Da ging er weg vom Fenster, lief hinauf zum Wald und verschwand zwischen den Bäumen.

Als Franz, der junge Wirt vom »Feldschloss«, von seinem vergeblichen Gang vom Wachtelhof heimgekehrt war, hatten eben die letzten Gäste das Haus verlassen. Auch der alte Fichtl kam nun zu den Jungen in das Wohnstübchen, nachdem er die Lichter gelöscht und die Tür geschlossen hatte. Sein sonst so heiteres Gesicht war ernst. Was seiner Tochter heute passiert war und sie zu dieser Flucht veranlasst hatte, war einfach ungeheuerlich, und es war gar keine Art, wie sich diese Wachtelhofer benahmen, so frech, so gemein, so respektlos. Sein Beschluss war kurz und bündig gewesen: »Lena bleibt mit dem Kind bei uns, bis Karl aus dem Hause ist und der Martin sich eindeutig von den Wachtelhoferischen lossagt.«

Franz dagegen tobte vor Wut und schwor mal blutige Rache an Martins Bruder, mal versprach er Lena alle erdenkliche Hilfe.

Lena schaute bisweilen in die Kammer, wo der kleine Peter lag und sorglos im fremden, großen Bett schlief. Beim Anblick des schlafenden Kindes wurde es ihr weh um das Herz, und sie musste sich die Tränen aus den Augen wischen, ehe sie in die Stube zurückkehrte.

Da saßen sie also, Lena, Hanna, Franz und der Vater, überlegten und beratschlagten.

Da wurde plötzlich an die Tür geklopft.

Erschrocken sahen sie sich an.

Lena war bleich geworden. »Er ist es!«, sagte sie tonlos.

Franz ging hinaus und öffnete.

Es war aber nicht Martin, es war der Förster Thomas Rauch, der vor der Tür stand. Er musste gerannt sein, denn sein Atem ging keuchend und ließ ihn kaum zum Sprechen kommen.

Franz führte ihn in die Gaststube. Thomas ließ sich auf einen Stuhl nieder und verschnaufte einen Moment. Dann zog er einen Schlüssel aus der Tasche und legte ihn dem Franz hin.

»Franz, bitte tu mir einen Gefallen und geh ins Forsthaus. Dort liegt ein Verletzter. Ich hab ihn dorthin geschleppt und ihn in mein Bett gebracht.«

»Ein Unglück?«

»Nein, er ist niedergeschlagen worden, und vermutlich wäre er jetzt tot, wenn ich nicht durch Zufall dazugekommen wäre. Ach, was heißt Zufall? Ich liege schon seit ein paar Nächten auf der Lauer, weil ich wusste – weil ich einfach wusste, dass etwas geschehen würde. Frag mich nicht, woher. Ich hatte einfach so ein Gefühl. So sah ich von meinem Versteck aus einen Schatten durch die Bäume wischen, immer hart am Weg entlang. Ich folgte ihm von Baum zu Baum. In der Nähe des Forsthauses ging noch jemand, aber sichtbar und offen auf dem Weg. Diesen Jemand fiel der Schatten rücklings an und schlug ihn mit einem schweren Prügel nieder. Ich legte an und schoss. Er ist mir entkommen, der Täter, aber ich muss ihn getroffen haben. Also werde ich ihn auch finden.«

Das sprach der Jäger leise und erregt. Franz stand vor ihm und lauschte angespannt. »Erzähl weiter!«

»Ich konnte ihn nicht verfolgen, denn ich musste mich ja um den Mann kümmern, der leblos dalag. Er war bewusstlos, und ich schleppte ihn bis ins Forsthaus, brachte ihn in mein Bett und versuchte, ihn wieder zu sich zu bringen. Ich bin heilfroh, dass es mir gelungen ist.«

»Wer war es?«

»Der Murr, wenn du ihn kennst.«

Der Franz kannte den Murr wie jeder vom Dorf. Aber er begriff eines nicht: Wieso wollte jemand diesem harmlosen Handlungsreisenden ans Leben?

»Es ging ihm rasch gut genug, um zu sprechen, und was verrät er mir? Franz, ich bitte dich, du musst mir helfen! Geh hinüber ins Forsthaus, nimm etwas mit für ihn an Stärkung, kümmere dich um ihn! Ich muss ins Dorf auf die Polizeiwache. Der Mörder des Försters von Buchschlagen ist in meinem Revier!«

»Thomas!«

Der Förster stand auf.

Franz packte ihn am Arm. »Wer ist's?«

»Du kannst es dir ohnehin denken«, entgegnete der Förster.

Da kam der alte Fichtl herein, staunte einen Augenblick über den Besuch, schaute aber dann von Gesicht zu Gesicht, weil er fühlte, dass etwas Furchtbares geschehen war.

»Was gibt es denn?«, fragte er dann.

»Der Thomas hat den Mörder von Buchschlagen angeschossen«, sagte der Franz.

»Wo liegt er?«

Der Förster machte eine unwirsche Bewegung. »Er ist entwischt. Vorläufig jedenfalls!«

Franz wiederholte kurz, was ihm der Förster erzählt hatte. Der Alte hörte schweigend zu, bald riss er die Augen auf, bald kniff er sie zusammen.

»Ich muss sofort zum Murr! Hört ihr?«, sagte er plötzlich. »Die Nacht ist für uns ohnedies beim Teufel!«

Franz ging zu den Frauen, um ihnen zu sagen, dass der Vater und er noch fort müssten wegen eines Unglücks, das sich im Wald zugetragen hätte.

Lena zeigte ein heftiges Erschrecken. »Was ist es?«

»Der Thomas hat auf dem Weg einen Mann gefunden im bewusstlosen Zustand.«

Er sah, wie sie erleichtert aufatmete. Es tat ihm weh, dass er sie belügen musste. Eilig zog er sich an.

Während der Förster Thomas Rauch dem Dorf zulief, wanderten die beiden Fichtls durch den Wald dem Forsthaus zu.

»Das ist das Ende dieses Lumpen!«, sagte der Franz in das lange Schweigen.

»Vielleicht das Ende des Wachtelhofes«, bemerkte der Alte.

»Warum?«, fragte der Franz erschrocken.

»Gewildert haben sie alle. Auch der Martin!«

»Vater!«

Der Alte schwieg.

9

Am Himmel war das erste Morgengrauen noch kaum erkennbar, als der Wachtelhofer aus dem Wald kam und heimwärts ging. Dunkel und still lagen die beiden Häuser vor ihm. Wie oft hatte er das Bild so vor sich gehabt, gerade in letzter Zeit, wenn ihn die Nächte hinausgelockt hatten, weg von der Stille seines Hauses in den noch stilleren Wald. Jedes Mal hatten ihm die dunklen Fenster wie neugierige Augen entgegengeschaut, genau so wie heute.

Und doch war es heute anders. Er fürchtete sich geradezu vor dieser Heimkehr, nicht nur weil es im Haus nicht wie sonst sein würde ohne Lena und Peter, sondern weil er sich selber geändert hatte. Ja, er war nachdenklicher und einsichtsvoller geworden.

Er blieb noch einen Moment stehen, horchte auf das leise Rauschen des welkenden Laubes an den Bäumen. Eigentlich wollte er zunächst an die Tür des Pfründhauses klopfen und sehen, ob der Karl heimgekommen war. Aber er tat es dann doch nicht und wollte lieber damit warten, bis es Tag geworden war. Es ekelte ihn langsam vor allen Gesichtern da drüben, auch vor dem seiner Mutter.

Er ging also zur Haustür und fand sie unverschlossen. Der Michael musste wieder das Abschließen vergessen haben.

Da spürte er eine Hand auf seiner Schulter.

»Darf ich einen Augenblick mit dir hineinkommen, Martin? Ich hab mit dir zu reden!«

Der Martin schaute sich nach dem Sprecher um. Es war der Förster von Daxenegg.

»Du?«, sagte er.

»Ja, ich.«

»Um diese Zeit?«

Thomas Rauch antwortete nicht, aber sein Blick gab ihm zu verstehen, was er von ihm wollte.

»Ich habe auf dich gewartet«, sagte er dann.

»Wozu?«

»Ich habe nur ein paar Fragen.«

»Und wenn ich nicht gekommen wäre? Wenn ich im Bett gelegen hätte, so wie es sich gehört? Du kannst doch nicht gewusst haben, dass ich noch auf dem Weg bin?«

»Ich hatte damit gerechnet. Und es ist besser so, wenn wir allein sind! Meinst du nicht?«

Da ging der Wachtelhofer ins Haus und bedeutete ihm, dass er ihm folgen möge.

Sie gingen in die Stube.

»Was willst du?«, begann der Wachtelhofer, ohne den Förster anzusehen.

Thomas Rauch schaute in das Gesicht des Wachtelhofers.

»Dein Aussehen ist eigenartig, Martin. Du bist voller Blut im Gesicht. Weißt du das?«

Ach, das Blut! Er hätte sich irgendwo draußen waschen sollen! Aber wer dachte denn, dass man um diese Zeit noch einem Menschen begegnen könnte?

Der Förster beobachtete ihn scharf. »Es tut mir Leid, Martin, dass die Dinge ein solches Ende nehmen, schon deiner Frau und deines Kindes wegen. Aber das wirst du mir nicht glauben.«

»Welche Dinge?«

»Ich weiß schon, dass du wieder alles ableugnen wirst. Was könntest du auch anderes tun? Ich habe gehofft, dass du eines Tages doch noch zur Einsicht kommen könntest. Aber dein Hass auf mich hat dich blind gemacht. Dass du mit diesem Treiben gerade das Gegenteil erzielt hast, das konntest du nicht wissen. Ja, mein Lieber, ich hätte Daxenegg schon lange verlassen, wenn es nicht plötzlich zu diesen Vorgängen gekommen wäre!«

Der Wachtelhofer drehte sich nach ihm um. »Wovon redest du?«

»Von eurem Wildern in meinem Forst und von euren Nachstellungen auf meine Person!«

»Bist du denn wahnsinnig?«

»Wer schon einen Förster von Buchschlagen erschossen hat, dem liegt auch nichts an einem Mord an dem von Daxenegg!«

Auf der Stille, die jetzt eintrat, lag eine ungeheure Spannung.

»Vom ersten Tag an, an dem die Schüsse in meinem Forst fielen, wusste ich, dass die Täter im Wachtelhof zu suchen sind, obwohl die Spuren geschickt nach draußen zur Landstraße führten. Aber ich habe gewartet«, fuhr der Förster fort. »Ich habe auch noch abgewartet, als mir in einer Nacht die Kugel um die Ohren pfiff. Ich wollte deine Frau nicht voreilig ins Unglück stürzen, und ich habe die Schüsse nach mir für leere Drohungen gehalten. Das ist auf einmal anders geworden, Martin, seit ich weiß, dass ein Mörder in meinem Revier sein Unwesen treibt.«

»Woher weißt du das?«

»Von dem Mann, den ich heute Nacht vor dem Erschlagenwerden retten konnte.«

Martin schaute auf: Er sah wieder das Bild vor sich und das ganze Geschehen an der Hütte am Eingang zum Wald, er sah Karl, das Gewehr im Anschlag, sah sich in die Büsche ducken, hörte wieder die Schritte auf dem Weg drunten.

»Wer war der Mann?«, fragte er plötzlich.

»Das wirst du alles ganz genau erfahren. Jetzt möchte ich mit deinen Brüdern sprechen!«

»Mit meinen Brüdern? Wenn du damit den Michael meinst, den kann ich aus dem Bett holen.«

»Und der Karl?«

Der Wachtelhofer zuckte die Schultern und ging zur Tür.

»Es hat keinen Sinn, Martin, mit dem Gedanken an die Flucht zu spielen. Dazu ist es zu spät.«

Martin schaute ihn mit verächtlicher Miene an und verließ die Stube. Man hörte ihn über die Stiege gehen.

Thomas Rauch schob den Hut aus dem Gesicht und horchte in die Stille des Hauses. Er nahm die Flinte von der Schulter und hielt sie schussbereit in der Hand.

So wartete er.

Draußen war es immer noch dunkel, obwohl es schon dem Morgen zuging. Die Tage kamen jetzt später, und heute schien die Dämmerung gar nicht anbrechen zu wollen. Er schaute zum Fenster hinaus auf das kleine Pfründhaus. Er dachte an Lena, die in diesem unheimlichen und hinterhältigen Hauswesen jahrelang gelebt hatte in dem Glauben, dass das alles einmal anders werden würde.

Dann ging die Tür auf und ließ ihn aus seinen Gedanken aufschrecken.

Martin brachte seinen Bruder, so wie er ihn aus dem Bett geholt hatte. Er hatte ihm nur so viel Zeit gelassen, in eine Hose zu schlüpfen.

Die roten Haare fielen Michael wirr und wild ins Gesicht. Aus scinen Augen schaute der Schlaf und der Verdruss über die Störung.

Thomas betrachtete eine Weile das freche, verschlagene Gesicht, verzichtete zunächst auf ein Verhör und gab nur kurz zu verstehen, dass jeglicher Fluchtversuch zwecklos sei. Diesmal war er deutlicher als zu Martin.

»Ich bin nicht allein!«, sagte er nachdrücklich.

»Das heißt also, dass das Haus umstellt ist?«, fragte Martin und runzelte die Stirn.

»Ja.«

»Sind wir solche Verbrecher?«

»Um es endlich einmal laut auszusprechen: Ja, ihr seid Verbrecher, Martin! Auch wenn man von dem Förstermord in Buchschlagen noch absieht, spürt man das!«

Diese Worte brachten den Martin zum Verstummen. Eine Weile war es totenstill in der Stube.

»Trotzdem aber zog die Lena in unser Haus!«, sagte der Wachtelhofer dann. Er wollte es eigentlich nicht sagen, aber etwas musste er schließlich der furchtbaren Anschuldigung entgegenhalten.

Thomas zuckte mit den Schultern. »Ich weiß nicht, warum sie es tat und ob sie es auch heute noch tun würde!«

Der Wachtelhofer schwieg.

Thomas Rauch ging zur Tür, drehte sich dann aber noch einmal nach den beiden um. »Sobald es hell wird, werden wir eine Hausdurchsuchung vornehmen. Danach können wir weiterreden«, sagte er und verließ die Stube.

Die beiden Brüder verharrten schweigend und regungslos. Dann setzten sie sich auf die Stühle, aber so, dass sie sich nicht in das Gesicht sehen mussten. Eine lange Zeit verging so.

»Du warst gestern Abend beim Wirt im Dorf?«, begann Martin plötzlich mit eigenartiger, veränderter Stimme.

Michael gab ihm keine Antwort.

»Man hat sich dort über den Förstermord in Buchschlagen unterhalten«, fuhr sein Bruder fort. »Es war auch von dem Mörder die Rede! Ich kann mir denken, was dann weiter war.«

Er stand plötzlich auf und begann durch die Stube zu wandern, blieb dann vor seinem Bruder stehen und schaute ihn zornig an.

»Wie lange weißt du schon, dass der Karl es getan hat?«

Michael antwortete nicht, er schaute nicht einmal auf.

»Vielleicht hast du auch gewusst, was diese Nacht am Weg in den Wald geschehen sollte?«

Jetzt schaute der Michael auf. Das erste Mal suchte sein Blick das Gesicht seines Bruders, und da sah er, dass er voller Blutflecken war.

Da wurde er stutzig. »Du bist mir nachgegangen?«

»Ja, und ich konnte es verhindern, dass ein zweiter Mord geschah!«

Mehr hatten die Brüder sich nicht zu sagen. Beide hockten wieder auf ihren Stühlen und schwiegen.

In den Fenstern lag nun das erste Grau des Morgens.

Dann stand Michael auf einmal auf und strebte der Tür zu. Doch Martin vertrat ihm den Weg.

»Bleib!«, schrie er.

»Warum? Nicht einmal eine Maus lässt etwas unversucht, der Falle zu entkommen! Oder willst du, dass sie uns mit Handschellen abführen?«, zischte Michael.

»Ja, das will ich! Wir müssen zu einem Ende kommen mit unserer Lumperei!«

»Bist du wahnsinnig?«

Michael versuchte, den Bruder zur Seite zu drängen, erhielt aber einen so kräftigen Stoß, dass er an den Tisch zurücktaumelte.

»Du bleibst!«, schrie Martin. Er wirkte entschlossen.

Michael merkte, dass es kein Entrinnen gab. Fluchend griff er in die Taschen seiner Hose, aber nichts hatte er bei sich, womit er sich hätte zur Wehr setzen können. Und der Wachtelhofer stand vor der Tür und ließ seinen Bruder nicht aus den Augen.

Da ging draußen die Tür. Im Gang war ein schwerer lauter Schritt zu hören. Dann wurde die Tür aufgestoßen, und vor ihnen stand Fichtl, der Wirt vom »Feldschloss«. Er musste schnell gelaufen sein, denn sein Gesicht war rot und heiß, auf der Stirn standen dicke Schweißtropfen.

War es der Anblick der beiden Brüder, die in diesem Augenblick ein Bild gehetzter Verstörtheit boten, oder hatte er überhaupt etwas ganz anderes erwartet, als er das Haus im Wald betrat? Er wirkte jedenfalls überrascht und ratlos.

Martin stand unbeweglich. Sein Blick glitt ein paar Mal über die Gestalt des alten Mannes, aber es geschah voll Unsicherheit und Scheu. »Kommst du zu mir?«, fragte er endlich.

»Ja.«

Dann war es noch einmal lange still zwischen ihnen.

»Ist Lena mitgekommen?«, fragte der Wachtelhofer dann mit schwankender Stimme.

»Nein. Sie ist daheim.«

»Daheim? Du meinst im ›Feldschloss‹?«

»Wo soll sie denn sonst hingehen?«, entgegnete der Wirt vorwurfsvoll und fing dann plötzlich erregt an, auf- und abzulaufen. »Habe ich sie denn deshalb in den Wachtelhof weggegeben, dass sie in Schande und Gerede gezogen wird? Dass sie von ihrem Mann schutzlos den Verfolgungen dieses nichtswürdigen, verbrecherischen Menschen ausgesetzt ist?«

Martin folgte ihm mit düsterem Blick. Jedes Wort empfand er wie einen Schlag in sein Gesicht.

»Wovon redest du überhaupt?«, stellte er sich unwissend.

»Wovon? Was ist denn geschehen?«, schrie der Wirt und sah ihn mit flackernden Augen an.

»Wenn du den heutigen Vorfall meinst ...«

»Nein, davon weiß sie noch nichts. Wann und von wem sie es immer erfährt, es ist zu jeder Zeit früh genug! Ich rede von dem, wovor sie gestern Abend noch aus dem Haus geflohen ist! Es gehört eine abgrundtiefe Schlechtigkeit dazu, der Frau des eigenen Bruders Gewalt antun zu wollen! Aber wenn man schon ein Mörder ist, dann kommt es einem wohl auf so etwas auch nicht mehr an. Du hast Lena diesem Menschen ausgeliefert, indem du ihn nicht aus dem Haus gewiesen hast, als er hier aufgetaucht ist. Du hast dich mit diesem Verbrecher gemein gemacht und dich von ihm zum Streunen und Wildern im Daxenegger Forst verleiten lassen! Meine Tochter ist mir zu schade für einen gemeinen Wilddieb – und für den Komplizen eines Mörders auch.«

Diese Anklage war furchtbar. Die Stille, die jetzt eintrat, war erdrückend. Martin stand unbeweglich, sein Körper war etwas nach vorn gefallen, sein Gesicht verriet die Gedanken, die ihn bewegten. Plötzlich hob er den Kopf und schaute zum Fenster.

»Wie lange habe ich mich dagegen gewehrt!«, rief er plötzlich. »Ich wollte nicht, und ich habe es doch getan. Ja, ich habe gewildert! Man hat mir gesagt, dass den Thomas die alte Liebschaft zurückgeführt habe, seine Liebe zu Lena. Ich habe es geglaubt und habe mitgemacht. Ich wollte ihm das Leben auf Daxenegg verleiden. Ich wusste nichts vom Förster von Buchschlagen! Vielleicht wäre heute vieles anders, wenn ich es gewusst hätte! Ich habe gewildert und den Förster von Daxenegg bedroht! Dafür will ich büßen und bestraft werden. Für das, was meine Brüder taten, kann ich nichts!«

Er schaute mit einem verachtenden Blick hin auf den Michael, der mit bösem, hinterhältigem Gesicht auf dem Stuhl kauerte und auf eine Gelegenheit zum Entfliehen wartete.

Aber Martin gab ihm diese Möglichkeit nicht. Er wich keinen Schritt von der Tür.

»Du kommst mir nicht aus, Brüderlein! Es wird jetzt endlich Schluss gemacht mit aller Lumperei! Es wird aufgeräumt drüben und herüben!«

Dann wandte er sich abermals an den Wirt.

»Ich möchte mit Lena sprechen! Ich will sie noch einmal sehen, sie und den Buben! Ich will ihr sagen, was hier geschehen ist. Ich will sie bitten, mir zu verzeihen und zu vergessen, was ich ihr angetan habe.«

Ganz verzweifelt stieß er das aus. Der alte Fichtl trat erschrocken zurück, und wusste nicht, was er darauf sagen sollte.

»Sag ihr wenigstens, dass ich sie immer noch liebe, und dass ich sie lieben werde, solange ich lebe! Ich bitte dich, Fichtl, um alles was dir heilig ist: Hol die Lena, damit ich ihr das sagen kann.«

Der Alte bekam plötzlich Mitleid mit dem Mann, der alles verloren sah, was er an Gutem und Glücklichem besaß. »Gut, ich will mit ihr reden, und vielleicht kannst du sie noch einmal sehen!«, sagte er in milderem Ton. Damit verließ der Fichtl die Stube.

Seine Schritte verklangen draußen auf dem Weg.

Inzwischen war es hell geworden, und Martin löschte das Licht.

»Hast du auch gewusst, dass der Karl meinem Weib nachstellt?«, sagte er grimmig zu Michael.

»Darum habe ich mich nicht gekümmert!«

Anselm schaute zur Tür herein und riss verwundert die Augen auf. Er sah, dass irgendetwas los war, und er mochte die Zusammenhänge ahnen. Lautlos wollte er die Tür wieder zuziehen.

»Warte!«, rief Martin ihn zurück. »Ich habe dir etwas zu sagen, Anselm!«

Der Arbeiter kam zögernd zurück.

»Es ist jetzt so weit, Anselm«, begann Martin. »Das Haus ist von der Polizei umstellt, und du wirst uns alle so schnell nicht wiedersehen. Achte ein bisschen auf das Haus und den Stall! Wenn es bekannt wird, dass die Wachtelhofbuben abgeführt wurden, dann werden wohl einige Leute ihr Geld haben wollen. Ich habe Schulden gemacht! Geld ist keins da, aber die Kühe im Stall und das Korn im Speicher und, wenn es sein muss, ein paar Grundstücke werden die Forderungen wohl decken! Tu also in Gottes Namen noch einmal deine Pflicht, Anselm. Vielleicht kann ich es dir später danken!«

Der Arbeiter schaute ihn eine Weile traurig an. Dann nickte er und ging. Mit müdem Schritt schlich er über den langen Gang hinüber in den Stall und hinterließ eine unheimliche Stille im Haus.

Michael hockte mit abgewandtem Gesicht auf dem Stuhl, und Martin lehnte mit dem Rücken gegen das Fenster, in dem das erste Grau des Tages stand. Beide horchten in die Stille des Hauses, dann auf die Schritte im Gang, auf der Stiege, über der Decke und auf das Gehen der Türen, bald droben, bald in den unteren Räumen. Sie wussten beide, was dieses Treiben bedeutete: Die Hausdurchsuchung hatte begonnen.

Michael stieß ein paar Flüche aus, als er begriff, dass sie oben gerade seine Kammer durchstöberten. Dass er hier sitzen und warten sollte, bis sie kamen und ihn wegführten, war ihm unbegreiflich. Deshalb verfluchte er jetzt seinen Bruder, der ihn wie ein Scherge bewachte.

Martin dachte anders darüber. Was konnten sie schon finden in seinem Haus? Ja, er hatte gewildert, aus Wut und Hass gegen den Förster, und er hatte gestanden. Er sehnte sich nach dem Ende, nach einem Schluss mit diesem Leben voll Unlust und Unfrieden.

Vom Stall herüber hörte man Anselm rumoren, wenn er mit der Gabel das Heu in die Raufe warf oder den Melkkübel auf den Boden stellte.

Dann ging die Tür auf. Der Förster kam herein, begleitet von einem Polizisten.

Martin schaute sie mit düsterem Blick an. Musste das sein, dass fremde Menschen in allen Winkeln des Hauses herumschnüffelten? Ohne ihn zu fragen, ohne ihn wenigstens dabei sein zu lassen? Er fühlte die Augen der beiden Männer auf sich. Ihr Schweigen war unerträglich.

»Und?«, fragte er mit einem Blick auf den Förster.

»Nichts. Wir haben wohl einige Dinge gefunden, die wir brauchen werden. Aber dein Bruder hat sich gut versteckt.«

»Er wird nicht da sein.«

»Doch, er ist da!«, behauptete Thomas.

Der Polizist nickte zur Bestätigung.

Martin zuckte bedauernd die Schultern.

Der Förster nahm ihn fest ins Auge. »Ich weiß nicht, wie lange du fort sein wirst, Martin. Das wird die Verhandlung ergeben. Auf alle Fälle solltest du dich auf eine Freiheitsstrafe einstellen. Ob es dir recht sein wird, wenn in dieser Zeit dein Bruder frei herumläuft?«

Der Wachtelhofer horchte auf und schaute ihn betroffen an. Dass er durch seine Abwesenheit seine Frau weiteren und noch böseren Verfolgungen aussetzte, solange der Karl der Verhaftung entging, daran hatte er gar nicht gedacht. Aber woher wusste der Förster davon? Wusste das denn schon jeder, dass die Wachtelhoferin von seinem Bruder begehrt wurde? Herrgott noch einmal! Nur er allein, ihr Mann, hatte nichts davon bemerkt bis vor kurzem!

Doch es stimmte. Wenn er, Martin, im Gefängnis säße, würde Karl Lena weiter verfolgen und sie mit Gewalt bedrohen. Nein, so durfte es nicht kommen! Der Mord verlangte Sühne, und Lena soll ihre Ruhe haben!

»Komm«, sagte er plötzlich und ging entschlossen zur Tür.

Draußen stießen sie auf zwei Polizisten, die sich ihnen anschlossen, als sie hinüber ins Pfründhaus gingen.

Die Tür dort stand weit offen. Der Tag war noch nicht so weit, dass man im Gang ohne Licht sehen konnte. Einer der Polizisten knipste eine starke Taschenlampe an.

In der Stube stand die Wachtlin. Sie war fertig angekleidet. Sogar das Kopftuch trug sie. Sie schaute den Eindringlingen böse entgegen, zeigte jedoch keinerlei Furcht oder Unsicherheit.

»Wo ist Karl?«, fragte der Martin.

»Er ist nicht da.«

»Du lügst!«, schrie er sie an.

Um ihren Mund spielte ein spöttisches Lächeln. »Sie haben das ganze Haus durchsucht und ihn nicht gefunden.«

Er schaute sie nur stumm an. Sein Blick irrte an ihr vorbei nach der schmalen Tür, die rückwärtig in einen anderen Raum führte. Aber kaum hatte er ein paar Schritte auf diese Tür zu gemacht, warf die Wachtlin sich ihm in den Weg.

»Bist du wahnsinnig?«, zischte sie ihn an. Ihr Gesicht drückte ein Gemisch von Zorn, Furcht und Feindseligkeit aus.

»Lass mich!«, schrie er entschlossen. »Ist es nicht genug mit dem Unglück?«

Gewaltsam drängte er sie beiseite und stieß die Tür auf. Es war ein kleines Zimmer, das sie betraten, mit einem runden Fensterloch. Es wurde als Abstellraum benutzt und lag voll von verschiedenen Gebrauchsgegenständen und Unrat.

Noch einmal versuchte die Wachtlin ihn zurückzuhalten, aber er stieß sie brutal zurück. Dann fuhr er mit den Stiefeln in die Unordnung und machte Platz auf dem Boden.

»Licht!«, schrie er. Die beiden Polizisten leuchteten mit ihren Taschenlampen in den Raum.

Martin griff an den Boden und krallte die Finger in die Bretter. Mit ungeheurer Kraft hob er sie aus den Fugen und warf sie hoch. Im gleichen Augenblick fiel ein Schuss, aber nur einer, der glücklicherweise niemanden traf. Dann hatten sich die beiden Polizisten auf den Mann geworfen, der in dem kleinen schwarzen Loch versteckt gewesen war und sich nun wie ein Rasender gegen die Festnahme wehrte.

Der Tobende war rasch überwältigt. Die Flüche, die er gegen den verräterischen Bruder ausstieß, erstickten nach und nach in einem Anfall von ohnmächtiger Wut. Dann kam ihm die Erkenntnis, dass es vorbei war, und er ergab sich in sein Schicksal.

Die alte Wachtlin stand rückwärts an der Wand und außerhalb des Lichtkreises. Von keinem der Anwesenden beachtet, schaute sie starren Auges auf die Szene. So stand sie noch, als draußen vor dem Haus die Schritte der Abziehenden langsam verhallten.

Eben als die Sonne im Osten mit halbem Auge über die Wälder schaute, wurden die Wachtelhofbuben abgeführt. Karl und Michael, mit Handschellen aneinandergefesselt, gingen voraus und hinter den beiden zwei Polizisten. Martin ging zwischen dem Förster und dem dritten Polizisten.

10

Vater Fichtl, der alte Wirt vom »Feldschloss«, war in weitem Abstand der Gruppe bis zum Eingang in den Wald gefolgt. Dann stellte er sich unter einen Baum und schaute ihr nach, bis sie bei der nächsten Wegkrümmung seinen Blicken entschwand.

Sein Blick wandte sich nun dem düsteren, einsamen Wachtelhof zu. Hatte es denn so kommen müssen? Oder hatten sie alle mit Schuld daran, dass das Leben in diesem Haus ein solches Ende genommen hatte? Hatte man recht getan mit dieser Gleichgültigkeit und der nachfolgenden Abkehr, seit man gemerkt hatte, dass Martin, verführt von seinen Brüdern, wieder in alte, schlechte Gewohnheiten verfallen war? Und war es richtig gewesen, dass Lena ihrem Mann seine letzte Bitte abgeschlagen hatte, als er, ihr Vater, ihr von den Vorgängen und der Haussuchung im Wachtelhof erzählt hatte? Sie hatte zwar eine ganze Weile nachgedacht, sich aber dann dafür entschieden, ihn nicht mehr sehen und sprechen zu wollen.

Freilich, man hatte ihr das Leben im Wachtelhof schwer gemacht, in den letzten Tagen sogar unerträglich schwer! Man konnte verstehen, dass es ihr zu schwer fiel, sich zu dieser Begegnung zu überwinden. Aber er, der Vater, hatte es Martin dann sagen müssen, dass sie ihn nicht mehr zu sehen wünsche, und auch das Kind wünsche es nicht, um das er sich bis heute nicht gekümmert habe.

Martin hatte nichts darauf gesagt, sondern nur den Führer der Polizei gebeten, er möge sie endlich wegbringen, ehe der Tag käme und die Gaffer auf den Straßen wären.

Vater Fichtl versuchte sich die Zeitungsschlagzeilen vorzustellen, mit denen über den gefassten Mörder von Buchschlagen berichtet wurde. Im Dorf würde man außer sich sein, wenn man alles erfuhr. Der Mörder ein Wachtelhofer! Nächtlicher Mordüberfall auf den Handlungsreisenden Murr! Alle drei Wachtelhofer verhaftet!

Das war nun wohl das Ende des Wachtelhofes, denn wie sollte der alte Anselm sich um alles kümmern? Im Geiste stellte er sich vor, wie der Hof aussehen würde, wenn er verlassen und aufgegeben war, zugewachsen und überwuchert von Unkraut und mit zerbröckelten Mauern. Vater Fichtl schüttelte sich bei diesem Gedanken. Er dachte an die Rechtschaffenheit und an den Fleiß des alten Wachtelhofers, für dessen Seele wohl schon lange kein Mensch mehr ein Vaterunser gesprochen hatte.

In den Bäumen wurde es lebendig. Mit müdem Schein und sanfter Wärme fielen die Strahlen der Herbstsonne nun auf die Erde und brachten die Vögel und das ganze Waldgebiet zum Erwachen. Dampfend zog der Nebel über den Forst hinweg, und die Buchen und Eichen leuchteten rot und prächtig aus dem dunklen Gehölz.

Am Wachtelhof flog die Stalltür auf. Anselm karrte den Mist heraus und warf ihn auf den Haufen. Das wiederholte sich noch ein paar Mal. Dann wurde es totenstill um das Haus.

Am Pfründhaus stand weit die Tür offen, aber es zeigte sich niemand in der schwarzen Öffnung. Die Wachtlin saß wohl in der Stube und dachte an die Dinge, an deren Verlauf sie nicht unbeteiligt und unschuldig war.

Eigentlich hätte Fichtl zu ihr gehen müssen, um ihr ins Gewissen zu reden, schon im Interesse seiner Tochter, die er diesem Hause damals anvertraut hatte. Wenn schon dem Gericht hierzu die Handhabe mangelte, dann musste wenigstens er diese Frau zur Verantwortung ziehen für das Unglück seiner Tochter.

Aber er zögerte. Vielleicht war es besser, wenn er ein paar Tage vergehen ließ? Die alte Wachtlin würde ihn nur beschimpfen in ihrem Zorn darüber, dass alle ihre Söhne auf einmal verhaftet worden waren. Nachdem etwas Zeit vergangen war, würde sie vielleicht eher zugänglich sein.

Ja, so wollte er es halten. Langsam und nachdenklich machte er sich auf den Heimweg.

Franz, der junge Wirt vom »Feldschloss«, hatte veranlasst, dass Murr mit einem Krankenwagen in das nächste Spital abgeholt wurde. Wenn für ihn auch nicht gerade Lebensgefahr bestand, so war er doch so übel zugerichtet worden, dass er ärztlicher Hilfe und sachgemäßer Pflege bedurfte.

Das Dorf geriet in helle Aufregung. Die Vorgänge in der Nacht, die zur Verhaftung der Wachtelhofer geführt hatten, breiteten sich gleich am

Morgen von Haus zu Haus aus und gingen wie ein Lauffeuer über die ganze Umgebung. Täglich waren die Zeitungen voll von Berichten über den Mordfall und die anderen Verbrechen, die zur Verhaftung geführt hatten.

Lena, die junge Wachtelhoferin, wagte sich nicht mehr aus dem Hause, sie fürchtete sich vor den Blicken der Leute, sie hatte Angst vor ihren Fragen und sie wollte auch nichts hören, wenn Franz oder der Vater die Ergebnisse der Voruntersuchung aus der Zeitung lasen.

Der kleine Peter, der von all den Dingen noch nichts verstand, hatte nur den einen Kummer, dass er so lange nicht nach Hause durfte. Er hatte Heimweh nach dem Wachtelhof, nach dem Wald, nach den Tieren, nach Anselm. Und immer wieder fragte er: »Mutter, warum gehen wir nicht heim?«

Lena wich den Fragen des Kindes aus, sagte ihm irgendetwas Tröstliches und begann mit ihm zu spielen, damit er seinen Kummer vergaß.

Wiederholte Male kam die Polizei und befragte sie zu den Vorgängen im Wachtelhof. Aber sie konnte ihnen nicht viel sagen über das nächtliche Treiben, weil sie nur wusste, dass Martin und Michael Abend für Abend ins Pfründhaus gegangen und oft erst in den Morgenstunden heimgekommen waren.

Vater Fichtl lief schweigend und gedrückt herum. Er machte sich heftige Vorwürfe: Warum hatte er zugelassen, dass seine Tochter diesen Menschen geheiratet hatte? Den Ruf des Wachtelhofes hatte er ja gekannt. Gut, Lena hatte den Martin eben haben wollen, aber damals, bei ihrer Liebschaft mit dem leichtsinnigen Forsteleven Thomas Rauch, hatte ihn das ja auch nicht gehindert, ihr den Burschen mit allen Mitteln ausreden zu wollen. Als dann Lena Thomas, bitter enttäuscht von seiner Untreue, den Laufpass gegeben hatte, war er erleichtert gewesen. Und dann hatte Lena den Martin vom Wachtelhof heiraten wollen. Er hatte den alten Wachtelhofer als einen braven, fleißigen Mann geachtet, hatte Martin heranwachsen sehen zu einem Nachfolger, der seinem Vater Ehre machte, und er hatte seinem Sohn, dem Franz, den Mund verboten, wenn der Einwände vorbrachte.

Und nun war alles genauso schlimm gekommen, wie Franz von Anfang an befürchtet hatte!

Als Vater Fichtl einmal im kleinen Stübchen mit Lena alleine war, konnte er seine Schuldgefühle nicht mehr zurückhalten.

»Verzeih mir, Lena, ich habe es nicht schlecht gemeint mit dir! Aber ich war dumm!«

Sie sah ihn mit großen Augen an. »Ich habe dir nichts zu verzeihen, Vater. Habe ich nicht selbst meinen Weg bestimmt?«

»Und warum hast du den Wachtelhof gewählt? Habe ich dir nicht andauernd in den Ohren gelegen, dort würdest du es gut haben? Ich kann mir so viel Dummheit nicht verzeihen.«

Lena lächelte freudlos. »Nein, Vater, du bist nicht schuld daran, glaube mir. So wahr mir Gott helfe, ich habe Martin geheiratet, weil ich ihn geliebt habe!«

»Liebst du ihn immer noch?«

Sie zögerte, und ihr Gesicht verdüsterte sich. »Frag mich nicht, Vater, wenigstens jetzt noch nicht! Ich habe ein Kind, das Heimweh nach seinem Zuhause hat. Ich weiß nicht, was ich tun soll. Alles in mir sträubt sich dagegen, wieder dorthin zu gehen, aber vielleicht ist es ja meine Pflicht, das zu tun? Ich weiß noch nicht, was ich tun werde, und erst recht kann ich nicht sagen, was ich fühle. In meinem Kopf dreht sich alles, wenn ich versuche, darüber nachzudenken. Ich muss noch ein bisschen zur Ruhe kommen und dann darüber nachdenken.«

»Nein, du musst nicht!«, rief ihr Vater aus. »Du bist immer noch hier bei uns daheim, und kein Mensch wird jemals von dir verlangen, dass du zurückkehrst in den Wachtelhof. Und das Kind wird sich daran gewöhnen, nicht mehr dort zu leben.«

Darauf sagte sie nichts mehr, aber ihr Gesicht verriet, dass sie noch nicht versprechen wollte, diesen guten Rat anzunehmen.

Später saßen sie zusammen beim Mittagstisch. Nur Franz fehlte, weil er sich um die Gäste kümmern musste. Wie meistens in den letzten Tagen wurde sehr wenig gesprochen. Sogar die sonst so fröhliche, redselige Hanna vermochte zu schweigen. Sie tat es aus Rücksicht auf Lena.

Der kleine Peter löffelte gelangweilt und verdrossen seine Suppe und schaute von Gesicht zu Gesicht. Zumeist aber hatte er seine Augen am Fenster, streckte sich und schaute hinaus in den Herbst.

Und dann warf er plötzlich den Löffel weg, sprang vom Tisch auf und war in ein paar Sätzen draußen. Alle schauten ihm erstaunt nach, aber während sie ihn draußen am Fenster vorbeihuschen sahen, begriffen sie auf einmal, was so plötzlich in den Buben gefahren war: Vom Wald herab kam der Anselm auf das Haus zugegangen. Ihm lief das Kind entgegen und warf sich in seine Arme.

Da hörte auch Lena mit dem Essen auf, und die anderen ebenfalls. Es musste doch etwas geschehen sein, wenn der Anselm mitten am Tag seine Arbeit verließ und zu ihnen gelaufen kam!

Aber sie warteten umsonst auf ihn. Franz hatte ihn unter der Haustür abgefangen und mit sich in die Gaststube genommen. Er wollte nicht, dass über die Vorgänge im Wachtelhof etwas an seine Schwester herankam. Sie sollte endlich zur Ruhe kommen und so die richtige Entscheidung finden. Wie diese Entscheidung seiner Meinung nach ausfallen musste, um richtig zu sein, daraus machte er keinen Hehl.

Nur Peter kam zurück zu ihnen, das Gesicht voller Begeisterung. Er hatte im alten Anselm seine Heimat wiedergesehen und fing an zu reden wie ein Wasserfall und vor Freude auf- und abzuhüpfen. Man konnte ihn kaum beruhigen.

Lena hörte ihm erstaunt zu und wurde sehr nachdenklich. Warum hing das Kind nur so sehr am Wachtelhof, dass es vor Heimweh oft das Spielen vergaß und nicht essen wollte? Was war denn eigentlich so schön dort für ihn, zumal er die meiste Zeit am Tage sich selbst überlassen war?

»Was hat er denn gesagt, der Anselm?«, fragte der alte Fichtl und hielt den Knaben fest.

»Warum wir so lange nicht heimkämen, hat er mich gefragt«, sagte der Junge und machte ein vorwurfsvolles Gesicht. »Seit nun auch die Großmutter noch weggegangen ist, ist er ganz allein dort. Und es sei zum Fürchten still geworden im Wachtelhof.«

»Die Großmutter?«

Lena und der Vater sahen sich an. Sie hatten wohl gerade den gleichen Gedanken. Die Wachtlin war nun vermutlich wegen Beihilfe auch noch verhaftet worden. Immerhin, sie hatte einen Mörder im Pfründhaus versteckt gehalten.

»Mutter, wann gehen wir denn endlich heim?«, rief der Knabe plötzlich und war dem Weinen nahe. Lena schaute ihn an.

»Wir werden schon noch gehen, Kind.«

»Heute noch?«

»Ich weiß es noch nicht. Du musst mich in Ruhe darüber nachdenken lassen, Peter!«

Vater Fichtl nahm den Knaben bei der Hand. »Du darfst mitfahren, Peter«, sagte er. »Wir holen drüben im Schweighof ein Fohlen. Willst du?«

Und ob er wollte! Seine Liebe zu den Tieren ließ ihn alles andere vergessen. Und ein Fohlen war schon eine Sache!

»Du musst aber auf mich warten, Mutter!«, rief er und stürmte hinaus, den Großvater an der Hand hinterherziehend.

Aber da betrat gerade Franz die Stube und ließ den Großvater Fichtl noch unter der Tür zögern.

»Du weißt wohl schon, der Anselm ist da«, sagte Franz, den Blick der Wachtelhoferin zugerichtet.

»Wo bleibt er denn?«, fragte Lena.

»Er sitzt in der Gaststube und isst. Er hat wohl schon lange kein ordentliches Essen mehr gesehen. Lass ihn also!«

Peter zog nun mit Gewalt den Großvater mit sich hinaus, damit man endlich fortkäme. Lena richtete ihren Blick auf Hanna, die gerade vom Tisch aufgestanden war und das Geschirr zusammenstellte, dann aber schnell die Stube verließ. Sie hatte den Blick der Wachtelhoferin verstanden und wusste, dass sie mit dem Bruder allein sein wollte.

»Das Essen ist nicht allein der Grund, dass du den Anselm in die Gaststube gebracht hast, Franz!«, sagte die Lena, als sie allein waren.

Der junge Wirt schaute sie eine Weile stumm an und überlegte seine Antwort.

»Du willst ihn von mir fernhalten. Ich will aber mit ihm sprechen!«, fuhr sie energisch fort.

»Wozu denn? Es sind keine erfreulichen Dinge, die er dir zu sagen hat. Es ist besser, wenn du sie gar nicht hörst!«

»Ich weiß, dass man die Wachtlin verhaftet hat. Oder gibt es sonst noch etwas, das ich nicht weiß?«

Franz atmete schwer und laut auf.

»Ach, es ist einfach ein Unding! Es muss jetzt endlich einmal Schluss sein damit, mit diesem Räubernest, von dem die Zeitungen voll stehen! Man redet von einer Bande, wie es sie noch nie hier in der Gegend gegeben hat! Der Anselm soll das Vieh bei irgendwem im Dorf unterbringen und das Haus verlassen! Du bleibst mit deinem Kind bei mir, und Schluss!«

Der Franz war laut geworden. Er hatte sich in Zorn geredet, lief in der Stube auf und ab und wich ihrem Blick aus.

»Ich will mit dem Anselm sprechen!«, beharrte sie.

»Nein!«, schrie er. »Es hat keinen Sinn! Er will, dass du auf den Hof zurückkehrst. Das werde ich aber nicht dulden.«

Sie schwieg.

»Lena!«, sagte Franz in eindringlichem, aber ruhigerem Ton. »Ich bitte dich, sei doch vernünftig! Ich will dir doch nur helfen. Weiter nichts! Ich bin glücklich, dass du wieder daheim bist! Wir alle sind froh, wenn du hierbleibst.«

Als er gegangen war, trat Lena ans Fenster. Der Vater hatte inzwischen den Anhänger für den Transport des Fohlens am Auto angebracht und hatte gerade die Fahrertür zum Einsteigen geöffnet. Peter saß auf dem Rücksitz und suchte sie im Fenster. Er hob die Hand, um ihr zu winken. Sie sah sein Lachen, seine Freude, seine sorglose Hingabe an den Augenblick. Wie leicht war es doch für ein Kind, seinen Kummer zu vergessen! Sie zwang sich, dem Jungen zuzulächeln, und hob ebenfalls die Hand zu einem Winken.

Schon vor einer Weile war leise die Tür gegangen, doch dass Anselm die Stube betreten hatte und jetzt in scheuer, gebückter Haltung dastand, den Hut in der Hand, bemerkte sie erst jetzt, als sie sich umdrehte. Lena bemühte sich, Gleichmut zu bewahren. »Willst du zu mir, Anselm?«, fragte sie, ohne ihn anzusehen.

Der Arbeiter bejahte ihre Frage mit einem stummen Nicken, doch er sagte nichts. Vielleicht wunderte er sich darüber, dass er sie so gefasst antraf.

»Ist etwas vorgefallen?«, fragte sie dann wieder.

»Heute hat man sie weggeholt«, sagte er und setzte voraus, dass sie wusste, wen er meinte. Genauso wie er hatte auch sie erwarten müssen, dass über kurz oder lang die Wachtlin vor den Richter geholt werden würde.

Sie fragte auch gar nicht nach dem Namen, sondern machte ein paar Schritte zurück zum Fenster und schwieg.

»Dann bist du jetzt ganz alleine«, sagte sie nach einer Weile mit einem Seufzer. »Sag mir bitte nicht, dass ich zurückkehren soll, Anselm!«, brach es dann heftig aus ihr hervor.

Er erschrak und drehte hilflos den Hut in den Händen. Doch, gerade darum habe er sie bitten wollen, sagte er, dass sie zurückkehre in den Wachtelhof! Es gehe so nicht weiter! Es seien Leute da gewesen und hätten Geld gefordert, sogar schon mit Gericht und Zwangsvollstreckung gedroht. Wenn der Wachtelhof nicht zum Teufel gehen solle, dann müsse jetzt etwas geschehen!

Lena sah ihn nicht an. Gedankenvoll blickte sie hinauf zum herbstlichen Wald. »Es ist doch genug Zeug da, Anselm! Getreide, Heu, Vieh! Man muss eben verkaufen oder verpfänden. Wie groß sind die Schulden?«

Das wusste der Anselm nicht.

»Gib den Leuten, was sie haben wollen! Oder geh fort aus dem Wachtelhof! Tu, was du willst! Nur mich lass damit in Ruhe!«

Als sie sich umschaute, wunderte sie sich über die Veränderung, die inzwischen in sein Gesicht getreten war. In seiner Miene spiegelten sich Enttäuschung, aber auch Entschlossenheit. Er würde auf dem Hof bleiben bis zum bitteren Ende, das konnte sie ihm ansehen.

»Bist du nicht einverstanden mit dem, was ich dir rate?«, fragte sie.

»Nein.«

Lena war es, als müsse sie sich vor ihm schämen, weil sie weniger Standfestigkeit zeigte als er, der einfache Arbeiter. Deshalb wandte sie sich abermals zum Fenster hin, um ihn nicht länger ansehen zu müssen.

»Jedes Kind zeigt heute mit Grauen auf den Wachtelhof, und über seine Bewohner wird im ganzen Land gesprochen! Ich bin schuldlos an dem, was passiert ist. Warum soll ich die Schande auf mich nehmen?«, sagte sie halblaut.

Er antwortete nicht.

Lange standen sie schweigend da.

»Du weißt ja nicht, wie es in mir aussieht!«, fuhr sie dann gequält fort. »Mir ist, als sei ich um mein Leben betrogen worden!«

Auch darauf wusste er nichts zu sagen. Denn sie hatte ja Recht.

»Warum sagst du nichts?«, rief die Wachtelhoferin aus, nachdem sie eine Weile auf Antwort gewartet hatte. «Was soll ich denn tun? Was kann man überhaupt noch tun?«

»Wir müssen arbeiten, Wachtelhoferin! Die Welt wird sich nicht darum kümmern, was aus uns, den Unschuldigen, geworden ist!«

»Arbeiten? Für wen?«

»Es ist ein Kind da.«

Nun wurde Lena doch nachdenklich. Was hatte dem Mann diese Worte eingegeben? Und was war denn überhaupt in ihm, dass er so für den Wachtelhof sprach? Er war ein alter Arbeiter mit zerschundenen Händen und wetterrauem Gesicht, dessen Leben nur aus Arbeit und noch einmal Arbeit bestanden hatte. Und doch fühlte er sich verpflichtet, dem kleinen Peter sein Erbe zu erhalten.

Da ging die Tür auf, und Franz kam herein. Die Unterredung schien ihm zu lange zu dauern.

»Geh in die Wirtsstube, Anselm. Ich hab dir einen Krug gefüllt«, sagte er aufmunternd.

Der Arbeiter war noch unschlüssig und schaute auf seine Bäuerin.

»Ja, geh jetzt, Anselm«, sagte sie. »Mach weiter, wenn du kannst, oder lass es bleiben, wenn es nicht mehr geht. Ich habe dir da nichts zu befehlen.«

Der Arbeiter schaute sie eine Weile stumm an, dann verließ er das Zimmer. Sie warteten, bis sie vorn die Tür der Wirtsstube gehen hörten.

»Was wollte er denn?«, fragte dann der Franz in die Stille.

»Mein Gott, was kann er denn schon wollen?«

»Du wirst nicht gehen, Lena!«

»Ich weiß es nicht.«

»Doch!«, brauste ihr Bruder auf. »Das ist jetzt entschieden! Es ist genug Leid und Angst und Verdruss über uns alle gekommen! Du solltest deine Ehe auflösen lassen. Eigentlich hat sie sich ja schon ganz von selbst gelöst, weil du einem Betrug zum Opfer gefallen bist. Ein Verbrecher hat kein Anrecht auf eine Frau wie dich! Du bleibst einfach wieder bei uns, und bist wieder meine liebe, fröhliche Schwester, ohne die es mir ohnehin hier nie so gut gefallen hat. Auch Hanna sagt, du sollst hierbleiben, und der Vater ist ganz sicher auch dafür. Ich werde einfach deine Sachen wieder herüberholen, und dann gcht uns der Wachtelhof nichts mehr an. Denk dir einfach, deine Zeit dort war ein böser Traum. Du hast nun die Möglichkeit, deinem Leben etwas mehr Sinn und Glück zu geben!«

»Franz!«, rief sie, nachdem sie ihn schon zuvor hatte unterbrechen wollen.

»Was ist denn? Habe ich vielleicht nicht Recht? Oder glaubst du, dass ich es mit dir nicht gut meine?«

»Ich bitte dich, Franz, lass mich jetzt allein!«

Er schaute sie bekümmert und etwas argwöhnisch an.

»Gut, überleg es dir in Ruhe. Du wirst aber sehen: Es gibt keinen anderen Weg für dich als den zurück ins Vaterhaus. Ich zweifle nicht daran, dass du es selbst erkennen wirst.«

Darauf ging er.

Es war am späten Nachmittag dieses Tages, als Lena zum ersten Male seit ihrer Heimkehr ins

»Feldschloss« das Haus verließ. Der Entschluss war ihr ganz plötzlich gekommen, nachdem sie sich eine lange Zeit allein in ihrem Zimmer aufgehalten hatte.

Der Vater war mit dem Peter von der Handelsfahrt noch nicht zurück, und so hatte sie sich ganz ungestört ihren Gedanken hingeben können.

Sie konnte sich dem Standpunkt ihres Bruders im Grunde nicht verschließen. Er hatte Recht, und er meinte es gut mit ihr. Auch in ihr selbst sträubte sich alles gegen eine Rückkehr in den Wachtelhof. Doch freilich, es war jetzt alles anders dort geworden. Die Gefahren, vor denen sie von dort geflüchtet war, gab es nicht mehr: Keinen Karl, der sie mit bösen und entehrenden Nachstellungen bedrohte, keine Wachtlin, die mit gehässigen Umtrieben ihre Absichten und Wege kreuzte, es gab nicht einmal mehr einen Wachtelhofer, der ihr durch sein verschlossenes Wesen so viele schwere und kummervolle Stunden bereitet hatte. Sie waren alle nicht mehr da.

Wenn sie auf den Hof zurückkehren würde, dann wäre sie ganz allein mit dem alten, treuen Arbeiter und dem kleinen Peter und hätte nur ausgefüllte Tage voller Arbeit vor sich. Und Arbeit hatte sie niemals gescheut.

Dennoch fürchtete sie sich vor einer Rückkehr in den Wald. Nicht wegen der Verachtung der Menschen, sondern weil sie Angst hatte, welche Folgen das für den kleinen Peter einmal haben konnte. Würde er als Bewohner dieses Hofes ebenfalls mit Verachtung behandelt werden? Sein freies, ungebundenes und unschuldiges Leben würde nicht mehr so lange dauern. Im nächsten Jahr kam er in die Schule. Was, wenn ihm dann dort vorgehalten würde, er komme aus einer Sippe von Mördern und Verbrechern?

Und dann gab es noch eine Sache, die sie schreckte: Es mochte Jahre dauern, aber Martin würde nicht für immer wegbleiben. Wenn er wiederkam, konnte sie ihn dann noch einmal als seine liebende Frau aufnehmen?

Auch dagegen sträubte sich in ihr alles. Unvorstellbar erschien es ihr jetzt, dass sie einmal in jugendlicher Unschuld und Vertrauen in die Liebe fest daran geglaubt hatte, dass sie glücklich mit ihm leben konnte.

In solche Gedanken versunken ging sie über die leeren Felder, die, vom Pflug aufgerissen, einen herben Geruch nach Erde verströmten. Auf den Wiesen standen noch ein paar vereinzelte Kühe, die dort allerdings nicht mehr viel zu fressen fanden. Auf manchen Feldern arbeitete noch jemand, und gelegentlich saßen Kinder beim Spiel an den Rainen.

Sie wich allen weit aus, weil sie mit niemandem sprechen wollte. So umging sie das Dorf in einem Bogen und stieg dann hinauf zur Kirche, die von einem stillen Friedhof umgeben war.

Ein paar alte Frauen sah sie zwischen den Kreuzen gehen, die ihr aber zu ihrer Erleichterung keinerlei Beachtung schenkten. Ungestört erreichte sie die Grabstätte des alten Wachtelhofers und bemerkte erschrocken, wie üppig das Unkraut über den Hügel wucherte und zum Zeugnis der Nachlässigkeit der Hinterbliebenen des alten Wachtelhofers geworden war. Auch ihrer eigenen, wie sie sich beschämt eingestehen musste. Es hatte sich schon lange niemand mehr um dieses Grab gekümmert. Man hatte andere Sorgen gehabt im Wachtelhof.

Energisch machte sie sich daran, das Unkraut auszureißen und es in Büscheln hinaus über die Mauer zu werfen. Als sie endlich zufrieden war mit dem Anblick, den das Grab ihres Schwiegervaters nun bot, stand sie noch einige Zeit vor dem stillen Kreuz, gedachte des Toten und wie gut er gewesen war. Sie erinnerte sich daran, was er zu ihr gesprochen hatte, damals, als sein Herz so voll Sorge gewesen war und er vorausgeahnt hatte, dass der Wachtelhof durch den enterbten ältesten Sohn in Gefahr geraten könnte.

Als ob er neben ihr stünde, glaubte sie plötzlich seine Stimme klar und deutlich zu hören. Er sagte: »Soll der Wachtelhof jetzt einfach verkümmern und vergehen, nur weil die Menschen sich verachtend von ihm abkehren? Ist nicht ein Kind da, das in angeborener Liebe zu seinem Vaterhaus sein Anrecht auf die alte Heimstatt fordert?«

Sie warf die Hände vor das Gesicht und lauschte auf diese Stimme, die ihr mitten ins Herz drang. »Warum willst du nicht mehr Wachtelhoferin sein? Sind es allein die Dinge, die da geschehen sind, oder ist da nicht noch etwas, das tief verborgen in deinem Herzen lag und jetzt mächtig hervorbricht? Hat dich nicht auch die Liebe betört, die andere Liebe, von der du keinem etwas gesagt hast und die neben der zu deinem Mann nie ganz aufgehört hat? Soll sie jetzt allein bestehen bleiben, nachdem die Dinge einen so unglücklichen Lauf genommen haben? Wenn du deshalb nicht mehr Wachtelhoferin sein willst, dann freilich ist alles verloren!«

Auf einmal wusste sie, warum sie sich heute auf den Weg gemacht hatte, warum es sie nicht mehr zu Hause gehalten hatte, warum sie zum Friedhof hatte gehen müssen. Sie nahm die Hände von den Augen. Über ihre Wangen rollten ein paar Tränen.

»Tu's für dein Kind!«, sagte die Stimme nun zu ihr.

»Ja, ich werde es tun!«, sagte sie leise.

Sie sprengte mit den Fingern das geweihte Wasser über das Grab und ging.

Auf dem Rückweg nahm sie ihren Weg durchs Dorf. Auf einmal hatte sie Mut bekommen, und es wäre ihr gerade recht gewesen, wenn ihr Leute begegnet wären, die sie kannte. Aber die Straßen waren leer um diese Zeit, in der es außer Haus nicht viel zu tun gab. Nur ein paar Männer kamen ihr schließlich doch noch entgegen. Sie grüßten, sprachen sogar ein paar Worte und verrieten keinen Schein von hemmender Zurückhaltung.

Für sie war sie eben die Lena vom »Feldschloss«, wenigstens jetzt noch. Wie aber würden sich die Leute verhalten, wenn sie als Wachtelhoferin die beiden verrufenen Häuser hinter dem Wald zusammenzuhalten versuchte?

Daheim schlüpfte sie durch die Tür und stahl sich in ihr Zimmer. Sie wollte jetzt niemanden sehen und noch einmal gründlich über alles nachdenken.

Langsam kam dann der Abend, und sie lief häufig ans Fenster, um zu sehen, ob der Vater und Peter noch nicht bald heimkämen. Doch es wurde fast schon Nacht, als die beiden endlich vorfuhren.

Gleich darauf stürmte das Kind zu ihr ins Zimmer. »Mutter, ich bin da!«, rief er und fing an zu erzählen von der langen Fahrt, vom Fohlen, das sie gleich zu dem neuen Besitzer, einem Einödbauern weit drüben über dem Wald, gebracht hätten, und was er sonst noch alles gesehen und erlebt hatte.

Doch auf einmal unterbrach er sich mitten im Satz und verstummte. Mit großen Augen sah er ins Gesicht seiner Mutter, als ob er in diesem Augenblick etwas Neues, Ungewöhnliches an ihr entdeckt hätte. Was mochte das sein? Sie trug ihr alltägliches Kleid, zeigte ihre gewöhnliche besonnene Ruhe, nach außen hin war nichts an ihr verändert. Aber in ihrem Gesicht lag ein besonderer Ernst, eine feierliche Entschlossenheit.

»Was ist, Mutter?«, fragte er unsicher und recht zaghaft.

Sie gab lange keine Antwort und schaute ihn nur an. Dann nahm sie ihn bei beiden Händen. »Wir gehen heim, Peter!«

Das konnte der Knabe nun nicht so auf einmal fassen. Er starrte sie nur an. Da musste sie doch schließlich über ihn lachen.

»Warum schaust du mich so an? Freust du dich denn gar nicht?«

Das löste den Bann, und befreit ließ der Bub einen Freudenschrei hören. »Wann gehen wir denn? Heute noch?«

Sie nickte. Da war er schon an der Tür und sprang dann draußen über die Treppe, um allen die große Neuigkeit zu erzählen.

Lenas Entschluss war fest und unerschütterlich, obwohl Franz ihr so sehr zürnte, dass er nicht einmal mit ihr bis vor die Tür ging. Dafür begleitete der Vater sie durch den nächtlichen Wald. Man konnte sie doch nicht einfach allein gehen lassen!

Sie sprachen beide nichts auf dem einsamen Weg. Nur auf Fragen des Buben, der vor Freude über die Heimkehr pausenlos auf sie einredete, gaben sie Antworten. Als sie dann aus dem Wald herauskamen und der Wachtelhof vor ihnen aus der Nacht auftauchte, war Peter dann nicht mehr zu halten. Er lief auf das Haus zu, ohne auf die Mutter und den Großvater zu warten, und rief schon von weitem den Anselm heraus.

»Wir werden oft nach euch schauen«, sagte Vater Fichtl. »Wenn du etwas brauchen solltest, werden wir dir helfen. Auch bei der Arbeit.«

»Der Franz ist mir sehr böse, Vater!«

»Er wird auch bald einsehen, dass du nicht anders konntest.«

Sie war ihm dankbar für das Verständnis und wusste nicht, wie sie es ihm sagen sollte.

»Du bist gut, Vater!«

Er wehrte ab. Dann standen sie eine Weile schweigend da, wollten sich noch nicht trennen und wussten sich doch nichts zu sagen.

»Am Montag beginnt die Gerichtsverhandlung«, fiel dem alten Fichtl plötzlich ein. »Sie wird mehrere Tage dauern.«

Lena gab keine Antwort, aber über ihr Gesicht flog ein Schatten. Er begriff, dass sie nichts davon hören wollte. Etwas verlegen fuhr er fort: »Es wird dann endlich einmal Ordnung in die Dinge kommen. Ich glaube nicht, dass Martin etwas wirklich Schlimmes verbrochen hat!«

Lena schwieg immer noch. Ob es besser gewesen wäre, gar nicht davon anzufangen? Aber irgendetwas musste er doch sagen, damit sie die Kraft fand, das düstere, verrufene Haus dort zu betreten.

»Halt deinen Kopf hoch, Mädel!«, sagte er noch und bemühte sich um ein aufmunterndes Lächeln. Dann drückte er ihre Hand und verließ sie.

Als Lena dem Haus zuging, stand Anselm unter der Tür und erwartete sie. In der Stube brannte jetzt das Licht. »Ich habe gewusst, dass du kommen wirst!«, sagte er.

Es ging ihr durch den Kopf, wie es damals gewesen war, als sie nach der Hochzeit an der Seite ihres Mannes das Haus betreten hatte. Da hatte sie einen Augenblick lang solche Angst gehabt, dass sie sich überwinden musste, über diese Schwelle zu gehen. Und nun dünkte sie der Schritt fast noch schwerer.

Der Arbeiter streckte ihr die Hand entgegen, als ob er sagen wollte: ›Komm, es geht schon!‹

»Ach, Anselm!«, stieß Lena hervor. Mehr konnte sie nicht sagen.

Er stand da, verlegen und unbeholfen.

»Hat es denn überhaupt einen Sinn?«, fragte sie.

»In Gottes Namen!«, sagte er, stieß die Tür auf und ließ sie ein.

11

Gerade während der Tage, an denen die Wachtelhofer sich gemeinsam mit ihrer Mutter vor Gericht in öffentlichen Verhandlungen wegen zum Teil sehr schwerer Verbrechen zu verantworten hatten, deren sie angeklagt waren, kam Lena die Erkenntnis, dass sie um die Existenz der verrufenen Heimstätte würde kämpfen müssen. Sie hatte nicht gewusst, dass es um die Wirtschaft so schlecht stand. Um diese Dinge hatte sie sich nie gekümmert, weil sie von Anfang an zu den Aufgaben ihres Mannes gehörten. Er hatte die geschäftlichen Angelegenheiten ganz allein erledigt, hatte die Einkäufe für die Spinnerei und die Landwirtschaft gemacht und die Einkünfte daraus registriert. Lena hatte lediglich das Gefühl gehabt, dass das Geschäft gut ging, weil sie von großen Summen Geld gewusst hatte, die bisweilen eingegangen waren.

Jetzt aber musste sie feststellen, dass alles ganz anders war. Sie fand nur Schulden in den Büchern, unbezahlte Rechnungen für Saatgüter und Futtermittel, Forderungen von Handwerkern und Händlern.

Und jeden Tag kamen Mahnbriefe ins Haus, oder es gab Besuche von Gläubigern, die persönlich ihr Geld einforderten. Das war wohl begreiflich, denn so, wie die Dinge lagen, rechnete man eben damit, dass der Wachtelhof über kurz oder lang unter den Hammer kommen müsste. Wer wollte noch geschäftliche Bindungen fortführen mit Leuten, die wegen Mordes und Raub vor dem Richter standen? Man hatte wohl das Gefühl, sich beeilen zu müssen, wenn man sein Geld noch wiedersehen wollte.

Halbe Nächte lang saß die junge Frau allein in der stillen, düsteren Stube und plante und rechnete. Wo war das Geld hingekommen, das für die Ballen gesponnenen Flachses vereinnahmt worden war? Nirgends fand sich ein Hinweis darauf. Es war spurlos verschwunden. Lena konnte sich nur vorstellen, dass Martin das Geld seiner Mutter oder seinem Bruder gegeben haben musste.

Doch daran, dass das Geld nicht mehr da war, konnte sie nun leider nichts mehr ändern. Also verhandelte sie mit den Gläubigern, versicherte jedem einzelnen von ihnen persönlich, dass der Hof von ihr weitergeführt würde und also kein Grund zur Besorgnis vorliege. Allerdings sei es ihr angesichts der Umstände im Moment nicht möglich, die Schulden zu begleichen. Sie bitte noch um eine begrenzte Frist.

Die meisten der Gläubiger waren von Lenas Ruhe und Sicherheit so beeindruckt, dass sie sich auf der Stelle einverstanden erklärten, ihr noch eine Zahlungsfrist einzuräumen. Nur zwei bestanden weiter darauf, ihr Geld auf der Stelle zu bekommen, doch deren Forderungen waren zum Glück nicht sehr hoch. Lena verkaufte einen Teil des Korns im Speicher, um deren Ansprüche zu befriedigen.

Vom ersten Erfolg ihrer Bemühungen ermutigt, ging sie also sogleich an die Arbeit, denn nur wenn sie etwas zum Verkaufen vorweisen konnte, würde sie das nötige Geld zur Begleichung ihrer Schulden in die Hände bekommen. Sobald das erste Licht des Tages kam, folgte sie Anselm in die Spinnerei, ließ den Motor anspringen und spann Flachs, als ob sie noch nie etwas anderes getan hätte. Und Anselm arbeitete genauso viel und genauso hart wie sie selbst. Kaum dass sie sich Zeit nahmen zu einer Mittagspause.

Währenddessen nahm in der Stadt der Prozess gegen die Wachtelhofbuben seinen Lauf. Lena und Anselm hörten und lasen nichts davon, und sie erwähnten es niemals. Sie taten, als gingen diese Dinge sie nichts an.

Als einige Ballen fertiger Ware sich in der Scheune stapelten, wanderte die Wachtelhoferin an einem frühen Morgen hinab zur Bahn und fuhr in die Stadt, um dort den Geschäftsmann Fellner aufzusuchen und zur Wiederaufnahme des Geschäftsverkehrs zu bewegen. Von diesem hatte sie zu ihrer Bestürzung einen Brief in den Geschäftsunterlagen gefunden, den er schon vor Monaten an Martin geschrieben hatte. An einer weiteren Zusammenarbeit sei er nicht mehr interessiert, hatte er darin mitgeteilt.

Lena wusste, dass sie nur durch persönliche Vorsprache hoffen konnte, Fellner umzustimmen, da dieser Mann vor langer Zeit einmal zu ihr gesagt hatte, sie solle sich an ihn wenden, wenn sie einmal in Schwierigkeiten käme.

Wie oft war sie in ihrer Jugend mit ihrem Vater oder mit ihrem Bruder in der Stadt gewesen, und wie hatte sie sich gefreut, wenn sie durch das alte Tor fuhren, vorbei an großen Geschäftshäusern, an Kirchen und Märkten! Auch heute drängten die Leute sich auf den Gehsteigen vor den großen Fenstern der Kaufhäuser wie damals.

Aber sie hatte heute keine Freude an diesem bunten, lebendigen Treiben. Sie fand kein Gefallen am Betrachten der Auslagen und am Anblick der vielen neuen, schönen Dinge, die dort zum Kauf geboten wurden.

Fremd und einsam ging sie von Straße zu Straße, vorbei an dem stattlichen Gasthof mit der breiten Einfahrt, in dem der Vater immer zu Mittag aß. Sie hörte das Lachen und Lärmen heraus und erinnerte sich daran, wie dort alles war, wie die Leute hier zusammentrafen, nach Bekannten suchten, die Zeit und ihr Geschehen besprachen, diskutierten und nebenbei so manches Geschäft abschlossen.

Dann ging sie weiter über die großen Plätze, die von den mächtigen Amtsgebäuden beherrscht wurden, vom Rathaus, von den Regierungs- und Finanzhöfen. Die Plätze waren voller Menschen, und es herrschte ein lebhaftes Kommen und Gehen wie in einem Bienenkorb.

Von diesem Platz aus führte auch ein schmaler Kopfsteinpflasterweg in steiler Steigung zu einem grauen Gebäude empor, das wie ein mächtiges Kastell im Schatten riesiger, alter Akazien lag. Das war das Landgericht. Hier standen die Wachtelhofer vor dem Richter!

Rasch wandte sie ihren Blick ab von diesem Haus, als ob sie sich hüten müsse vor den Menschen, die dort ein- und ausgingen. Sie wollte nicht an das denken, was sich gerade dort drinnen abspielte. Und doch trat es so deutlich in ihre Vorstellung, als wäre sie schon einmal dabeigestanden, wenn die drei Männer vom Wachtelhof auf diesem schmalen, holperigen Steig durch das Spalier neugieriger Gaffer von den Polizisten zur täglichen Verhandlung geführt wurden. Erschauernd eilte sie weiter, um dem Ort und den eigenen Gedanken zu entfliehen.

Die Straße, in der das Handelsgeschäft Fellner lag, war außerhalb des Stadtkerns, und sie hatte noch ein gutes Stück zu gehen, bis sie das Firmenschild sah. Es war ein großes Gebäude mit einer schmucken Fassade, so wie die traditionsreichen alten Handelshäuser sie alle hatten. Im rückwärtigen großen Hof standen neu gebaute ausgedehnte Lagerräume, die den Eindruck eines gut gehenden Geschäfts abrundeten.

Mit viel Hoffnung war Lena hierhergekommen und erlebte eine bittere Enttäuschung: Herr Fellner war nicht da. Nachdem sie sich angemeldet hatte, wurde sie von einer Frau empfangen, offenbar der Frau des Hauses, die in einem großen, hellen Zimmer mit vielen wertvoll wirkenden Möbelstücken freundlich auf sie zukam. Sie wirkte gepflegt, geradezu vornehm und vertrauenswürdig. Aber Lena hörte nur, dass der Mann, den sie sprechen wollte, auf Geschäftsreise war, und dass die Zeit seiner Heimkehr sich nicht voraussagen ließe.

Zwar hätte sie nun ihr Anliegen auch der Frau vorbringen können, aber dazu konnte sie sich nicht überwinden. Sie wagte nicht einmal, ihr zu sagen, wer sie war. Ihr Name hatte schließlich einen üblen Klang und war zur traurigen Berühmtheit geworden. Alle Welt sprach ja von den Wachtelhofern und ihren Verbrechen.

Hatte sie dafür die kostbare Zeit geopfert und das letzte Geld für die Fahrt zusammengescharrt, dass sie in dem Bewusstsein mit nach Hause gehen musste, den Mann, der allein noch helfen konnte und ihr gewiss auch geholfen hätte, nicht erreichen zu können?

Sie irrte einige Zeit ohne Ziel durch die Straßen, völlig in Verzweiflung und trostlos und ohne einen Blick für ihre Umgebung. Erst als sie an einer Kirche vorbeikam, blieb sie stehen. Auf einmal fühlte sie das überwältigende Bedürfnis, dort einzutreten und ein stilles Gebet zu halten. Ohne lange nachzudenken, öffnete sie die Tür, bekreuzigte sich und trat ein.

Die Kirche war groß und völlig menschenleer, sodass jeder ihrer Schritte laut durch das Gotteshaus hallte, als sie langsam bis zur hintersten Bankreihe ging und sich dort hinsetzte. Durch die bunten Glasfenster fiel gedämpftes Licht, das dem Raum eine fast unwirkliche Atmosphäre verlieh. Es war, als ob das Geschehen in der Außenwelt hier keine Bedeutung mehr hätte.

Lena spürte, wie Verzweiflung und Unruhe von ihr abzufallen begannen. Nein, noch war nichts verloren! Sie würde einen Ausweg suchen und ihn auch finden. Sie konnte zum Beispiel Herrn Fellner schreiben.

Aber, fiel ihr auf einmal ein, was nützte ihr die Zusage des Mannes, wenn der Forstherr von Daxenegg ihr vielleicht die Abfuhr des Flachses nicht mehr erlaubte? Lag es nicht nahe, dass er sich künftig einfach weigern würde, einen Wachtelhofer mit Rohstoff aus seinem Forst zu versorgen? In diesem Forst hatten sie schließlich gewildert, geraubt und sogar einen Mordversuch begangen!

Der Gedanke daran kam ihr zum ersten Mal, und eine lähmende Mutlosigkeit drohte sie ein weiteres Mal zu übermannen. Ratlos schaute sie in den stillen Chor der Kirche.

Der Eigentümer von Daxenegg hatte seinen Wohnsitz ebenfalls hier in der Stadt. Sie wusste, dass es ein Herr von Seegen war und dass er den Titel Forstrat führte. Thomas Rauch hatte ihr in früheren Jahren manchmal davon erzählt. Aber sie hatte ihn nie gesehen, sie wusste nicht, ob er überhaupt in der Stadt lebte, ja, nicht einmal, ob er überhaupt noch am Leben war.

Trotzdem konnte sie ihre Gedanken nicht von diesem Mann lösen. Wenn sie den Wachtelhof dem fast unvermeidlichen Ruin entreißen wollte, wenn sie wollte, dass ihrem Kind die Heimat erhalten blieb, dann musste sie sich vor allem an ihn wenden und Sorge dafür tragen, dass sie auch in Zukunft den Flachs aus dem Daxenegger Forst nutzen konnte.

Obwohl sie noch nicht wusste, wohin sie ihre Schritte lenken sollte, verließ sie die Kirche und trat auf die Straße hinaus. Ein Briefträger schob gerade seinen gelben Wagen an der Kirche vorbei, und in einer plötzlichen Eingebung sprach sie ihn an und bat ihn um Auskunft. Und sie hatte Glück. Der Mann wusste, wo der Forstrat von Seegen wohnte, und er beschrieb ihr den Weg, den sie gehen musste.

Herr von Seegen wohnte am äußersten Rand der Stadt in einer großen, von einem schönen, gepflegten Park umgebenen Villa. Eine Glocke aus der Stadt heraus läutete gerade zu Mittag, als die Wachtelhoferin zögernd über die breite Steintreppe zur Tür hinaufschritt.

Ein Mädchen öffnete auf ihr Klingeln, führte sie in die Flurdiele und bat sie, in einer gemütlichen, freundlichen Sitzecke Platz zu nehmen. Dann ging sie davon, um den Forstrat über die Besucherin zu verständigen. Lena blieb alleine zurück und fühlte sich beklommen und eingeschüchtert von der vornehmen Umgebung.

Irgendwo hörte sie ein paar Türen klappern, und dann war für längere Zeit tiefe Stille um sie. Das Warten nahm ihr wieder jeden Mut, und ihr Entschluss fing an zu wanken. Am liebsten hätte sie sich heimlich davongemacht aus dem fremden Haus. Aber sie wagte sich auch nicht weg von ihrem Platz.

Was war nur in sie gefahren, dass sei einfach in dieses Haus hereingeplatzt war? Wie ungehörig kam ihr auf einmal das Ganze vor.

Dann ging plötzlich wieder eine Tür, und ein paar Männerstimmen waren zu hören, die aus der

Tiefe des Ganges kamen und sich ihr zu nähern schienen. Sie wagte kaum aufzuschauen, als die beiden Männer an ihr vorbeigingen. Aber dann hob sie plötzlich doch erschrocken den Blick, denn die Stimme des Mannes, der sich gerade in kurzen, höflichen Worten vom Hausherrn verabschiedete, war ihr nur allzu vertraut.

Gleichzeitig war dieser Mann auch auf sie aufmerksam geworden, und ihre Blicke trafen aufeinander. Thomas Rauch, der Förster von Daxenegg, sah Lena mit großen Augen an, als wollte er sagen: ›Du? Wie kann das nur sein?‹ Dann nickte er ihr einen stummen Gruß zu und ging.

Da sah sie sich auch schon einem älteren Herrn mit grauem Spitzbart gegenüber. Sein Gesicht war hager und wirkte streng, aber nicht unfreundlich.

»Bitte!«, sagte er mit leiser, tiefer Stimme.

Sie folgte ihm durch einen langen Gang in ein großes, helles Arbeitszimmer. Eingeschüchtert sah sie die kostbaren Gegenstände, mit denen es ausgestattet war, die Möbel, die Bücher hinter dem Glas, die großen teuren Bilder an den Wänden. Sie blickte wieder auf den Mann, der geduldig und ohne Spur von Neugier auf die Eröffnung der Unterredung wartete. Sie merkte, dass er ihr Zeit lassen wollte, damit sie sich sammeln und die rechten Worte finden konnte. Dafür war sie ihm dankbar.

Sie nannte ihren Namen, mit dem er offenbar nichts anzufangen wusste. »Die Wachtelhoferin«, setzte sie leise hinzu. Mein Gott, welche Mühe kostete sie dieses Bekenntnis. Aber sie kam nicht umhin, es auszusprechen.

Sein Gesichtsausdruck veränderte sich nicht, und doch hatte sie das Gefühl, als ob er sogleich heimlich von ihr abrückte. Der Name, den sie trug, war in letzter Zeit eben doch viel genannt und gelesen worden. Er war berüchtigt.

»Bitte, nehmen Sie Platz!«, sagte Herr von Seegen dann.

Nachdem sie sich gesetzt hatten, wartete er abermals geduldig und schweigend, dass sie auf den Zweck ihres Besuches zu sprechen käme. Lena nahm all ihren Mut zusammen und begann zu reden, zuerst zögernd und leise, doch nach und nach wurde ihre Stimme sicherer. Sie schilderte die momentane Situation auf dem Wachtelhof, ihre Anstrengungen, eine Zwangsversteigerung zu verhindern, sprach von ihrem kleinen Jungen, Peter, der eines Tages einmal sein Erbe bekommen solle. Sie berichtete auch von den Vorgängen, die dazu geführt hatten, dass nun der Wachtelhofbauer vor Gericht stand, von dem enterbten älteren Bruder, der nach langer Zeit wieder daheim aufgetaucht war und von ihrem vergeblichen Versuch, das Unglück aufzuhalten, das mit dessen Heimkehr seinen Lauf genommen hatte.

Er ließ sie sprechen, unterbrach sie nie, fragte nicht.

Sie schloss mit der Feststellung, dass sie alles tun werde, um den Ruin zu verhindern, dass sie schwer und unermüdlich arbeiten wolle, um alle aufgelaufenen Schulden zu bezahlen. Und deshalb bitte sie ihn, den Herrn Forstrat, auch fernerhin zu gewähren, dass sie den Flachs im Daxenegger Forst ernteten und wegholten. Wenn ihr dies versagt würde, dann sei all ihre Mühe umsonst gewesen.

Sie konnte es nicht verhindern, dass ihr plötzlich die Stimme versagte und ihr Tränen in die Augen traten.

Herr von Seegen erhob sich und kam zu ihr heran. Er sprach sie mit freundlicher Stimme an und dankte ihr sogar dafür, dass sie zu ihm gekommen war. Er werde noch einige Erkundigungen zu dem einziehen, was sie ihm erzählt habe, und ihr dann anschließend schriftlich die Genehmigung zum Ernten des Flachses erteilen. Inzwischen möge sie so tun, als ob nichts geschehen wäre. Seines Wohlwollens könne sie versichert sein.

Als die Wachtelhoferin das stille, vornehme Haus verließ, war es ihr leichter um das Herz. Nicht nur, dass sie einmal hatte aussprechen können, was sie bedrückte, und der Forstrat ihr freundlich zugehört und sogar Mut zugesprochen hatte, nun hatte sie einen großen Schritt geschafft in dem Versuch, den Hof weiterführen zu können.

Es war wenig Verkehr auf der Straße, aber dennoch ließ sich der Lärm des Stadtlebens nicht überhören. Sie hörte das Rattern eines Zuges, das Aufheulen einer Fabriksirene, das Summen von Motoren. Und auf einmal hörte sie jemand hinter sich ihren Namen aussprechen. Sie drehte sich um und sah Thomas Rauch, den jungen Förster von Daxenegg, der auf sie gewartet haben musste. Das erschien ihr als eine Rücksichtslosigkeit. Er musste doch wissen, was für eine Demütigung dieser Gang für sie gewesen war. Oder dachte er nicht so weit?

Thomas Rauch schien wirklich keine Ahnung davon zu haben, wie unangenehm ihr die Begegnung mit ihm war. Ohne jegliches Zaudern machte er sich an ihre Seite und ging mit ihr durch das alte Stadttor. Er sprach über ganz belanglose Dinge, erzählte harmlos, dass er gerade jetzt fast jeden zweiten Tag in die Stadt fahren müsste. Es gebe nun einmal Zeiten, in denen das notwendig sei, und er bekomme nun schon bald Heimweh nach dem Wald und nach seiner täglichen friedlichen Arbeit dort.

Über das Geschehen, das sie beide doch am meisten bewegte, sprach er kein Wort. Doch er lud Lena zum Mittagessen in das »Waldhorn« ein, das Wirtshaus, an dem sie schon bei ihrer Ankunft in der Stadt vorbeigekommen war und das sie auch mit dem Vater früher immer aufgesucht hatte, wenn sie zusammen in der Stadt gewesen waren.

Aber sie lehnte dankend ab.

»Ich habe noch einige sehr wichtige Besorgungen zu machen«, log sie.

»Aber wir fahren zusammen heim!«, bat er und nannte ein paar Züge, die sie aussuchen möge.

Auch das schlug sie ihm ab, und nun endlich wurde ihm klar, dass sie nicht in seiner Gesellschaft sein wollte.

Betroffen schwieg er für einige Momente, blieb aber noch immer an ihrer Seite. Schließlich konnte er nicht mehr an sich halten und platzte heraus: »Lena! Hast du mir denn gar nichts zu sagen? Hast du mich gar nichts zu fragen?«

»Nein.«

»Dann wirf mir wenigstens vor, dass ich deinen Mann vor den Richter brachte!«, rief er aus.

»Dafür kannst du nichts, und ich habe dir nichts vorzuwerfen. Du hast deine Pflicht getan.«

»Du bist mir nicht böse?«

»Nein.«

Mehr wollte sie dazu nicht sagen. Sie gab ihm flüchtig die Hand, verließ ihn rasch und lief aufs Geratewohl in eine der belebten Straßen hinein und verschwand im Trubel der Menschen.

Am gleichen Tag noch, es war bereits spät am Abend und der alte Anselm hatte sich schon längst zu Bett begeben, schrieb sie an Herrn Fellner einen Brief. Schriftlich versuchte sie ihm darzulegen, was sie ihm persönlich hatte sagen wollen. Und danach wartete sie Tag um Tag auf seine Antwort. Aber sie kam nicht.

Trotzdem arbeitete sie weiter. Was konnte sie denn anderes tun? Falls Fellner nichts mehr mit ihr zu tun haben wollte, dann würde sie eben versuchen müssen, mit anderen Abnehmern aus früherer Zeit in Kontakt zu kommen. Doch der bloße Gedanke, bei anderen vorsprechen zu müssen, war ihr schrecklich. Jeder, der da in Frage kam, wusste ja, mit wem er es zu tun haben würde, und von diesen kannte sie keinen einzigen persönlich. Ihre größte Hoffnung war Fellner gewesen, weil er ihr einstmals Hilfe versprochen hatte. Sie konnte sich nicht dazu überwinden, etwas anderes zu versuchen, solange sie von Fellner keine abschlägige Antwort bekommen hatte.

Ob die Verhandlung noch im Gange oder vielleicht inzwischen schon beendet war oder nicht, darüber war Lena nicht informiert. Es war ihr auch lieber, nichts über den Prozess und seinen Verlauf zu erfahren. Anselm mochte Bescheid wissen, denn er fuhr abends immer die Milch hinab ins Dorf zur Molkerei und hatte so mehr Kontakt zu den Leuten im Dorf. Aber er erzählte nie, was dort gesprochen wurde. Vielleicht sprach man auch in seiner Gegenwart nicht darüber.

Es war nun schon spät im Herbst, und der Wald war in graue Herbstnebel gehüllt. Heftige Windböen peitschten den kalten Regen an das einsame Haus, dass das Gebälk im Dachstuhl krachte. Lange würde es nicht mehr dauern, dann waren Wald und Erde wieder von Schnee bedeckt. Und dann würde es noch einsamer um sie sein.

An einem solchen trüben, kalten, unfreundlichen Tag kam Franz, der junge Wirt vom »Feldschloss«, den Weg herauf und klopfte vergeblich an die verschlossene Tür des Wachtelhofes. Schließlich ging er hinüber zur Tenne, in der er den Motor surren hörte. Eine Weile stand er unter dem offenen Tor und schaute schweigend auf seine Schwester, die mit verstaubtem Gewand und Kopftuch an der Maschine stand. Ihr zur Seite war der alte Anselm mit seinem gekrümmten, steifen Rücken. Sie waren beide sehr in ihr Tun vertieft.

»Lena!«, rief er schließlich laut, um das Geräusch der Maschine zu übertönen. Sie schaute auf, schüttelte den Staub vom Kleid und kam heran.

»Was soll das?«, fragte er mit unverkennbarem Vorwurf.

»Wer soll es sonst tun?«

»Muss es denn sein?«

»Ja, es muss sein!«

Sie gingen hinüber zum Haus.

»Es ist nicht recht, dass du dich nicht mehr sehen lässt!«, tadelte er. »Nicht einmal an den Sonntagen!«

Sie schüttelte nur den Kopf.

Sie gingen in die Stube und setzten sich an den Tisch.

»Aber so geht es doch nicht weiter, Lena! Ein Jahr ist eine lange Zeit!«

Sie schaute ihn verständnislos an. »Ein Jahr?«

»Nun, ich meine, solange der Martin eben eingesperrt ist.«

Sie schwieg, weil sie ihm nicht verraten wollte, dass sie erst jetzt zum ersten Mal etwas vom Ausgang des unseligen Prozesses hörte.

»So sag doch endlich etwas, Lena!«, forderte er sie auf.

»Mein Gott, was gibt es da zu sagen?«

»Hast du immer noch nicht erkannt, dass all deine Anstrengung keinen Sinn hat?«

Sie schaute ihn mit stummem Vorwurf an, und er bereute seine Heftigkeit.

»Lena«, sagte er nun in sanfterem Ton, »schau – es ist doch widersinnig, den Wachtelhofern ihr Gut zu erhalten. Sie haben es nicht verdient, keiner von ihnen. Da ist der Karl, der lebenslänglich wegen Mordes bekommen hat, Michael hat vier Jahre abzusitzen und die alte Wachtlin ein halbes Jahr. Herrgott noch einmal! Was haben wir mit diesen Leuten noch zu schaffen?«

Sie wandte sich ab.

»Hab ich Recht oder nicht?«, drängte Franz.

»Ich bitte dich, Franz, lass mich!«

Er verlor die Geduld.

»Und du arbeitest hier wie eine Magd! Für wen eigentlich?«

»Für Peter!«

»Du tust etwas besseres für ihn, wenn du gehst!«

»Was sagt der Vater?«

»Mein Gott, der Vater! Der Vater ist ein alter Mann, der anders denkt und urteilt. Für ihn hat Martin in Gottes Namen einmal gewildert, und das findet er nicht so schlimm. Er meint auch, dass die Strafe dafür zu hart sei. Er vergisst, dass er den Förster bedroht hat, dass er nach seinem Leben getrachtet hat. Nach dem Leben eines Menschen!«

»Das ist nicht wahr!«, rief Lena entrüstet.

»Er hat es selbst gestanden.«

»Hast du es gehört?«

»Nein, aber man kann es in jeder Zeitung lesen.«

»Trotzdem glaube ich es nicht!«

Sie stand auf und ging ans Fenster. Beide schwiegen für einige Zeit. Plötzlich drehte Lena sich um und schaute ihn fest an.

»Sag dem Vater, er soll auch einmal zu mir kommen! Er soll mich doch nicht so allein lassen!«

Franz seufzte tief auf. »Komm mit mir heim, Lena! Du bist nicht allein. Wir halten alle zu dir!«

Sie schüttelte unzufrieden den Kopf. »Wenn das dein ganzer Rat ist? Und ich dachte, dass ihr mir helfen würdet, über all die bösen Tage zu kommen. Ich weiß manchmal gar nicht, wo ich anfangen soll, mit der Arbeit, mit dem Planen ...«

Er schwieg.

Da flog die Tür auf, und der Peter kam hereingestürmt. Sein Gesicht war vom Eifer gerötet. In der Hand schwang er einen großen Hammer.

»Ich brauche noch ein paar lange Nägel, Mutter!«, rief er und achtete in seiner Geschäftigkeit nicht einmal auf den Besuch.

»Das hat Zeit bis morgen!«, sagte Lena, doch der Knabe hörte nicht auf zu betteln und zu drängen, bis sie ihm versprach, Nägel für ihn zu suchen.

»Sag jetzt aber wenigstens deinem Onkel ›Grüß Gott‹!«, ermahnte sie ihn.

Das tat der Peter nun freilich mit Freude, aber seine Gedanken kehrten sofort wieder zu seiner Beschäftigung zurück. Während Lena in einer Schublade nach den gewünschten Nägeln kramte, erzählte der Peter dem Gast, dass er gerade ein Gehege baue und dass er sich beeilen müsse, um damit fertig zu sein, bis das Rehkitzchen komme.

»Ein Rehkitzchen?« Franz glaubte, nicht recht zu hören.

»Aber es kommt doch erst im Frühjahr, Peter!«, rief die Mutter dazwischen.

»Wenn der Schnee kommt, kann ich aber kein Gehege mehr machen!«, trotzte der Knabe, riss dann der Mutter die Nägel aus der Hand und stürmte wieder hinaus.

»Ich weiß nicht, ob es gut ist, dass der Bub so viel in den Wald läuft«, sagte Lena, und warf ihm einen sorgenvollen Blick nach. »Jeden Tag bald bringt er etwas anderes nach Hause, einmal ein Hirschhorn, dann wieder eine Reiherfeder, sogar eine Lockpfeife, wie sie die Jäger haben, habe ich einmal bei ihm gefunden. Das alles, sagt er, bekomme er vom Förster geschenkt, dem er oft im Wald begegne. Zum Frühjahr hat der ihm nun ein Rehkitzchen versprochen, falls er eines auffindet, das vom Muttertier verlassen worden ist.«

Franz hörte ihr aufmerksam zu, aber er schwieg.

»Ich bin froh, wenn er nächstes Jahr in die Schule kommt!«, sagte sie. »Ich habe viel zu wenig Zeit, um mich richtig um ihn zu kümmern.«

»Dann wird es noch einsamer sein im Wachtelhof.«

»Aber bis dahin, denke ich, werde ich es geschafft haben!«

»Was willst du denn erreichen, Lena?«

»Ich will meinem Kind die Heimat erhalten!«

Schon am nächsten Tag kam Franz wieder, aber nicht mehr, um sie zur Heimkehr zu bewegen, sondern um ihr bei der Arbeit zu helfen. Den ganzen Tag brachte er in der Spinnerei zu und war mit so viel Kraft und Schwung bei der Arbeit, dass sie alle eine Freude hatten, als sie zum Abend das Erreichte anschauten.

Er aß mit ihnen noch das Abendbrot in der großen Stube, plauderte noch ein Weilchen und ging dann heim.

Und so kam er für einige Zeit jeden Tag.

»Ich habe Zeit!«, sagte er. »Der Vater hat im Winter mit seinem Handel kaum zu tun, er hilft Hanna bei den anfallenden Arbeiten zu Hause.«

Noch einmal machte sich die Wachtelhoferin nun auf den Weg zur Stadt. Dass Herr Fellner sie so lange ohne Antwort gelassen hatte, konnte sie nicht begreifen. Er musste ihr einfach helfen, sonst kam ihr wirklich fast alles umsonst vor, was sie tat.

Ohne mit Anselm oder ihrem Bruder darüber zu reden, ging sie vormittags auf zur Bahn. Nur Peter schickte sie hinüber zu den Männern in die Tenne und ließ ihnen sagen, dass sie des Geschäfts wegen fortmüsse und wohl erst abends zurück sein werde. Sie sollten zur rechten Zeit Feierabend machen. Das Essen stehe in der Küche bereit.

Wieder lief sie dann durch die Straßen der Stadt und spürte das Klopfen ihres Herzens, als sie an der Tür des Geschäftshauses auf den Klingelknopf drückte. Doch diesmal war Herr Fellner da und empfing sie auch sogleich. Der Mann wartete auch gar nicht, bis sie ihr Anliegen vorgebracht hatte, sondern kam auf der Stelle auf sie zu und entschuldigte sich wortreich, dass er ihr noch keine Antwort gegeben habe auf ihren Brief. Aber er sei erst vor wenigen Tagen heimgekehrt, und es sei so viel Dringendes zu erledigen gewesen, dass er beim besten Willen nicht dazu gekommen sei. Aber er habe ihr schon in den nächsten Tagen schreiben wollen, dass sie, so wie die Dinge nach ihren Schilderungen lagen, selbstverständlich darauf zählen konnte, dass er ihr die Ware abnahm.

Er unterbrach er sich und schaute erschrocken in das Gesicht der jungen Frau. »Was ist mit Ihnen?«, fragte er, als er die Tränen über ihre Wangen rollen sah.

Lena bemühte sich, ihre Fassung wiederzufinden. »Ich kann Ihnen gar nicht sagen, wie froh ich bin und wie sehr ich Ihnen danken muss«, brachte sie schließlich mühsam heraus.

»Behalten Sie den Mut«, bat Fellner. »Ich freue mich, dass ich Ihnen helfen kann. Sie sind eine tapfere Frau und werden Ihr Unglück meistern, da bin ich ganz sicher.«

Taktvoll überging er alles, was sie dazu nötigen könnte, von ihrem Mann und den anderen inhaftierten Wachtelhofern zu sprechen. Er erkundigte sich nach dem Stand des Geschäfts, und sie berichtete ihm, dass schon eine Anzahl von Ballen zur Abholung bereitlagen. Wegen der künftigen Beschaffung des Rohmaterials erwarte sie jeden Tag die schriftliche Einverständniserklärung des Forstrats, den Flachs auch in Zukunft aus seinem Forst nutzen zu dürfen, die er ihr fest versprochen habe. Sie nannte Fellner die Anzahl der Ballen, die sie bis Ende des Jahres fertig gestellt haben konnte.

Fellner war beeindruckt, und er drückte er ihr freudig die Hand.

»Sie sind nicht nur eine tapfere, sondern auch eine tüchtige Frau!«, lobte er sie und schrieb ihr auf der Stelle einen Bankscheck aus.

Als sie das Haus verließ und dem Bahnhof zustrebte, war es schon dunkel geworden. Lena achtete nicht auf den lebhaften Verkehr, der an ihr vorbeibrauste, nicht auf die Häuser und Gebäude, an denen sie vorbeikam. Sie sah nicht in die leuchtenden Fenster der Auslagen.

Ihre Gedanken waren daheim im Wachtelhof, sie dachte an die Sorgen und Nöte der vergangenen Wochen, sie dachte daran, dass sie nun Geld hatte, genügend Geld, um sich die schlimmsten Schulden vom Halse schaffen zu können.

Sie merkte nicht, dass sie in der Dunkelheit in die falsche Straße abgebogen war. Erst als in der Nähe ein helles Licht anging, schaute sie sich erschrocken um. Wo war sie eigentlich? Es war alles um sie so merkwürdig fremd und still. Wie war sie hierhergekommen?

Vor ihr war ein mächtiges, graues Gebäude, umgeben von einem bedrückenden Schweigen. Sie erschrak, als sie die vielen kleinen Fensterlücken sah, vergittert und kahl, in keiner ein Licht. Lieber Gott, das war ja das Gefängnis!

Sie fing an zu frösteln, als sie ihren Blick über die vergitterten Fenster gleiten ließ. Hinter einem dieser Fenster war Martin, ihr Mann. Lange stand sie unbeweglich vor dem düsteren Bau. Dann wandte sie sich von dem Hause ab und lief den Weg zurück, den sie gekommen war.

Auf einmal war dann der Winter da. Als über Nacht die erste dünne Schneedecke auf der Erde lag, waren die Schulden so weit bezahlt, dass für die Existenz des Wachtelhofes keine unmittelbare Gefahr mehr bestand.

An diesem Tag hatten Lena früher Feierabend gemacht in der Spinnerei, weil der große gehörnte Bodenschlitten aus dem hintersten Eck des Schuppens geholt und bereitgemacht werden musste.

Während Anselm, natürlich in Begleitung von Peter, die erste Fahrt damit ins Dorf machte, um einige Malter Korn zur Mühle zu bringen, zeigte Lena ihrem Bruder zum ersten Mal die Bücher, wie sie sie geführt hatte, seit dem Tag, an dem sie in den vereinsamten Wachtelhof zurückgekehrt war.

Jetzt erst erfuhr er, wie schlecht und hoffnungslos die Dinge gestanden hatten, und er bekannte freimütig, dass er um nichts in der Welt sich zu Hilfeleistungen herbeigelassen hätte, wenn ihm der tatsächliche Stand der Wirtschaft bekannt gewesen wäre.

»Und doch haben wir es geschafft«, sagte sie zufrieden. »Einen großen Teil davon habe ich dir zu verdanken, Franz.«

»Nein, das hast du nur dir selbst zu verdanken, Lena, deinem Willen und deiner Tatkraft.« Er schwieg einen Moment. »Aber wofür hast du es getan, Lena?«, begann er dann plötzlich. »Wer wird es dir je einmal danken?«

»Ich habe es für mich getan, Franz. So etwas will keinen Dank von außen. Ich bin nun einmal die Wachtelhoferin. Es soll nicht auch von mir einmal heißen: Schaut, so sind die Frauen. Sie denken nur an sich, und alles andere kann zum Teufel gehen!«

Es klang gut und richtig, wie sie das sagte, aber Franz schüttelte dennoch zweifelnd den Kopf.

»Aber ein Mensch, der selbst seine Pflicht und Ehre vergessen hat, der hat doch keinen Anspruch auf eine solche Rücksichtnahme!«

»Vielleicht hast du Recht. Aber es existieren auch Gesetze, die der Mensch sich selbst gibt und deren Nichtbeachtung den Frieden und das Glück kostet!«

»Liebst du ihn immer noch?«

Sie antwortete lange nicht.

»Das habe ich nicht gesagt«, kam es dann endlich kaum hörbar von ihr. »Ich bin aus eigenem Entschluss Wachtelhoferin geworden, deshalb werde ich es auch bleiben müssen!«

Die beiden Mühlfahrer kamen lange nicht zurück. Die Wege durch den Wald im hohen Neuschnee mochten schwierig zu befahren sein. Franz machte sich schließlich auf den Heimweg und versprach ihr, dabei nach dem Verbleib des Gefährts Ausschau zu halten.

Über den Forst trieben schwarze Schneewolken herauf und brachten vorzeitig die Nacht mit. Lena hatte das Licht angezündet und damit begonnen, ihre Buchführung zu erledigen.

Darüber verging geraume Zeit.

Gerade war sie fertig geworden und wollte nun mit der Stallarbeit beginnen, damit es nicht wieder so spät würde mit dem Feierabend wie an all den letzten arbeitsreichen Tagen und Wochen, da ging draußen die Tür.

Gleich darauf wurde leise und zögernd bei ihr angeklopft.

»Herein!«

Es war Thomas Rauch, der Förster von Daxenegg. Sie hatte ihn all die Zeit nicht mehr gesehen und nichts mehr von ihm gehört, nicht einmal an ihn gedacht über ihrer Arbeit und ihren Sorgen. Deshalb wusste sie nichts zu sagen, als er nun so plötzlich vor ihr stand.

Er merkte ihr Erschrecken und wurde verlegen. »Wenn ich geahnt hätte, dass mein Kommen dich so erschreckt ...«, sagte er. »Aber es ging nicht anders, ich habe für dich etwas abzugeben.«

Wie sie so unter dem Licht stand, erschien Lena ihm schön, stolz und abweisend. Nur nicht daran denken, dass er einmal die Liebe dieser herrlichen Frau besessen und dann leichtfertig verscherzt hatte! Vielleicht hätte sie ihm damals ja doch noch verziehen, wenn er sie darum gebeten hätte. Was hatte sie ihrem Mann alles zu verzeihen gehabt – und doch musste sie es getan haben, denn sonst stünde sie ja nicht mehr hier!

Aber er selbst war damals davongelaufen wie ein trotziger Knabe, anstatt sie um Verzeihung zu bitten. Dabei war alles seine eigene Schuld gewesen. Und außerdem hatte er doch schon damals gewusst, dass er sie nie vergessen konnte, dass er sie lieben musste bis an das Ende seines Lebens.

»Was hast du für mich abzugeben?«, fragte Lena, zog einen Stuhl unter dem Tisch hervor und lud ihn zum Sitzen ein.

»Ein Schreiben von meinem Dienstherrn, dem Forstrat von Seegen.« Damit zog er einen verschlossenen Brief aus seiner Joppentasche und reichte ihn ihr.

Sie wusste, das war die Antwort auf ihr Ansuchen. Der Brief brannte ihr fast schon in den Händen – es hing das Schicksal des Hauses, ja, ihr ganzes Leben davon ab. Aber sie bezwang sich und legte den Brief ungeöffnet auf den Tisch. Sie wollte nicht, dass er dabei war, wenn sie ihn öffnete. Wie hart sie um ihre Existenz rang, davon sollte er nichts merken.

»Es tut mir so Leid, Lena, dass es so kommen musste«, sagte Thomas. »Und dass gerade ich es sein musste, der deinen Mann ins Gefängnis gebracht hat!« Er schaute hinab auf seine Stiefel, an denen der Schnee taute und auf den Boden rann. Er wartete, dass sie etwas sagte, dass sie ihm half in seiner Verlegenheit.

Aber Lena schwieg.

»Du wirst dir sagen, man hätte bei gutem Willen alles doch noch anders lenken können. Aber ich sage dir, ich konnte gar nichts tun! Ich wusste schon lange, dass Martin in meinem Forst wildert. Ich habe ihn einmal angesprochen und verwarnt, aber er hat mich nur ausgelacht und alles abgestritten. Ich wollte ihn sogar dann noch so gut wie möglich aus der Sache heraushalten, als er bereits verhaftet war. Doch er hat ein umfassendes Geständnis abgelegt. Er sagte, er wolle reinen Tisch machen.«

Sie schwieg immer noch und sinnierte vor sich hin. – »Ich hab dir bereits gesagt, dass das, was du getan hast, deine Pflicht war als Förster von Daxenegg«, sagte sie endlich, ohne ihn anzusehen. »Wir wollen also nicht mehr darüber reden, Thomas!«

Es war das erste Mal, dass sie seinen Namen aussprach.

Das gab ihm das Gefühl, dass er ihr nun etwas näher gekommen war.

»Willst du nicht lesen, was der Forstrat geschrieben hat?«, fragte er. »Oder willst du nicht, dass ich dabeistehe? Wenn ich dir nun sage, dass ich über den Inhalt bereits Bescheid weiß? Dass es eine gute Nachricht ist?«

Sie schaute ihn an, griff dann nach dem Brief und öffnete den Umschlag.

In wenigen Zeilen teilte Herr von Seegen ihr mit, dass sie fürderhin ohne Bedenken jedes benötigte Quantum von Flachs für die Verarbeitung im Wachtelhof aus dem Daxenegger Forst holen könne. Er habe seinen Förster angewiesen, ihr dabei, wenn es irgend nötig sein sollte, mit seinen Leuten behilflich zu sein. Er versichere sie seiner ganz besonderen Hochachtung und wünsche ihr besten Erfolg.

Sie schaute von dem Brief auf und dem Jäger ins Gesicht.

»Du hast für mich gesprochen?«

»Nein.«

»Warum lügst du?«

»Ich lüge nicht.«

»Wie kommt Herr von Seegen dann dazu, so an mich zu schreiben?«

»Er hat wohl gesehen, wie gut du bist, wie tapfer, wie klug!«

Sie stand auf und machte ein unwilliges Gesicht. Thomas begriff, dass dieses Lob wohl zur falschen

Zeit und von der falschen Person gekommen war, um sie wirklich freuen zu können. Auch er erhob sich also und rüstete sich zum Gehen.

»Wenn der Winter nun kommt, wird es verdammt einsam sein um dich«, sagte er. »Wir sind ja praktisch Nachbarn. Darf ich dann und wann nach euch sehen, Lena?«

Sie schaute ihn eine Weile schweigend und forschend an.

»Wenn es nur deswegen ist, ja.«

Er nahm ihre Hand und wollte gehen.

Aber da kam gerade der Bub in die Stube. Er hatte ein rotes Gesicht und blies in die frierenden Hände.

»Der Förster!«, schrie er plötzlich freudig auf und rannte strahlend auf ihn zu. Thomas griff nach dem Jungen und hob ihn hinauf zur Decke. Das gefiel dem Jungen, und er lachte laut und hell auf.

Lena schaute ihnen voll Staunen zu. Wie kam der Bub dazu, diesen fremden Mann mit einem solchen Jubel zu begrüßen? Sie wusste zwar, dass sie sich im Wald schon oft begegnet waren, aber wie gut sie sich kannten, wurde ihr erst jetzt richtig klar. Seinen Vater hatte Peter nie mit solcher Freude begrüßt, stellte sie fest. Freilich, Martin war auch zu düster, zu hölzern gewesen.

»Wann kommt der Förster wieder?«, fragte der Peter, als sie dann später allein waren.

»Soll er denn wiederkommen?«

»Ja! Er muss oft zu uns kommen, Mutter! Der Wald ist jetzt zugeschneit. Wie soll ich ihn sonst treffen?«

Auch jetzt, nachdem der Gang der Wirtschaft wieder in Ordnung gebracht war, kam Franz dennoch weiterhin ein paar Mal in der Woche durch den Schnee zu ihnen, um ihr zu helfen, wo es notwendig war, und um ihr mit seinem Rat zur Seite zu stehen. Sie kannten keine Geheimnisse voreinander und sprachen sich offen über alle Dinge aus, die sich im Zusammenhang mit den Ereignissen um den Wachtelhof und seine Leute ergaben.

Nur eines verbarg Lena ihrem Bruder: dass zweimal in der Woche, sobald die Nacht gekommen und die letzte Arbeit getan war, der Förster Thomas Rauch zu ihr kam. Sie wusste zwar, dass er nichts dagegen einwenden würde, dass er sich sogar gefreut hätte. Trotzdem scheute sie sich aus irgendeinem unerklärlichen Gefühl heraus, davon zu ihm zu sprechen. Also sagte sie nichts.

Sie wusste immer genau die Stunde, wann Thomas kommen würde, und dann brachte sie die Stube und vielleicht auch sich selber in bessere Ordnung. Und wenn er einmal nicht kam, beschlich sie ein Gefühl der Unzufriedenheit, der Traurigkeit. Sie hörte gerne zu, wenn Peter vom Förster sprach und ihn als den besten Menschen pries, den er kannte.

Und eines Tages wurde es ihr zur Gewissheit, dass sie Thomas Rauch liebte. Vielleicht mehr noch als damals, bevor sie die Verbindung zu ihm gelöst hatte. Immer wieder ertappte sie sich bei einem Gedanken an ihn.

Lena erschrak darüber und wäre am liebsten vor sich selbst geflohen. Es kam ihr wie Betrug vor an allem, was ihr heilig war, als ob sie unter diesen Umständen genausogut den Wachtelhof hätte verkommen lassen können. Sie erinnerte sich an die misstrauischen Blicke, mit denen Martin sie verfolgt hatte, und in ihrer Scham und Verwirrung fragte sie sich nun sogar, ob er nicht doch damit im Recht gewesen sei, ihr nicht zu vertrauen.

Doch obwohl es ihr unrecht vorkam, konnte sie nicht verhindern, dass ihre Gedanken weiterhin ständig um Thomas kreisten.

Es war ein klarer, sonniger Frosttag. Der Wald schimmerte unter der flaumweichen, kristallenen Schneedecke. Ein Krähenschwarm flog schreiend hinab zum Dorf.

Lena ging hinüber ins Pfründhaus und öffnete dort die Fenster, damit die verlassenen Räume durchlüfteten. Sie hatte in dem Haus nie etwas angerührt, und so war noch alles genauso wie damals, als die Wachtlin von der Polizei abgeholt worden war: Am Kleiderschrank stand die Tür offen, auf dem Herd lag ein Blech mit Dörrobst, und auf dem Tisch in der Stube lag aufgeschlagen die große Hausbibel und daneben die Brille mit dem dünnen Drahtgestell.

Ja, so war sie, die Wachtlin: Eben war ihr Herz noch voll von bösen Regungen gewesen, gleich darauf las sie andachtsvoll die Bibel!

Es war eigentümlich und zum Erschrecken still im Haus. Sogar die alte Holzuhr an der Wand war stehen geblieben, und die beiden Gewichte lagen in halber Neigung am Boden. Es war eine bedrückende Stille, vor der Lena davonlaufen wollte, so rasch sie nur konnte, als könnte sich urplötzlich eine Stimme erheben, um sie laut anzuklagen: die Stimme des alten Wachtelhofers.

Damals auf dem Friedhof war es diese Stimme gewesen, die ihr den Mut zu einer schweren Entscheidung gegeben hatte. Heute aber fürchtete sie sich vor dieser Stimme. Sie wollte sie jetzt nicht hören, sie stand ihren heimlichen Wünschen entgegen und der einzigen Freude, die sie in ihrem einsamen Waldwinter hatte.

Deshalb kam plötzlich eine große Hast in sie. Rasch riss sie die Fenster auf und floh dann zurück in den Wachtelhof.

Als sie dort in die Stube kam, war Vater Fichtl da. Er saß auf einem Stuhl am Tisch und hatte Peter auf den Knien.

All die Zeit hatte er sich nicht mehr bei ihr sehen lassen, ohne dass sie einen stichhaltigen Grund hierfür zu finden vermochte. Sie freute sich sehr, dass er nun endlich zu ihr gekommen war.

»Du bist lange nicht mehr hier gewesen, Vater!«, sagte sie, nachdem sie sich begrüßt hatten. »Warum?«

»Franz war ja fast jeden Tag bei dir. Er konnte dir mehr nützen, fand ich. Daheim musste ja schließlich auch jemand sein.«

Sie schaute ihn zweifelnd an. Sie wusste, dass er der Gerichtsverhandlung gegen die Wachtelhofer beigewohnt hatte, und sie konnte sich nicht vorstellen, warum er nicht ein einziges Mal zu ihr gekommen war, um ihr den Verlauf zu schildern oder ihr wenigstens nur einiges Wichtige daraus zu sagen.

»Du siehst gut aus!«, sagte der Vater. »Frohmütiger, gefasster! Ich freue mich, Lena!«

Sie ließ seine Betrachtung ungerührt über sich ergehen.

Draußen zog der Anselm gerade den Schlitten vor das Haus. Richtig, sie hatte ja in aller Frühe angeordnet, dass er schwere Bohlen zur Abdeckung der Stallgrube aus der Schneidsäge hole. Kaum hatte der Bub die Absicht des Arbeiters erkannt, war er schon auf den Beinen.

»Ich will mitfahren, Mutter!«

Sie zog ihm eine Pelzmütze über die Ohren und dicke Fäustlinge über die Hände. Sie wusste, dass er auch bei größter Kälte nicht zu halten war, wenn er Anselm bei so einer Fahrt begleiten konnte. Es gab nichts, worüber er sich mehr freute.

Sie sah durch das Fenster zu, wie der Anselm das Kind in die Decke einschlug und auf den Schlitten setzte. Sie waren unzertrennliche Freunde geworden und konnten wohl nicht mehr ohne einander sein.

»Ich weiß, was du auszustehen hattest in den letzten Tagen und Wochen«, begann der Alte wieder vom Tisch her. »Ich weiß auch, wie trostlos die Dinge um die Wirtschaft gestanden haben. Franz hat mir alles erzählt. Es hat dich freilich viel Sorgen und Mühen gekostet, aber du hast es geschafft! Welche andere Frau wäre einer solchen Lage gewachsen gewesen? Ich bin sehr stolz auf dich, Lena!«

Sie sagte nichts und sah sich nicht einmal nach ihm um, weil sie gerade dem Schlitten mit Anselm und ihrem Peter nachschaute, der drüben in den verschneiten Wald bog.

»Warst du bei der ganzen Verhandlung zugegen, Vater?«, fragte sie unvermittelt.

»Fast«, sagte er befangen, weil er nicht wusste, was sie auf einmal zu dieser Frage bewog.

»Warum hast du mir nie etwas darüber erzählt?«

»Mein Gott, was gibt es da noch zu erzählen? Ist nicht genug schon gesprochen und geschrieben worden?«

Sie schwieg eine Weile, das Gesicht immer noch dem Fenster zugewandt.

»Ich habe das Gefühl, dass du mir etwas verschweigst, Vater.«

Er schaute erschrocken zu ihr hinüber und konnte nicht antworten vor Überraschung.

Sie wandte sich ihm langsam zu und schaute ihn fest an.

»Die Arbeit im Hause war nicht der einzige Grund, dass du dich so lange nicht mehr hast sehen lassen!«

»Aber Lena!«

»Jawohl! Du wolltest mir nicht sagen, welchen Eindruck die Verhandlung auf dich machte. Du hattest Angst vor meinen Fragen! Deshalb hast du mich nie besucht! Aber ich frage nichts, Vater. Du hast Recht, es ist nun genug gesprochen worden über den Wachtelhof! Und vielleicht auch gelogen! Ich kümmere mich nicht mehr darum!«

Er stand auf und kam näher.

»Lieber Gott, was redest du denn da? Das kommt davon, wenn man sich abschließt von der Welt! Soll ich dir sagen, wie die Leute heute von dir denken und reden? Welche Achtung sie vor dir haben? Welche Bewunderung für deinen Mut und deine Kraft? Was wäre leichter gewesen für dich, als alles hier im Stich zu lassen und deinem bisherigen Leben den Rücken zu kehren? Den Betrug, der an dir begangen wurde, einfach mit einer Trennung vom Wachtelhof zu quittieren? Alle Welt hätte dafür Verständnis gezeigt, wenn du dich losgesagt hättest von einem Mann, der ein verurteilter Verbrecher ist. Aber dass du es nicht getan hast, das macht dich noch größer. Glaube mir, du hörst heute keinen Menschen mehr über den Wachtelhof ein abfälliges Wort sagen. Deine Haltung hat die Leute stumm gemacht. Ich bin stolz auf dich, Lena!«

»Sei still, Vater! Ich will das nicht hören! Wenn ich zurückgekehrt bin in den Wachtelhof, dann nur deshalb, weil es augenblicklich keinen anderen Weg für mich gibt. Von einer Entscheidung ist keine Rede! Ich weiß noch nicht, was später werden soll.«

Er wusste nicht, was sie damit meinte. Aber er sah, mit welcher Kraft sie dem Schicksal entgegentrat, er bewunderte die Frische ihres Aussehens und ihre Haltung. Nein, Lena hatte ihre Lage gemeistert! Deshalb brauchte er sich nicht zu sorgen.

»Du hast das Rechte getan, Lena! Und du wirst es immer tun. Das liegt schon in deinem Wesen!«, sagte er und drückte fest ihre von der Arbeit hart und rau gewordene Hand.

Er ahnte nicht, was für eine Flut widersprüchlicher Gefühle er bei der jungen Frau mit seiner Rede ausgelöst hatte, als er sich bester Laune auf den Heimweg machte.

Lange stand sie am Fenster und schaute hinüber zum Wald, der von einer schimmernden Schneedecke eingehüllt in seinem winterlichen Schweigen lag. Und doch wusste sie, dass irgendwo im Dunkel des verschneiten Geästes Schritte über den Boden gingen, die Schritte des Försters. Sie wusste, dass er in der Einsamkeit dieser Tage mit den Gedanken bei ihr war.

Spät noch an diesem Tag kam der Briefträger. Von weiten, schweren Wegen im Schnee ermüdet, stapfte er ans Haus heran und steckte eine Karte in das Fenster, an das er zuvor kurz geklopft hatte, um die Bäuerin auf sich aufmerksam zu machen.

Lena holte sie herein und ging damit unter das Licht der Lampe. Es war eine kahle Postkarte ohne Bild. Sie erschrak, als sie begriff, dass es eine Nachricht aus dem Gefängnis war. Nur wenige Worte hatte ihr Mann geschrieben: »Ich denke Tag und Nacht an dich und an das, was ich dir angetan habe. Auch wenn du mir nicht verzeihen kannst, lass mich nicht zugrunde gehen! Martin!«

Sie schob Peter, der neugierig herangekommen war, beiseite und steckte die Karte in den Rahmen des Spiegels, der am Getäfel hing.

»Kommt der Vater?«, fragte der Bub.

Sie schaute ihn fast erschrocken an. Wie konnte er wissen, dass die Karte von seinem Vater war?

Hatte er aus einem sonderbaren Instinkt heraus gefühlt, was sie eben gelesen hatte?

»Nein«, sagte sie dann mit so gepresster Stimme, dass Peter ihr einen ängstlichen Blick zuwarf und keine weitere Frage mehr wagte. Er ging zurück in den Ofenwinkel und griff wieder nach seinem Spielzeug.

12

Wenn die Winterstürme am Haus rüttelten und durch das Dachgebälk polterten, war es unheimlich im Wachtelhof, besonders in den Nächten. An einem Abend, als der Schneesturm gar so wild ging und die Graupel an die Fensterscheiben warf, kam plötzlich der Peter zu seiner Mutter an den Tisch und setzte sich mäuschenstill neben sie.

Der alte Anselm war in der Ofenecke eingeschlafen und reagierte nicht auf das Toben des Wetters.

»Was ist denn mit dir auf einmal?«, fragte die Wachtelhoferin ihren Buben.

»Warum kommt der Vater nicht heim?«

Die Wachtelhoferin wurde stutzig. Die Frage stellte der Bub nun zum ersten Mal. Merkwürdig, dass er gerade jetzt an seinen Vater dachte! Fühlte er sich auf einmal nicht mehr sicher genug unter ihrem Schutz, wenn das Unwetter ums Haus so krachte und polterte? Wenn er seinem Vater auch nie recht nahe gekommen war, so war er doch für ihn der Inbegriff von Kraft und Stärke gewesen.

»Er wird noch lange nicht heimkommen«, antwortete sie ausweichend.

Doch Peter fragte weiter: »Wo ist er denn?«

»Weit fort«, sagte Lena. »Hast du Sehnsucht nach ihm?«

Peter antwortete nicht gleich. Mit großen Augen schaute er zum Fenster, an dem der Sturm rüttelte.

»Ich fürchte mich, Mutter!«, gestand er endlich.

Sie nahm ihn in ihre Arme und strich über sein Haar.

»Du wirst dich doch nicht vor dem Sturm draußen fürchten? Er tut uns nichts. Und der Anselm ist ja auch da!«

Der Peter schaute in die Ofenecke auf den schlafenden alten Mann, und an seiner zweifelnden Miene konnte man ablesen, dass er nicht sicher war, ob der Alte ihnen helfen konnte, wenn etwas Böses über sie käme.

Lena versuchte Peter zu überreden, wieder ins Bett zu gehen und die Decke über die Ohren zu ziehen. Aber er wollte nichts davon hören und bat sie flehentlich, noch eine Weile bei ihr bleiben zu dürfen.

Dann klopfte draußen plötzlich jemand an das Fenster. Es war Thomas, der Förster von Daxenegg. Peter sprang mit einem Freudenschrei auf ihn zu, als er zur Tür hereinkam, und hängte sich an seinen Arm. Thomas lachte, schüttelte den Schnee vom Gewand und wischte sich das Wasser aus dem Gesicht.

»Kaum durchzukommen! Aber so liebe ich den Winter: Schnee muss sein bis über die Knie, und Stürme müssen gehen! Es muss doch auch einen Sinn haben, wenn man nach einem warmen Ofen sucht!«

Nun wurde es ein bisschen lebendiger im kleinen Kreis. Der Bub fing an zu plaudern, und Lena lachte zu den Gesprächen, die der Jäger mit Peter führte. Sogar Anselm öffnete bisweilen die Augen und zwinkerte lustig zu ihnen herüber.

Eine Weile durfte Peter noch bei ihnen bleiben, dann aber musste er ins Bett. Diesmal gehorchte er. Nun hatte er plötzlich keine Angst mehr vor der Nacht und dem Sturm.

Auch der Arbeiter ging, als die gewohnte Stunde geschlagen hatte. Es gab nichts, was ihn aus dieser täglichen Ordnung hätte bringen können.

Thomas war das nicht recht. Er wusste, wie streng es Lena mit der Beachtung der gesellschaftlichen Regeln nahm. Wenn sie wegen seines Besuches auch keinen boshaften Klatsch zu fürchten hatte – denn wer hätte schon davon erzählen sollen? –, doch es gehörte sich ihrer Meinung nach einfach nicht, dass sie allein beisammen blieben.

»Es war schwer heute, durch den Wald zu kommen«, sagte er. »Die Schneewehen liegen zaunhoch. Deshalb habe ich mich so verspätet. Aber wenn du willst, gehe ich jetzt wieder!«

Sie schüttelte den Kopf.

»Du hast dich ja kaum richtig aufgewärmt. Und was ist schon dabei? Sind wir nicht beide alt und klug genug geworden, um uns nicht mehr an der Art und Form unseres Zusammenseins zu stoßen?«

Er schaute überrascht und erfreut auf, denn damit hatte er nicht gerechnet.

Sie holte die Nähkiste an den Tisch und fing an zu arbeiten, und er erzählte lustige Begebenheiten aus seinem Leben im Forst. Manchmal mussten sie beide darüber lachen.

Der Schneesturm dauerte immer noch an, und sie fragte sich, wie wohl der Mann in diesem Sturm noch den weiten Weg zum Forsthaus machen sollte. Aber er verriet durch keinerlei Anzeichen, dass er an einen baldigen Aufbruch dachte. Er plauderte, sah ihr zu beim Nähen und streckte die langen Beine von sich.

»Mein Gott, wie willst du eigentlich noch heimkommen?«, fragte sie dann endlich doch einmal.

Thomas winkte ab. »Es wird sich schon ein Weg finden lassen. Ich habe ja Zeit, denn es wartet niemand auf mich.«

Sie schaute unwillkürlich von ihrer Arbeit auf. Eine ganze Weile hingen ihre Blicke aneinander.

Nach langem Schweigen fing er dann plötzlich in einem ganz anderen Ton an zu sprechen: »Wenn ich dir heute sagen könnte, dass alles vergessen ist, was vor vielen Jahren zwischen uns beiden war, dann wäre es eine große und gemeine Lüge! Vielleicht ist es bei dir anders. Aber auch dann muss ich wenigstens für mich im Stillen bekennen – und ich würde es auch vor aller Welt tun –, dass ich dich immer noch genauso sehr liebe wie damals!«

Lena schwieg verstört. Warum musste er so zu ihr sprechen? Ihr war zumute, als habe er damit ihre zufriedene Behaglichkeit zerstört. Sie konnte und durfte ihm nicht sagen, dass auch sie ihn immer noch liebte. Er hätte nicht davon anfangen dürfen.

»Warum sagst du nichts?«, fragte er sehr leise. »Bist du mir nun böse, Lena?«

»Nein.«

Er spürte trotzdem, dass er in ihren Augen etwas falsch gemacht hatte. Deshalb schwieg er wieder. Sein Blick wanderte durch die Stube, entlang an dem dunklen Getäfel, und dann blieb er an der kahlen, kleinen Postkarte hängen, die dort hinter den Rahmen des Spiegels gesteckt war.

»Er hat dir geschrieben?«, fragte er plötzlich.

»Ja.«

Die Ernüchterung, die ihn überkam, ließ ihn zur Besinnung kommen. Er zog die Uhr aus der Tasche und warf einen Blick darauf.

»Er hat wohl geschrieben, dass er bereut? Dass du ihm verzeihen sollst – oder so ähnlich? Mein Gott, was will er auch sonst schreiben!«, sagte er. Dann stand er auf und schlug den Joppenkragen hoch. »Wenn ich dir abermals verspreche, mich niemals mehr von meinen Empfindungen überwältigen zu lassen? Darf ich dann wiederkommen?«, sagte er plötzlich beherrscht.

»Ich bitte dich sogar darum!«, sagte Lena leise und mit niedergeschlagenen Augen.

Sie begleitete ihn noch vor die Tür. »Komm gut heim, Thomas!«

Er drehte sich nach einigen Schritten noch einmal um und antwortete etwas, aber sie verstand ihn nicht, weil der Wind ihm das Wort vom Mund zu wehen schien. Er verschwand draußen im Schneetreiben.

In ihren Sorgen und im Durcheinander ihrer Gedanken hätte die Wachtelhoferin beinahe übersehen, dass Weihnachten herannahte. Es kamen strenge Fröste und die Fensterscheiben überzogen sich mit dicken Eisblumen. Am dunklen frühen Morgen klang die Adventglocke vom fernen Dorf herauf. Aber Lena hörte sie nicht, weil sie nicht darauf Acht gab.

Erst als Anselm eine junge, stramm gewachsene Fichte aus dem Wald durch den Schnee schleifte, wurde sie an das nahe Fest erinnert. Wenn sie auch selbst keine Freudenstimmung zu finden wusste, zu ihrem Kind und auch zu Anselm musste das Christkind natürlich schon kommen. Es gab also viel zu tun, um alles noch rechtzeitig vorzubereiten.

An den Abenden baute der Anselm aus Holz und Moos die Krippe in die düstere Stubenecke. Peter durfte ihm dabei helfen, und er zeigte viel Geschick dabei.

Das heimliche, vorbereitende Tun war doch ein Stück heimatliches Glück, vor dem auch Lenas Herz sich nicht verschließen konnte.

Es kam dann sogar bald dazu, dass die Wachtelhoferin zu den beiden Krippenbauern trat, ihr Werk bewunderte und ihnen beim Aufstellen der Figuren und Kerzen half. Sie half auch mit, den Tannenbaum in der Stube aufzurichten und mit Kugeln zu behängen.

So kam der Weihnachtsabend.

Ehe es Nacht wurde, war ihr Bruder noch da gewesen und hatte mehrere Päckchen mit Geschenken für Peter gebracht. Er blieb aber nicht lange, denn auch er wollte an diesem Abend daheim sein, wo er hingehörte.

Ja, und so war Lena eben dort, wo sie hingehörte: Auf dem Wachtelhof! Doch sie fühlte sich einsam.

Anselm hatte sich gewaschen und seine Sonntagshose angezogen, als er in die Stube kam. Es gab ein besseres Essen heute, und überall, wohin man sah, die Decken über dem Tisch und der Kommode, der Teppich auf dem Boden, überall war Ordnung und festliche Sauberkeit.

Und als sie die Kerzen am Baum und in der Krippe anzündeten, strahlte die Stube in einem wunderbaren Licht.

Sie standen alle drei vor der Krippe.

Anselm faltete die Hände, und der kleine Peter machte es ihm nach. Sein Gesicht war gleichzeitig voll feierlichem Ernst und glückseligem Staunen.

»Liebes Christkind, komm auch zu uns!«, betete der Anselm mit leiser, bewegter Stimme. »Geh nicht vorbei am einsamen Wachtelhof und an den Menschen im kalten Winterwald!«

»Amen!«, sagte die Lena und wischte die Tränen aus den Augen.

Dann griff sie nach den Dingen, die sie für den Peter und für den Arbeiter bereitgelegt hatte, und machte beiden damit eine große Freude. Doch als die Kerzen gelöscht waren, war wieder die alte Düsterkeit um sie.

Bis auf einmal Thomas Rauch ans Fenster klopfte.

»Es war mir doch ein bisschen zu einsam heute daheim«, sagte er. »Ich hab es nicht einmal zu einem Christbaum gebracht, vielleicht weil ich das ganze Jahr lang von lauter Bäumen umgeben bin! Hoffentlich störe ich euer Fest nicht?«

»Nein!«, sagte Lena und machte keinen Hehl aus ihrer Freude über seinen Besuch.

Der Förster hatte ein paar Flaschen Wein mitgebracht, die sie gemeinsam trinken wollten, und natürlich auch ein Geschenk für Peter. Es wurde ein netter, fröhlicher Abend.

Dann aber legte der Anselm sich ins Bett, weil er noch ein paar Stunden schlafen wollte, ehe er zur Mette ging. Auch Peter wurde zu Bett gebracht, wenn er auch protestierte, weil er sich noch nicht von den vielen, neuen Spielsachen trennen wollte.

Nun waren Thomas und Lena wieder allein.

»Willst du, dass ich gehe?«, fragte er.

Nein, das wollte sie nicht. Warum sollten sie nicht zusammen noch ein Weilchen Weihnachten feiern? Thomas freute sich sichtlich.

»An solchen Tagen ist man einfach nicht gern allein«, meinte er. »Am liebsten ist man da, wo Kinder sind. Vielleicht, weil man Sehnsucht hat nach seiner eigenen verlorenen Kindheit.«

Lena antwortete nicht, aber sie hörte ihm gerne zu, wenn er so plauderte. Er sprach heute so ruhig, so unbeschwert, so ausgeglichen.

»Du redest heute so wenig, Lena«, sagte er plötzlich bekümmert. »Dich quält etwas! Warum willst du dich mir nicht anvertrauen? Gibt es einen Menschen, der es besser meint mit dir?«

»Ach Gott«, sagte sie ausweichend. »Ich habe eben meine Sorgen mit all der Arbeit hier.«

Er glaubte ihr nicht.

»Überhaupt hast du dich in letzter Zeit sehr verändert. Du bist so rastlos, so unruhig. Was ist los mit dir? Ich merke doch, dass etwas nicht stimmt!«

»Thomas! Bitte, lass das!«

Er schwieg.

Aus der Wanduhr ertönte der Kuckuck. Elfmal schrie er laut in die Stille.

»Die Nacht ist heute klar und schön«, begann er wieder. »Eigentlich müsste man eine Menge Glocken ringsum hören, wenn sie zur Mette läuten.«

Lena warf ein warmes Tuch über die Schultern. Dann gingen sie hinaus.

Hinter dem Wald stieg der Mond auf. Weiß und flimmernd lag die Welt vor ihnen, nur einzelne dunkle Spuren führten hinüber zum Gehölz. Von allen Seiten hörte man das Geläute der Mettenglocken.

Stumm und ergriffen lauschten die beiden Menschen in die Nacht.

»Glaubst du an Gott, Thomas?«, fragte Lena plötzlich leise.

Diese Frage kam unerwartet, und er erschrak fast darüber. »Ja, Lena. Ich bin kein Frömmler und gehe selten in die Kirche. Aber mein Wald sagt es mir jeden Tag immer wieder, dass es einen Gott gibt.«

Sie schwieg wieder und lauschte auf das ferne Geläut.

»Glaubst du auch, dass er zu uns Menschen in die Welt gekommen ist?«

Warum fragte sie heute nur so seltsam?

»Es muss wohl so sein. Man kann sich nicht vorstellen, was sonst aus der Welt geworden wäre.«

Jetzt fragte sie nichts mehr.

»Es gibt so viel Unglück in der Welt, an dem die Menschen selbst schuld sind, Lena«, begann er wieder mit spürbarem Nachdruck. »Man muss schon auch ein bisschen selbst etwas dafür tun, um glücklich zu werden!«

Durch ihren Körper ging ein Frösteln. »Wen meinst du da?«

»All jene, die das Glück nicht wollten oder nicht achteten. Auch dich und mich!«

Sie ging der Tür zu. Die Glocken hinter den Wäldern verstummten nach und nach.

Er folgte ihr. »Lena!«

Sie schaute ihn an.

»Hab ich Recht?«, drang er in sie.

Sie zuckte die Schultern. »Kann man's ändern?«

»Ja, man kann es ändern!«

Sie führte ihn in die Stube zurück. Dann weckte sie Anselm, damit er sich zum Kirchgang fertig machen konnte. Sie schauten ihm nach, als er mit seinen langen Beinen in den schweren Rohrstiefeln durch den Schnee davonstapfte.

Dann machte Lena noch ein warmes Getränk für ihren Gast, damit er nicht fror auf seinem langen Weg zurück ins Forsthaus. Als er sich zum Gehen bereit machte, läutete es vom Dorf drunten gerade den Schluss der Mette.

Thomas merkte, als er sich von Lena verabschiedete, dass sie ihm noch etwas sagen wollte, aber nicht den Mut dazu fand. Er sah sie bittend an.

»Lena, du musst wissen, dass ich auf dich warten werde. Ich warte, wenn es sein muss, bis an mein Ende! Das schwöre ich dir!«

Nun konnte sie sich nicht mehr halten.

»Thomas!«

Er merkte, dass sie wankte, und hielt sie erschrocken fest.

»Ja, du sollst es wissen, nur du ganz allein, dass ich dich – liebe!«

Kaum hörbar sagte sie es, und ihm war, als öffne sich über ihm der Himmel. Sie wandte sich hastig um zur Tür und wünschte ihm eine gute Nacht, ohne ihn noch einmal anzusehen.

Dann ging er.

Aber es verging der Winter, ohne dass es zur eigentlichen Entscheidung kam. Die Frühlingsstürme waren gekommen und hatten die Last von Schnee und Eis von den Kronen der Bäume geschüttelt. Noch waren die Gründe rings um den Wachtelhof öde und grau, da stand eines Tages drüben im Pfründhaus die Tür offen. Lena war darüber bis in die Seele hinein erschrocken. Sie wusste, was das bedeutete. Das halbe Jahr war vergangen: Die Wachtlin war aus dem Gefängnis heimgekehrt.

Nun war es auf einmal vorbei mit den stillen, friedsamen Tagen. Die Wachtelhoferin hatte Angst vor dem ersten Zusammentreffen. Das steigerte sich so weit, dass sie es endlich einfach nicht mehr aushielt, plötzlich zum Pfründhaus hinüberlief und an das Fenster klopfte. Sie wollte diese erste Begegnung hinter sich haben.

Die Wachtlin öffnete die Tür. Ihr Gesicht hatte sich in nichts verändert. Es zeigte die alte unverwüstliche Gesundheit, sie sah um keinen Tag älter aus, als Lena sie zuletzt gesehen hatte, und Spuren dessen, was sie in den letzten Monaten erlebt hatte, konnte man darin nicht feststellen.

Lena wollte etwas sagen. Sie hatte sich auch ein paar Worte hierfür zurechtgelegt. Aber im Augenblick der Begegnung war ihr plötzlich alles wieder entfallen.

»Ja, ich bin da«, sagte die Alte und wich ihrem Blick aus. Und als die Junge immer noch schwieg, wurde sie plötzlich unruhig. In ihr Gesicht kam ein bitterer Zug.

»Ist es denn gar so schlimm, wenn man einmal für sein Kind etwas getan hat, was nicht recht war? Du bist auch Mutter, also solltest du es verstehen. Ohnehin lässt sich nichts mehr daran ändern!«

Und nach einer Weile tiefen Schweigens: »Ich weiß, dass die Leute reden.«

Lena richtete sich jetzt endlich auf.

»Es geht nicht darum, was die Leute denken und reden, sondern es geht um uns hier im Wachtelhof!«

Lena wunderte sich selbst über den festen und harten Ton ihrer Stimme.

»Es wird doch in Gottes Namen wieder weitergehen«, sagte die Alte.

»Und wie denkst du, dass es weitergeht?«

»Halt so wie früher.«

Nun richtete sich die Wachtelhoferin abermals auf und rief empört:

»Nein! Was weißt denn du schon davon, wie viel Mühe und Opfer es mich gekostet hat, um den Hof zu retten, der durch eure Schuld so heruntergekommen war, dass beinahe all meine Anstrengung vergeblich gewesen wäre? Dafür verlange ich nichts, aber meine Ruhe will ich in Zukunft, meinen Frieden!«

»Willst du damit sagen, dass ich drüben nichts mehr zu suchen habe?«

»Ja. Der Wachtelhof gehört mir. Ohne mich wären heute fremde Leute hier.«

Die Alte biss sich in die Lippen. Es kostete sie viel Mühe, dazu zu schweigen.

»Es wird dir in nichts etwas abgehen. Aber wir bleiben getrennt!«

Sie hatte gar nicht die Absicht gehabt, so hart zu der Heimgekehrten zu sprechen. Aber es war plötzlich so über sie gekommen, als sie das Gesicht der Alten gesehen hatte. Sie glaubte, sich zur Wehr setzen zu müssen, ehe das alte, böse Spiel von neuem begann.

Ihre Worte verfehlten ihre Wirkung nicht. Die Wachtlin betrat den Wachtelhof nie. Oft sahen sie einander wochenlang nicht. Die Wachtelhoferin trug jeden Morgen die Milch und alle anderen Dinge, die man zum täglichen Leben braucht, hinüber und stellte sie auf die Schwelle der Tür. Fehlte ihr einmal die Zeit dazu, dann besorgte das der Anselm.

Und dabei blieb es.

So verging der Frühling und der Sommer. Peter musste jetzt jeden Tag zum Dorf hinab zur Schule gehen. Die ersten Tage war die Lena mit ihm ein Stück durch den Wald gegangen, damit er den Weg fände. Und Anselm ging ihm jeweils am Abend ein Stück entgegen.

So wäre nun alles seinen schönen und friedlichen Gang gelaufen, wenn Lena nicht das offene Fenster am Pfründhaus gestört hätte. Sie glaubte es förmlich zu spüren, dass ein Paar böse Augen ständig auf der Lauer waren, denen nichts entging, die jeden Menschen sahen, der im Wachtelhof aus- und einging, auch den Förster, der manchmal am Abend zu kurzem Besuch kam.

Wenn sich daraus auch nichts ergab, sie fühlte sich durch die Nachbarschaft gestört.

Als die Ernte schon unter Dach war und die Tage anfingen, wieder kürzer zu werden, geschah es, dass die Wachtlin an einem Abend das erste Mal die dämmrige Stube des Wachtelhofes betrat.

Lena war zusammen mit Anselm drüben im Stall, und Peter saß auf der Bank unter dem Fenster und plagte sich gerade mit seiner Hausaufgabe, als die Alte plötzlich vor ihm stand. Er hatte sie nicht kommen gehört.

Der Bub schaute erschrocken von seinen Schulheften auf. Die Wachtlin war ihm immer unheimlich gewesen. Dass niemand sie leiden konnte und weder seine Mutter noch Anselm mit ihr etwas zu tun haben wollten, hatte auch ihn dazu gebracht, es den anderen gleichzutun. Seit er im Dorf einmal aufgeschnappt hatte, die Alte sei im Gefängnis gewesen, ging er ihr noch sorgfältiger als zuvor aus dem Weg.

»Mutter!«, schrie er.

»Pst!«, machte die Alte. »Was bist du für ein dummer Bub! Ich tu dir doch nichts!«

Sie kam näher.

Der Peter saß starr und vermochte nicht mehr zu rufen. Sie schaute auf das Schulheft, das aufgeschlagen vor ihm lag.

»Wie schön du schon schreiben kannst! Bist ein kluger Bub!«, lobte sie ihn. »Du brauchst vor mir doch keine Angst zu haben, und du sollst auch nicht alles glauben, was die Leute reden und über mich schimpfen! Wenn du später einmal etwas tust, wofür man dich schwer bestrafen möchte, und deine Mutter würde dich vor den Verfolgern verstecken und verleugnen, wäre sie deshalb schlecht? Schau, das hab auch ich getan, und deshalb bin auch ich bestraft worden.«

Der Knabe schaute sie starr an und versuchte, sich auf ihre Worte einen Reim zu machen.

»Warum kommst du nicht einfach einmal zu mir ins Pfründhaus?«, fuhr die Alte leise fort. »Ich würde mich freuen, wenn du mich besuchen würdest! Man hat dir gesagt, dass ich aus dem Gefängnis komme, deshalb fürchtest du dich vor mir! Ja, wenn man eine Schuld gebüßt hat, dann möchte man Vergebung! Aber die Menschen vergeben nicht!«

Sie fuhr mit dem Handrücken über die Augen und wischte die Tränen weg.

Der Peter staunte. So hatte er die Großmutter noch nie gesehen. Auf einmal bekam er Mitleid mit ihr.

»Schon lange wollte ich einmal mit dir reden, aber du läufst mir immer davon! Darum bin ich heute heimlich ins Haus gekommen. Wirst du deiner Mutter sagen, dass ich da war?«

Der Bub schüttelte den Kopf, aber man konnte nicht sagen, ob es aus freiem Willen oder unter dem Zwang der Einschüchterung geschah.

»Und mach deine Aufgabe schön weiter, und immer fleißig lernen!«

Sie strich mit ihrer Hand über seinen Scheitel, und wie sie gekommen war, verließ sie wieder die Stube.

Peter hielt sein Wort: Die Wachtelhoferin erfuhr nie etwas von dem Besuch der Alten. Sie wunderte sich nur, dass der Knabe sich eines Tages ganz freiwillig dazu erbot, den Austrag ins Pfründhaus zu bringen. Er machte es dann genau so, wie die Mutter es bis heute gehalten hatte: Er stellte die Dinge vor die Tür und klopfte ans Fenster. Er hatte plötzlich keine Angst mehr vor der Großmutter.

13

Anselm wusste längst schon, dass die Wachtelhoferin den Förster von Daxenegg liebte. Er erkannte es an der Unrast, mit der sie ihn zu den Abenden erwartete, an ihrem stundenlangen, gedankenverlorenen Schweigen. Er sah, dass sie litt, und er litt mit ihr.

Aber in einer Nacht geschah etwas, das endlich in dieses unschlüssige, friedlose Zuwarten eine Entscheidung zu bringen schien. Sie hatte am Abend auf Thomas gewartet, denn es war ein Tag, an dem er gewöhnlich kam. Aber vielleicht war ihm der Weg zu schlecht gewesen, oder er war dienstlich daran gehindert worden. Er kam an diesem Abend jedenfalls nicht.

Lena war noch eine Weile allein aufgeblieben und hörte dann plötzlich etwas am Fenster. Sie ging hinaus und sah die Wachtlin vom Haus weggehen.

»Du?«, rief sie. »Was willst du?«

Die Alte hielt an. Sie war verlegen.

»Du horchst an meinem Fenster?«, entrüstete sich Lena.

Die Alte schwieg.

Wie oft mochte sie das wohl schon getan haben, seit sie wieder da war!

»Dich kümmert es wohl, was der Förster von Daxenegg im Wachtelhof zu tun hat?«

»Nein«, antwortete die Wachtlin endlich. »Wenn es sich auch nicht gehört für eine junge Frau, dass sie an den Abenden einen fremden Mann bei sich hat!«

Lena war sprachlos über diese Anschuldigung.

»Einen fremden Mann?« Das Blut stieg ihr in den Kopf. »Der Förster von Daxenegg ist mir nicht fremd, das dürftest du wissen! Und ob es sich gehört? Gehört es sich etwa, dass man eine Frau mit ihrem Kind in Not und Schande bringt? Nur weil man wildern, rauben und morden muss?«

Mit Gewalt brach sich der Zorn über die Ungerechtigkeit ihres Schicksals die Bahn. Konnte man denn wirklich so selbstgerecht sein, ihr die Besuche des Försters vorzuwerfen? Nun gut, dann wollte sie Schluss machen mit diesem unseligen Teil ihres Lebens. Sie wollte frei sein!

»Es gehört sich nicht? Gut!«, sagte sie mit veränderter und furchtbar ruhiger Stimme. »Ich werde es ändern. Ich werde dir den Gefallen tun!«

Die Wachtlin begriff nicht, was sie damit meinte. Aber sie ahnte, dass Lena einen schwerwiegenden Entschluss gefasst hatte.

Der Glücklichste von allen war wohl der Forstmann Thomas Rauch. Sie besprachen gemeinsam die Schritte, die getan werden mussten, um ihre Ehe mit dem Wachtelhofer zu lösen. Sie dachten an die Stellung ihres Kindes in der neuen häuslichen Gemeinschaft und dass sie fortziehen wollten aus dem Tal, ehe sie heirateten, irgendwohin in die Fremde, wo niemand sie kannte, wo nichts war, an dem die Erinnerung aufleben konnte.

Sie wollten endlich glücklich sein.

Von jetzt ab blieb Thomas dem Wachtelhof fern. Er hatte viel zu viel Achtung vor der geliebten Frau, um sie durch weitere Besuche in ein Gerede zu bringen. Man musste nun eben warten, bis alle Hindernisse aus dem Weg geräumt waren, bis es ihm glückte, eine neue Försterstelle irgendwo in der Fremde zu finden.

Es geschah also zunächst gar nichts.

Da kam eines Tages ihr Bruder. Die Wachtelhoferin war gerade in der Tenne und half dem Anselm beim Dreschen. Franz holte sie in die Stube, beglückwünschte sie zu ihrem Entschluss und erbot sich, ihr bei allem behilflich zu sein.

»Wenn du willst, bin ich morgen schon auf den Beinen, um dir die Freiheit zu verschaffen!«, sagte er freudig.

»Hat er es dir selbst gesagt?«

»Ja. Warum sollte er nicht?«

Sie schwieg eine Weile nachdenklich.

»Ja, es ist wahr«, begann sie dann leise. »Ich liebe den Thomas, und ich bin entschlossen, ihm zu folgen. Dass ich bis heute noch nichts dafür unternommen habe, liegt daran, dass ich nicht weiß, wie das Kind dazu stehen wird. So klein der Peter noch ist, so hat er doch ein Recht darauf, dass Rücksicht auf ihn genommen wird!«

»Warum hast du ihn bislang nicht gefragt?«

»Weil mir der Mut fehlte.«

Die Wachtelhoferin brachte zusammen mit Anselm die Sommersaat in die Erde. Nichts in ihrem Tun und nichts in der Stille und Verlassenheit des Wachtelhofes verriet, dass ein Aufbruch vorbereitet wurde.

Lena wartete darauf, dass ihr Vater sie einmal besuchte. Ehe sie etwas unternahm, musste sie auch mit ihm sprechen. Doch er kam nicht. Den ganzen Winter hatte er sich nicht einmal bei ihr sehen lassen. Billigte er ihren Entschluss nicht? Es war unmöglich, dass er nicht schon längst davon erfahren hatte.

Thomas zeigte die Geduld eines Engels. Er wartete darauf, dass sie von alleine die Auflösung ihrer Ehe betrieb und nahm Rücksicht darauf, wie schwer ihr dieser Schritt trotz allem fiel, weil sie ihr Ehegelübde als heilig empfand und dessen Auflösung wie einen Verrat. Unter keinen Umständen wollte er, dass sie dies tat, weil er sie dazu gedrängt hatte. Ganz aus ihrem freiem Willen sollte es geschehen. Erst wenn dies erledigt war, konnten sie zusammen glücklich werden.

Und dann kam eines Tages vom Wald herauf ein Mann. Die Wachtelhoferin glaubte nicht recht zu sehen, als sie in ihm den Bürgermeister erkannte. Er zeigte auch keine Eile, blieb sogar stehen und schaute auf die beiden Häuser, als wäre ihm etwas an der Einschätzung des Objektes gelegen. Vielleicht hatte er erwartet, den Wachtelhof in viel schlechterem, heruntergekommenem Zustand anzutreffen. Was mochten die Leute auch alles geredet haben!

Dann ging er am Pfründhaus vorbei und kam tatsächlich auf ihr Haus zu. Lena spürte, wie alles in ihr in Unruhe geriet. Was konnte geschehen sein, dass dieser Mann zu ihr kam?

Ihre Stimme zitterte, als sie ihn auf sein Klopfen an der Tür zum Eintritt aufforderte.

Der Mann war eine kräftige, robuste Bauerngestalt mit einem klugen Gesicht. Seines Ansehens bewusst, stand er aufrecht vor ihr und sagte einen kurzen Gruß.

»Ich hab eine Mitteilung an dich, Wachtelhoferin«, begann er sogleich. »Eine amtliche Mitteilung, die ich für so wichtig hielt, dass ich sie dir gleich selbst überbringen wollte.«

Lena erschrak.

»Was ist geschehen?«

Der Mann zögerte und schaute sie aufmerksam an. »Nichts Schlimmes. Martin ist frei!«, antwortete er langsam und betont.

Sie sagte nichts, rührte sich nicht.

»Seine Führung war so gut, dass ihm ein Teil seiner Strafe erlassen wurde«, sagte der Mann und fuhr in seine Jackentasche, aus der er ein mit amtlichen Siegeln behaftetes Schreiben holte.

Sie sah ihm stumm zu, wie er den Brief entfaltete und ihr entgegenhielt. Mit zitternder Hand griff sie danach. Sie wollte ihn lesen und tat auch so, als ob sie ihn gelesen hätte, aber die Buchstaben tanzten vor ihren Augen. Die Tatsache, dass ihr Mann frei war und jeden Augenblick zur Tür hereinkommen konnte, verursachte ihr ein lähmendes Schwindelgefühl.

»Es ist klar, dass er wieder als Mitglied unserer Gemeinde aufgenommen wird und dass von zuständiger Seite alles getan wird, damit Gras über das Gewesene und Geschehene wächst«, sagte ihr Besucher jetzt.

Lena gab ihm das Schreiben zurück, ohne ein Wort zu sagen. Ihr Gesicht war bleich. Sie schaute über den Mann hinweg zum Fenster.

»Ich weiß nicht, ob ich mit meiner Mitteilung Freude oder Schrecken ins Haus bringe, aber das eine weiß ich, dass es im Wachtelhof nicht am Rechten fehlen wird, wenn Martin heimkommt. Er hat eine Frau, die ihn stützen wird, die ihm vergeben wird, die nicht sein Straucheln, sondern die Möglichkeit zu einem neuen friedlichen Zusammenfinden vor Augen hat!«

Damit beschloss der Mann seine Mission, grüßte sehr ehrerbietig und ging.

Tage vergingen. Auch drunten im Dorf, die Leute, der Vater, der Franz, alle mussten es schon längst wissen, dass der Wachtelhofer frei war. Lena wartete, dass jemand zu ihr käme, um ihr einen guten Rat zu geben, um ihr zu helfen. Aber niemand kam. Sie blieb in der Gesellschaft des Kindes und des alten Anselm. Und an den beiden gingen diese Dinge vorbei.

Als an einem Abend mitten aus seinem Spiel heraus der Peter seine Mutter fragte, warum denn der Förster von Daxenegg nicht mehr zu ihnen käme, fasste sie sich endlich ein Herz. Sie zog den Buben an sich heran und drückte ihn fest an sich.

»Komm, ich will dir sagen, warum der Förster in letzter Zeit nicht mehr in den Wachtelhof kommen will. Du bist ein großer Bub und wirst mich verstehen. Was würdest du sagen, wenn wir mit dem Förster ganz zusammengingen? Wenn er dir so viel wäre wie ein Vater? Wenn du mit ihm durch den Wald gehen könntest, ihm helfen dürftest, das Raubwild zu schießen?«

»O ja, Mutter!«, rief der Knabe und klatschte vor Freude in die Hände. »Fein! – Wann kommt der Förster?«

»Er wartet nur, bis wir ihn rufen.«

»Warum tust du's nicht?«

»Weil wir dann den Wachtelhof verlassen müssen, Peter.«

Die Freude im Gesicht des Jungen erlosch schlagartig.

»Wir müssen vom Wachtelhof fortgehen, Mutter? Nein, das dürfen wir nicht tun! Was soll aus dem Ochsen werden, aus den Kühen, aus dem Anselm? Was soll aus dem Vater werden, wenn er heimkommt?«

Ihm liefen plötzlich die Tränen über das Gesicht, wie Lena betroffen feststellte.

»Sag doch etwas, Mutter! Sag, dass es nicht wahr ist, dass wir vom Wachtelhof fortgehen!«

Sie versuchte zu lächeln.

»Nein, Peter, wir gehen nicht von hier fort!«

14

Die Entscheidung war damit gefallen, und nun wurde es ruhiger um das Herz der Wachtelhoferin. Bislang hatte sie sich gefürchtet vor der Heimkehr ihres Mannes. Jetzt war das auf einmal anders. Sie wartete auf ihn. Aber er kam nicht. Er hatte den Heimweg noch nicht gefunden.

Freilich, wie sollte sie es Thomas sagen?

Es war ein schöner Sonntagmorgen. Über dem Wald lag die Sonne, und Dunst nach einer taufeuchten Frühlingsnacht kroch über die Erde.

Anselm hatte sich eben mit Peter auf den Weg zur Kirche gemacht. Hell und freundlich klangen die Glocken vom Dorf herauf.

Lena hatte das Fenster geöffnet. Sie wollte teilhaben an dem Frieden draußen, an der Stille, an der Weihe. Sie stieg auf einen Stuhl und goss die Efeustöcke im Herrgottswinkel.

Da ging auf einmal die Tür auf, und Thomas Rauch stand in der Stube.

»Jetzt kann ich dir endlich die gute Nachricht bringen, Lena!«, rief er. »Ich hoffe, du hast nicht an meiner Wahrhaftigkeit gezweifelt. Es hat ein bisschen lang gedauert.«

In seiner Freude bemerkte er nicht, dass nach einem anfänglichen Erschrecken ein geradezu hilfloser Zug in ihr Gesicht getreten war. Doch sie sagte noch nichts, sondern lud ihn ein, sich zu setzen.

»Inzwischen war ich auch bei deinem Vater. Das wirst du ja wissen«, sagte er.

»Ja, ich weiß es.«

»Er hat nichts gegen unsere Abmachung. Weißt du das auch?«

»Nein. Ich habe darauf gewartet, dass er kommt und mit mir darüber redet, aber das ist nicht geschehen. Warum kommt er nicht?«

Er zuckte die Schultern. Das wusste er nicht.

Nun fiel ihm doch etwas auf an ihrem Gesicht. Wo war denn da die Freude, die Erwartung, das Glück? Er schaute sie eine Weile aufmerksam an.

»Was ist denn mit dir?«

»Weißt du, dass der Martin frei ist?«

»Ja. Aber kümmert uns das noch?«

»Mein Gott, Thomas, was weißt du denn von meinen inneren Kämpfen! Du gehst durch deinen Wald, hast über dir den Himmel, die Sonne, die Wolken. Woher soll da ein trüber Gedanke kommen? Ich dagegen habe nur die Düsterkeit dieses Hauses. Bitte, versteh mich doch!«

Er fiel aus allen Wolken.

»Was redest du denn da? Das soll doch wohl nicht heißen, dass dein Sinn sich geändert hat?«

Sie schaute ihn offen und gerade an. »Und doch ist es so, Thomas: Ich habe mich entschlossen, im Wachtelhof zu bleiben!«

Er sprang erschrocken auf.

»Lena!«

»Bitte, versteh mich doch!«, bat sie.

»Nein, das versteh ich nicht!«, schrie er. »Am nächsten Ersten erfolgt meine Versetzung nach Waldzell. Du sollst mir dorthin als meine Frau folgen. So war es doch abgemacht!«

»Thomas!«

»Wir wollten endlich zusammen sein, irgendwo weit fort von hier, und alles vergessen, was wir hier zurücklassen! Und jetzt? Dann ist es also doch nicht wahr, dass du mich liebst!«

»Gott soll mein Zeuge dafür sein, dass ich dir nie eine Lüge erzählt habe!«, erwiderte sie fest.

Er schaute sie an, zornig, verletzt und enttäuscht.

»Und trotzdem willst du mich wegschicken?«

Er war ans Fenster getreten, schaute hinüber zum Forst und hatte das Gefühl, irgendetwas tun zu müssen, um Ruhe in sein Blut zu bringen.

Lena begann nun zu reden, zuerst leise, wie aus weiter Ferne, dann immer lauter, erregter, verzweifelter.

Sie sprach von ihren Gewissenszweifeln und inneren Kämpfen, die sie in den letzten Wochen durchgestanden hatte, der Unsicherheit, was richtig und falsch war. Und davon, wie letzten Endes der Wunsch ihres Kindes den Ausschlag gegeben hatte. Hatte sie denn ein Recht, ihrem kleinen Sohn die Heimat zu nehmen, an der er so hing?

»Ich bitte dich, Thomas, wenn du mich nur noch ein wenig liebst, dann verzeihe mir, dass ich dir nicht folgen kann! Hilf mir!«

Er wandte sich nach ihr um.

»Was kann ich da noch helfen?«

»Du sollst mich verstehen, du sollst stark bleiben, du sollst dort, wo du jetzt hinkommst, versuchen, glücklich zu sein!«

Sie war aufgestanden. Und in diesem Augenblick sah er in ihr nicht mehr die Frau, die er liebte, die er begehrte, die ihm folgen und sein Leben teilen sollte, sondern er sah in ihr die Wachtelhoferin, die ihre Pflicht tun würde, wie sehr es sie auch schmerzte. Seine Stimme versagte ihm, als er ihr die Hand reichte und sie um Verzeihung bat für seine Heftigkeit.

»Meine Liebe zu dir wird nie vergehen, Lena, solange mein Herz schlägt. Ich werde an dich denken, solange ich lebe. Lass mich in dem Bewusstsein von dir gehen, dass du immer gut von mir denken wirst, und dass wir doch irgendwie ewig zusammengehören, auch wenn wir uns nicht mehr sehen sollten!«

Sie konnte nur nicken. Wie durch einen Schleier sah sie ihn der Tür zugehen, nach der Klinke tasten und, ohne sich noch einmal umzusehen, eilig das Haus verlassen.

Ein paar Wochen später, als sie das letzte Blatt des Monats vom Kalender riss, wusste sie, dass nun alles vorbei war. Thomas hatte seine neue Försterstelle in Waldzell angetreten, einem Ort, von dem sie nicht einmal wusste, wo er lag. Sie würde ihn niemals im Leben mehr sehen.

Der Sommer stand vor der Tür. Anselm dengelte vor dem offenen Tor des Schuppens die Sensen. Im Wald war das Echo der Schläge weit zu hören. Der

Wachtelhof war von einem wundersamen Frieden umgeben.

An einem dieser vorbereitenden Tage auf den ersten Schnitt auf der Wiese kam endlich Vater Fichtl aus dem Wald auf das Haus zu.

Lena lief ihm entgegen und zog ihn in die Stube.

»Warum bist du solange nicht gekommen, Vater!«, rief sie vorwurfsvoll.

»Hast du denn auf mich gewartet?«

»Und wie!«, gestand sie. »Ich hätte dich doch so notwendig gebraucht!«

Aber er schüttelte den Kopf.

»Nein, Lena, du hast mich nicht gebraucht. Diesmal musstest du die Entscheidung allein treffen! Ganz allein! Ich hatte kein Recht, dir dabei hereinzureden und dich nach meinen Vorstellungen zu beeinflussen. Thomas war noch bei uns, ehe er von Daxenegg fortgegangen ist. Ich weiß alles, und ich bin stolz auf dich!«

Sie schwiegen lange.

»Er kommt nicht heim!«, sagte sie plötzlich mitten aus ihren Gedanken heraus, und sie setzte voraus, dass er wusste, wen sie meinte.

Vater Fichtl wusste es.

»Er wird schon noch kommen«, sagte er. »Weißt du übrigens, dass seine Schuld gemessen an der erlittenen Strafe eigentlich sehr klein ist? Und weißt du, dass er den vom Karl beabsichtigten Mord am Murr unter dem Einsatz des eigenen Lebens verhindert hat?«

Sie horchte auf.

»Und das alles sagst du mir erst heute?«

»Hätte ich es früher getan, wo wäre dann die Freiheit deiner Entscheidung geblieben? Ich weiß, was dir der Thomas bedeutete. Schon einmal habe ich dich gegen ihn beeinflusst, und ein zweites Mal durfte das nicht geschehen!«

Wenn die Stürme durch den Wald rauschten und schwarze Wolken am Himmel herauftrieben, dann stand die Wachtelhoferin manchmal unruhig an der Tür und wartete auf den Peter, wenn er sich auf dem Heimweg verspätete.

Einmal kam er ganz ungewöhnlich spät nach Hause. Sie hatte schon Anselm aus dem Stall geholt, um ihn dem Jungen entgegenzuschicken, als er endlich querfeldein auf das Haus zukam. Er konnte keinen richtigen Grund seiner Verspätung sagen, verschlang hastig das Essen und zeigte eine gewisse Scheu.

»Was ist denn heute mit dir?«, fragte die Wachtelhoferin, erhielt aber nur zur Antwort, dass nichts mit ihm sei. Sie wunderte sich, fragte aber nicht mehr nach.

Seit der Bub größer geworden war, hatte er ein eigenes kleines Kämmerchen zum Schlafen bekommen. Darauf war er stolz, und sobald Anselm abends von der Ofenbank aufstand und seine Pfeife ausklopfte, zum Zeichen, dass er nun schlafen ging, schloss der Peter sich ihm an und ging in seine Kammer.

So auch am Abend dieses Tages.

Der Sturm hatte die Wolkenwand aufgerissen, und aus den Lücken schimmerte zeitweilig der

Mond. Dann war es so hell draußen, dass man bis zum Wald hinübersah.

Die Wachtelhoferin blieb noch auf und brachte das Wirtschaftsbuch in Ordnung. Und als sie Peter längst schon schlafend wähnte, sah sie ihn plötzlich unter der Tür stehen.

»Was ist denn noch?«, fragte sie erstaunt.

»Ich fürchte mich, Mutter!«, gestand er.

»Aber, Peter! So ein großer Bub!«

»Es schleicht ein Mann ums Haus, Mutter! Ich habe ihn durch das Fenster gesehen!«

»Das wird wohl die Großmutter sein, Peter. Sie tut das öfter, wenn sie nicht schlafen kann.«

»Nein, es ist ein Mann, der gleiche, der mir heute im Wald begegnet ist.«

»Ein Mann ist dir begegnet? Bist du deswegen so spät gekommen?«

»Ja, ich habe einen weiten Umweg gemacht, weil ich mich vor ihm fürchtete. Er sah so seltsam aus!«

Sie wurde stutzig.

»Er steht unter dem Baum«, fuhr der Peter fort. »Der Anselm soll aufstehen und ihn wegschicken!«

»Komm!«, sagte die Wachtelhoferin und deutete auf die Bank, damit er sich setze. Dann ging sie hinaus, schob den Riegel zurück und öffnete die Tür.

»Ist jemand da?«, rief sie und wunderte sich über sich selbst, dass sie nun selbst glaubte, dass ein Mann aus dem Dunkel treten könnte.

Aber es rührte sich nichts. Dunkel lag das Pfründhaus drüben über dem Weg.

War es nur ein zur Gestalt gewordener Gedanke oder hatte ihr Auge sich nun so weit an die Nacht gewöhnt, dass sie unter dem weitastigen Birnbaum wirklich jemanden zu sehen glaubte?

Ja, sie erblickte dort eine Gestalt, die nun begann, sich auf das Haus zuzubewegen. Lena sah sie langsam und zögernd näher kommen, doch erst, als der Mann schon fast bis zum Haus herangekommen war, glaubte sie ihn auch zu erkennen. Sie erschauerte, ging zurück in die Stube und ließ die Tür hinter sich weit offen. Sie musste unter das Licht.

Der Bub saß immer noch auf der Bank. Seine Augen suchten das Gesicht der Mutter, und da er sah, dass sie erschrocken wirkte, machte auch er ein ängstliches Gesicht.

Sie setzte sich zu ihm und legte ihren Arm schützend um ihn. »Mein Gott, Peter, der Vater ...«, sagte sie tonlos.

Und jetzt geschah etwas, was sie nicht erwartet hatte und auch nicht begriff. Der Knabe riss sich los und sprang auf den Mann zu, der groß und dunkel und so still wie ein Schatten in die schwarze Türöffnung trat.

»Vater!«, schrie er.

Die Wachtelhoferin saß kraftlos auf der Bank und schaute staunend hin auf das unwahrscheinliche Geschehen.

Sie sah, wie der Mann sich zu dem Kind herabbeugte und es in die Arme nahm.

»Peter! Mein Bub! Du bist groß geworden«, sagte der Mann. »Du wirst ein starker Mann werden, fleißig und ehrsam, so wie dein Großvater. Ich habe ihm nicht nachgeraten können, Peter. Aber du, du kannst es!«

Dann kam er heran. Seine Kleidung war gut, sein Gesicht von der Sonne gebräunt. Das sah sie so nebenbei, und sie empfand es als tröstlich. Hatte sie sich ihn so vorgestellt?

»Wo bist du so lange geblieben?«, fragte sie plötzlich und wunderte sich, woher sie auf einmal die Kraft zum Sprechen nahm.

»Bei einem Bauern, der mir Arbeit gegeben hat.«

»Warum bist du nicht heimgekehrt?«

»Ich hatte Angst, dass ich dir mit meinem Kommen wenig Freude machen würde. Aber länger hielt ich es nicht aus. Ich musste heim in den Wachtelhof, heim zu dir und zu dem Buben ...«

Lena sagte nichts.

Martin ließ seinen Blick durch die Stube wandern, er sah, wie alles sauber und ordentlich war, er schaute auf den Efeu im Herrgottswinkel. Was hatte er für eine tüchtige Frau!

Dann sah er die Karte im Rahmen des Spiegels, seine Karte, die er ihr aus dem Gefängnis geschrieben hatte. Die einzige!

»Lena!«, sagte er leise, bittend.

»Es ist viel über mich gekommen in all der Zeit«, sagte sie, und ihre Stimme klang plötzlich härter.

»Ich weiß schon. Ich war zuvor noch bei deinem Vater. Was war ich für ein verbohrter Dummkopf!«

»Jetzt sind wir allein«, sagte sie. »Es gibt keinen Thomas mehr in Daxenegg.«

»Und es gibt keinen Karl mehr im Wachtelhof.«

Wieder schwiegen sie für einige Zeit.

»Und jetzt?«, fragte er nach einer Weile.

»Zieh deine Schuhe aus! Du musst müde sein. Ich richte dir ein Essen.«

Aber er vertrat ihr den Weg.

»Lena, warte noch! Sag mir zuvor, ob du glauben kannst, dass es noch einmal so werden wird und werden kann, wie es früher war?«

Sie schaute ihn eine Weile stumm an.

»Komm!«, forderte sie ihn schließlich auf und schaute sich nach dem Buben um. Doch der war verschwunden. »Er ist wohl inzwischen zu Bett gegangen«, beruhigte sie sich.

Sie gingen durch das Haus, in den Stall, in die Tenne.

Sie leuchtete in alle Räume, zeigte ihm die Ordnung überall und berichtete, welche Veränderungen sich ergeben hatten.

»Du hast gut gehaust!«, lobte er sie und war seltsam ergriffen. Der Schein des Lichtes zuckte über sein Gesicht. Ganz unauffällig schaute sie ihn an. Es sah nun anders aus, fand sie. Das Düstere war immer noch in Martins Zügen, genauso wie früher, aber das Verschlossene, Böse, Lauernde war weg.

»Du hast viel gearbeitet und große Opfer bringen müssen!«, setzte er unsicher zu seiner ersten Bemerkung hinzu.

»Für uns alle«, antwortete sie. »Und für den besseren Teil unseres Lebens!«

»Und wie geht es mit drüben?«, fragte er und meinte das Pfründhaus.

»Wir kommen nicht zusammen. Ich habe ihr das Haus verboten!«, gestand sie.

Er nickte zustimmend, verstehend.

Sie kehrten zurück ins Haus und gingen über die Stiege.

»Der Anselm hat viel für uns getan«, flüsterte sie, als sie an dessen Kammer vorbeikamen. »Ohne ihn hätte ich es wohl nie geschafft!«

»Der alte, gute Anselm!«, sagte er.

»Man darf es ihm nie vergessen!«

Sie schauten in die kleine Kammer Peters und suchten den Buben in seinem Bett.

Aber er war nicht da.

Lena wurde nun doch unruhig und drängte zurück zur Stube. Vielleicht hatten sie es übersehen, dass er dort in den warmen Ofenwinkel geflüchtet war. Aber auch da war er nicht.

Nun suchten sie im ganzen Haus nach ihm. Vielleicht war er ihnen nachgelaufen, und sie hatten ihn beim Verlassen der Räume irgendwo eingesperrt? Doch er war nirgends aufzufinden. Ob er hinausgelaufen war?

Die Haustür stand noch weit offen. Sie liefen hinaus und riefen nach ihm. Vergebens. Doch im Stübchen des Pfründhauses konnten sie das Licht brennen sehen. Sollte er etwa bei der Großmutter sein? Aber das war doch kaum möglich!

Sie gingen wieder zurück ins Haus und suchten noch einmal gründlich in jedem Raum. Er war nicht da.

Als sie in die Stube zurückkehrten, waren sie beide ängstlich und aufgeregt. Und da kam er auf einmal von draußen herein. War das Kind tatsächlich in die Nacht hinausgegangen.

»Wo warst du denn, Peter?«, rief die Wachtelhoferin tadelnd und zog ihn erleichtert an sich.

Er schwieg zunächst, und es schien, als wisse er nicht, was er sagen sollte.

»Die Großmutter weint«, sagte er plötzlich.

Sie schauten sich erschrocken an.

»Du warst drüben?«, fragte Lena bestürzt.

»Ich habe ihr gesagt, dass der Vater heimgekehrt ist. Durfte ich das nicht?«

Sie konnten ihm beide nicht antworten.

»Und jetzt weint sie«, sagte der Bub noch einmal, und er war davon so ergriffen, dass ihm selbst Tränen in die Augen kamen.

Lena nahm ihn bei der Hand, führte ihn hinauf in seine Kammer und brachte ihn ins Bett.

»Bist du mir böse, Mutter?«, fragte er noch recht zaghaft aus den Kissen.

Sie küsste ihn plötzlich mit großer Innigkeit.

»Böse? Nein! – Du bist mein guter, kluger Bub!«

In die Stube zurückgekehrt, schaute sie auf ihren Mann, der groß und stark am Ofen stand, den Schatten des Lichtschirmes im Gesicht.

Er dachte wohl gerade dasselbe wie sie und konnte es nicht glauben, was der Knabe da eben gesagt hatte. Wann hatte man je einmal gehört, dass die alte Wachtlin weinte?

»Was meinst du dazu?«, fragte sie ihren Mann in das Schweigen.

»Nichts!«, antwortete er ungerührt.

»Sag ihr wenigstens ›Grüß Gott‹, Martin!«

»Wozu könnte es gut sein?«

»Alles, was recht ist, ist gut! Wir brauchen den Frieden, Martin! – Ich bitte dich, geh zu ihr!«

»Das sagst du? Nun möchte ich fast glauben, dass du auch mir verziehen hast!«

»Ja, ich habe dir verziehen – und auch ihr. Tu du es auch!«

»Lena, meine geliebte, starke, großmütige Frau!«

Er nahm sie plötzlich in die Arme, genauso wie er es früher immer getan hatte.